KB078496

魔道十兵

마도십병

마도십병 1

조돈형 新무협 판타지 소설

초판 1쇄 찍은 날 § 2006년 8월 21일
초판 1쇄 펴낸 날 § 2006년 8월 26일

지은이 § 조돈형
펴낸이 § 서경석

편집장 § 문혜영
편집책임 § 장상수
편집 § 유경화 · 심재영

펴낸곳 § 도서출판 청어람
등록번호 § 제1081-1-89호
등록일자 § 1999. 5. 31
어람번호 § 제2-0985호

주소 § 경기도 부천시 원미구 심곡1동 350-1 남성B/D 3F (우) 420-011
전화 § 032-656-4452 팩스 § 032-656-4453
http://www.chungeoram.com
E-mail § eoram99@chollian.net

ISBN 89-251-0273-0 04810
ISBN 89-251-0272-2 (세트)

Fantastic Oriental Heroes

魔道十兵

마도십병

조도형 新무협 판타지 소설

1

도서출판 청어람

목차

작가서문

궁귀검신, 운한소회, 궁귀검신 2부에 이어서 네 번째 책을 여러분께 선보이게 되었습니다.

언제나 그렇듯 두려운 마음이 앞섭니다.

부족한 글 솜씨로 인해 품에 담고 있는 이야기가 책에 제대로 표현되었나 걱정이 되고, 그것이 다시 독자님들께 잘 전달이 되었는지 걱정이 됩니다. 게다가 출판되기 전의 원고라면 몇 번이라도 수정을 하여 미비하거나 틀린 부분은 고치면 된다지만 출간이 되고 독자님들 손에 책이 전달되는 순간, 제가 할 수 있는 것은 아무것도 없기 때문입니다.

있다면 오직 하나, 독자님들의 냉철하고도 엄정한 평가를 기다리는 것이지요.

마도십병.

제목 그대로 마도에 전해 내려오는 열 가지 병기와 그 주인들이 주인공과 얽히는 이야기입니다.

제법 오랫동안 구상했고, 열심히 줄거리를 만들었습니다.

한데 어찌 된 일인지 본격적으로 글을 쓰기 시작했을 때엔 의도하지 않은 전혀 다른 두 이야기가 하나로 합쳐지고 말았습니다(덕

분에 다음에 쓸 이야기 하나가 줄었습니다).

어쨌든 그것이 독이 될지 아니면 향기로운 약이 될지는 저도 모릅니다. 그저 여러 독자님들께 이 책이 조그만 즐거움과 재미라도 드렸으면 하는 바람이 있을 뿐입니다.

원래는 5월에 출판되어야 했고 그러기로 많은 분들과 약속을 했는데 지키지 못했습니다. 그래도 끝까지 격려해 주신 서경석 사장님과 청어람의 모든 식구들에게 깊은 감사를 드립니다.

또한 함께 글을 쓰는 동료, 선후배 작가님들, 항상 응원을 해주는 친구들에게도 고마운 마음을 전합니다. 특히 하루가 멀다 하고 전화를 하여 재촉을 했던 진원군과 기회가 될 때마다 작가사인본을 갖고 싶다며 닦달한 은정 양은 이 책이 조금은 더 빨리 출판되는 데 혁혁한 공을 세운 친구들이라 생각합니다.

끝으로 항상 제 곁을 지키며 묵묵히 응원해 준 이에게 이 지면을 빌려 정말 고맙고, 사랑한다고 전하고 싶습니다.

제1장

이름이 무엇이냐?

한 치 앞도 보이지 않는 어둠.

빛이라곤 이제 겨우 모양을 갖춘 달빛이 전부였다. 그나마도 우거진 나무들 때문에 길을 밝히는 데 전혀 도움이 되지 못했다.

아이는 그런 길을 달리고 있었다.

"하아! 하아!"

탁한 숨소리, 거친 몸놀림으로 힘겹게 걸음을 내딛는 아이의 이마는 땀으로 번들거렸고, 해진 의복은 안쓰럽게 풀어헤쳐져 있었다.

얼마를 그렇게 달렸을까?

숨이 턱 끝까지 찼는지 걸음을 멈춘 아이가 땅바닥에 털썩 주저앉았다. 그리곤 허리춤에 차고 있던 물주머니를 빼 들었다.

"후~ 큰일이네. 가도 가도 끝이 없으니. 아무래도 길을 잘못 든 것 같아. 도대체 어디서부터 잘못된 거지? 그 아저씨 말대로라면 한참 전에 무이궁(武夷宮)에 도착했어야 하는데……."

아이는 가장 높지도, 웅장함을 자랑하지도 않았지만 무이산(武夷山)에서 수려하기가 으뜸인 천유봉(天游峰)에 오르기 바로 직전에 만났던 약초꾼 사내를 떠올리며 시무룩한 표정을 지었다.

사방 어디를 둘러봐도 보이는 것이라곤 기암절벽과 빽빽하게 우거진 숲뿐 사람의 인적은 찾아볼 수가 없었다.

'아무튼 큰일이다. 이대로 가다간…….'

불안한 눈초리로 주변을 살피는 아이의 눈에서 긴장의 빛이 흘렀다. 일각 전부터 들려오는, 그리고 점점 가까이 다가오는 짐승의 울음소리가 왠지 귀에 거슬렸기 때문이다.

오랜 떠돌이 생활로 그것이 늑대들의 울음소리라는 것은 진작부터 알고 있던 터. 자칫 놈들에게 발걸음을 잡히면 어떤 꼴을 당할지는 안 봐도 뻔했다.

'아무래도 냄새를 맡은 모양인데… 놈들하고 마주쳐서 좋을 것은 없지. 빨리 피할 곳을 찾아봐야겠다.'

지척에서 들려오는 늑대들의 울부짖음에 시간이 많지 않

다고 판단한 아이는 즉시 몸을 보호하기 위한 장소를 찾기 시작했다.

후각이 발달한 늑대들을 완전히 따돌리는 것이 불가능하다는 것을 감안했을 때 안전한 곳은 늑대들이 오를 수 없는 높은 바위나 나무 위뿐이었다.

그렇다고 무작정 높다고 좋은 것은 아니었다. 도약력이 뛰어난 늑대들에겐 잔가지라도 나무를 오르는 데 훌륭한 도구가 되기에 잔가지 없이 곧게 뻗은 나무가 아니라면 결코 안전하지 않았다

'저기다.'

한참 만에야 적당한 나무를 찾았다.

주변의 나무들에 비해 압도적인 크기.

게다가 삼 장 높이까지는 잔가지 하나 없어 몸을 피하기에 최적의 조건을 지닌 거목이었다.

거목을 향해 달려간 아이는 기둥에 몸을 밀착시키고는 팔다리를 적절히 교차시키며 오르기 시작했다.

바로 그 순간, 수풀을 헤치며 일단의 짐승 무리가 달려들었다. 아이의 살 냄새를 맡고 달려온 늑대들이었다.

크앙!

거친 울부짖음과 함께 두 마리의 늑대가 달려들었다.

한 마리는 미처 미치지 못했지만 다른 한 마리의 날카롭게 빛나는 이빨이 발목을 훑고 지나갔다.

이빨이 스친 곳에서 단박에 피가 튀었다.

"악!"

순간적으로 비명이 터져 나왔다. 그러나 떨어지면 그야말로 끝장이었다.

아이는 발목에서 느껴지는 고통에도 불구하고 악착같이 나무를 올랐다.

늑대들이 몇 번이고 도약을 하며 노렸으나 다행히 사정권에선 벗어날 수 있었다.

몇몇 늑대가 나무에 오르려고 시도를 해도 나무 기둥에 날카로운 발톱 자국만 만들어내며 번번이 미끄러져 내려갈 뿐 제대로 오르는 것은 한 마리도 없었다.

그렇게 삼 장여를 올랐을까?

횡으로 길게 뻗은 나뭇가지를 잡으며 안도의 한숨을 쉴 때였다.

뭔가 이상한 기운이 느껴졌다.

딱히 뭐라 표현하기 힘든 애매한 기운.

절로 목덜미가 서늘해졌고, 온몸에 소름이 돋았다.

'늑대? 아니야.'

늑대의 기운은 결코 아니었다.

늑대들이 뿜어내는 기운이 흉포하고 끔찍하기는 했어도 지금처럼 온몸에 전율을 느끼게 하는 기운은 아니었다.

늑대들도 그 기운을 느꼈는지 나무에서 물러나 잔뜩 긴장한 모습이었다.

아이는 동작을 멈추고 최대한 조심스레 고개를 들었다.

보이는 것이라곤 시원스레 뻗은 나뭇가지와 틈을 찾기 힘들 정도로 울창한 잎뿐. 그러나 기분 나쁜 기운은 끊이지 않고 계속됐다. 아니, 계속되는 정도가 아니라 점점 강해지고 있었다.

'살기!'

그랬다. 기운의 정체는 살기였다. 그것도 결코 범상치 않은, 늑대들이 내뿜는 살기 따위는 아무렇지도 않게 느껴질 정도로 위압감을 주는 살기였다.

오를 수도 물러설 수도 없다.

살기의 정체를 모르는 한 함부로 움직일 수 없었다.

눈은 살기가 뿜어져 나오는 곳이라 생각되는 지점을 향해 고정되었다.

시간이라도 멈춘 듯 주변의 모든 사물이 정지되기를 일각여. 마침내 살기의 주인이 모습을 드러냈다.

바스락.

귀를 기울이지 않으면 듣기 힘들 정도의 소음.

그 뒤에 보이는 것은 한 쌍의 불꽃이었다.

'반딧불… 일 리가 없지!'

잠시 잠깐 그것이 반딧불이었으면 하는 바람도 있었지만 정확히 한 뼘의 간격을 두고 활활 타오르는 불꽃이 허공을 자유로이 유영하는 반딧불일 수는 없었다.

애당초 반딧불은 그 정도로 밝지도, 짙은 살기를 내뿜지도 않는다.

아이는 그것이 짐승의 눈이라는 것을 직감했다.

문제는 어떤 짐승의 눈이냐는 것.

의문은 잠깐도 가지 않았다.

'호, 호랑이!'

나뭇가지를 헤치며 모습을 드러낸 것은 백수의 제왕이라는 대호(大虎)였다.

지면을 향해 역으로 납작 엎드린 몸의 길이만 일 장에 이르고, 어른의 등짝보다도 더 커 보이는 머리의 중심에 위치한 두 눈은 지옥의 염화처럼 차갑게 빛나고 있었다. 한 방에 황소를 절명시킨다는 앞발과 그 거대한 몸을 나무에 단단히 고정시키는 발톱의 위용은 보는 것만으로도 오금이 저렸다.

크르르!

완전히 모습을 드러낸 대호가 낮게 으르렁거렸다.

살짝 드러난 송곳니가 사신(死神)이 휘두르는 칼처럼 위압적이었다.

"으으으."

난생처음 보는 대호의 위용에 압도당한 아이의 손에서 절로 힘이 빠졌다. 자연적으로 몸은 아래로 주르륵 밀려 내려갔다.

크헝!

천신(天神)의 호통이 이보다 더할 것인가?

무이산을 쩌렁쩌렁 울리는 포효에 모든 사물이 겁에 질렸다. 머리 위를 날아가던 새가 놀라 떨어지고, 이십여 장 밖에서 천적을 피해 조심스레 풀을 뜯던 사슴이 그 자리에서 덜덜 떨며 주저앉았다.

나무 밑. 삼십여 마리가 넘는 늑대가 나름대로 으르렁거리며 대항을 했지만 존재감은 전혀 느껴지지 않았다.

"으악!"

산천초목을 굴복시키는 포효를 이제 겨우 열두어 살 된 아이가 견디기란 불가능했다.

아이는 자신에게 집중되는 포효에 귀를 틀어막으며 나무 아래로 떨어졌다. 기가 죽어 있던 늑대들이 때를 놓치지 않고 덤벼들었다.

그 순간, 대호의 몸이 허공을 갈랐다.

깽!

늑대의 것이라곤 어울리지 않는 단말마와 함께 가장 먼저 아이를 덮쳐 가던 늑대가 나가떨어졌다.

깜짝 놀란 늑대들이 사방으로 흩어지자 느릿느릿한 걸음걸이로 움직인 대호는 그때까지 꿈틀대고 있던 늑대의 머리를 앞발로 찍어눌렀다. 그리곤 무시무시한 이빨을 드러내며 또다시 포효했다.

자신이 찍은 사냥감을 함부로 노리지 말라는 경고. 가히 제왕으로서의 자신감과 풍모가 절로 느껴지는 모습이었다.

크르르!

동료의 피를 본 늑대들은 물러서지 않았다. 오히려 대호의 주변을 에워싸며 갈기를 세우고 적의를 드러냈다.

늑대들의 기세를 느낀 것일까.

대호도 살짝 몸을 낮추며 더욱 위협적인 포효성을 뱉어냈다.

서로를 노려보며 잠깐 동안 소강상태가 있었으나 백수의 제왕인 대호와 흉포한 약탈자 늑대들의 대치는 오래가지 않았다.

우두머리의 신호를 받은 늑대들이 일제히 공격을 가하면서 아이를 사이에 둔 심야의 박투가 시작되었다.

대호가 정면에서 공격해 들어오는 늑대를 향해 앞발을 휘둘렀다.

움찔하며 몸을 피하려고 하는 늑대. 그것을 예측이라도 한 듯 잠시 뜸을 들인 대호의 앞발이 방향을 틀며 정확하게 늑대의 머리를 가격했다. 공격을 받은 늑대는 단박에 머리가 박살나 절명했다.

그럼에도 늑대들은 아랑곳하지 않고 덤벼들었다. 옆구리를 노리고 뒷다리를 노리며 달려들었다. 어떤 놈은 엉덩이를 공격했고, 등에 올라타는 놈도 있었다.

대호의 반격도 만만치는 않았다.

정면으로 덤비는 늑대들은 앞발로 찍어누르거나 휘둘러 물리치고 목덜미를 물려고 덤비는 늑대는 오히려 물어 찢어버렸다. 비록 수적으로 열세였으나 대호는 조금도 개의치 않는 듯했다.

그사이 땅바닥으로 떨어진 아이가 정신을 차렸다.

"으으으."

힘겹게 몸을 일으키기는 했어도 고막에 충격이 왔는지 아이는 제대로 중심을 잡지 못하고 비틀거렸다. 그래도 늑대들과 대호의 싸움을 보며 자신이 어떤 상황에 처해 있는지 곧바로 파악했다.

머뭇거릴 여유 따위는 없었다.

아이는 황급히 몸을 피하려 하였다. 하지만 그 와중에도 아이의 움직임을 주시하던 우두머리 늑대가 걸음을 막으며 위협을 가했다.

크르르!

우두머리 늑대가 이빨을 드러냈다.

대호와의 싸움이 신경 쓰여서인지 곧바로 덤벼들거나 하지는 않았어도 도망을 치려 한다면 금방이라도 공격하려는 듯 납작 엎드린 자세였다.

싸울 수도, 그렇다고 도주를 할 수도 없는 상황에 엉거주춤 서 있는 아이.

아이는 시간이 가면 갈수록 치열해지는 싸움을 보며 어찌할 바를 모르고 있었다.

대호를 공격했던 늑대들의 수는 어느새 반수 이상 줄어들어 있었다. 그러나 떼로 덤빈 늑대들에 의해 대호의 부상도 상당한 듯했다. 엉덩이와 옆구리에 꽤나 깊은 상흔이 보였고, 집중적인 공격을 받은 뒷다리는 운신하기가 힘들 정도로 상처가 깊었다. 상처로 인해 움직임이 둔해진 탓에 공격도 날카로움이 떨어졌다.

'늑대들이 이기면……'

대호가 쓰러지면 당연히 그 다음은 자신이 될 것이다. 물론 대호가 이겨도 살 수 있을지는 알 수 없었으나 왠지 늑대들보다는 덜 위험할 것 같았다.

그렇다고 대호를 도와 싸울 생각도 없었다. 그저 눈앞에서 자신을 막고 있는 늑대를 물리치고 도주를 하겠다는 생각뿐.

초조함이 밀려들었다. 그래도 망설일 시간은 없었다. 어떤 식으로든 결정을 내려야 했다.

'해보는 거야.'

아이는 자신도 모르게 두 주먹을 불끈 쥐었다. 그리곤 무기가 될 만한 것을 찾다가 봇짐에서 곱게 접힌 낚싯대를 꺼내 들었다. 극도로 흉포해진 늑대를 상대하기 위한 무기치고는 참으로 보잘것없었어도 그나마 손에 쥘 수 있는 무기라곤 그것뿐이었다.

크르르!

낚싯대를 꼬나 쥐고 다가오는 아이의 모습을 보며 우두머리 늑대가 으르렁거렸다.

살짝 드러난 이빨이 가소롭다는 듯 비웃는 것 같았다.

"타핫!"

아이가 힘찬 함성을 내지르며 낚싯대를 휘둘렀다.

생각보다 빠르고 날카로운 움직임에 늑대가 깜짝 놀라며 물러섰다.

아이는 그 기회를 놓치지 않고 연거푸 낚싯대를 휘둘렀다.

재빠르게 몸을 트는 늑대를 잡기란 결코 쉽지 않았다. 오히려 날카로운 반격에 손목을 물릴 뻔한 위기를 맞기도 했다. 그래도 포기하지 않았다.

빡!

십여 차례의 시도 후 처음으로 공격을 성공시켰다.

낚싯대가 왼쪽으로 방향을 틀어 공격하는 늑대의 머리를 정확하게 강타한 것이다.

비명도 없이 펄쩍 뛰어 물러나는 늑대는 크게 당황한 듯했다. 하나, 당황한 사람은 오히려 아이였다.

나름대로 계획을 세우고 회심의 일격을 가했음에도 늑대에겐 별다른 타격이 없어 보였다. 아니, 타격은 고사하고 오히려 살기만 증폭시킨 것 같았다.

대호와의 싸움에서 승기를 잡았다고 판단했는지, 아니면 아이의 공격이 만만치 않다고 여긴 것인지 우두머리 늑대가 수하 늑대들을 부르는 모습이 보였다.

우두머리의 곁으로 다가오는 두 마리의 늑대를 보며 아이는 고민에 빠졌다.

'어쩐다? 내공을 써야 하나?'

아이의 표정이 점점 심각해졌다.

어려서부터 무공을 배운지라 본신의 실력을 발휘한다면 늑대 두어 마리 정도는 능히 해치울 수 있었다.

문제는 무공, 정확히 말하면 내공을 제대로 쓸 수 없다는 것.

"얽히고설켜 있는 힘의 균형에 조금이라도 이상이 온다면 네 몸이 견딜지가 의문이다. 어쩌면 그 즉시 갈가리 찢길 수도 있어. 경고하노니 정확한 원인과 치료 방법이 있을 때까지는 함부로 내공을 일으키지 말거라."

함부로 내공을 쓰면 죽거나 폐인이 될 수 있다는 경고가 뇌리에 맴돌았다.

'그렇다고 이대로 죽을 수는 없잖아?'

아이는 약간의 머뭇거림 후에 즉시 내공을 끌어올렸다.

무공을 사용했을 때 닥쳐올 위험이 두렵기는 했어도 우선은 이빨을 드러내며 달려드는 늑대들의 위협이 더 급했기 때문이다.

"네놈들!"

아이는 전신에 충만해지는 기운을 느끼며 낚싯대를 움켜쥔 손에 힘을 실었다. 그리곤 조금 전과는 비교도 되지 않을 정도의 빠른 움직임으로 몸을 흔들어 늑대들의 공격을 피하

고 기묘한 낚싯대의 움직임으로 옆구리에 허점을 드러낸 늑
대를 공격했다.

본능적으로 위기를 느낀 늑대가 필사적으로 몸을 틀었으
나 낚싯대가 집요하게 뒤를 쫓았다.

컹!

낚싯대에 격타당한 늑대가 외마디 비명을 지르며 떨어져
나갔다.

절명을 하거나 치명적인 부상을 당한 것 같지는 않았다. 그
래도 일어나려다 연거푸 쓰러지는 것을 보면 제법 큰 충격을
받은 듯했다.

"이놈아, 맹호복초(猛虎伏草)라는 것이다!"

자신의 공격에 만족했는지 아이의 입가에 득의의 미소가
지어졌다.

"그리고 이건 곤수유투(困獸猶鬪)다!"

낚싯대가 기묘하게 흔들리며 맹렬한 기세로 다른 늑대를
노렸다.

열두어 살 된 아이의 움직임이라고는 여겨지지 않을 정도
로 빠르고 날카로운 기세에 기가 꺾인 늑대의 목이 움츠러들
고, 낚싯대는 늑대의 목덜미에 정확하게 적중했다.

사람과 마찬가지로 목은 동물에게도 치명적인 급소인 터.
게다가 내력이 담긴 아이의 낚싯대는 이미 훌륭한 무기였다.

늑대는 미약한 울부짖음과 함께 목이 부러져 즉사했다.

"덤벼라!"

단숨에 두 마리의 늑대를 요리한 아이가 우두머리 늑대를 보며 소리쳤다. 자신만만한 음성에선 조금 전의 위축된 모습을 찾아볼 수 없었다.

땅바닥에 바싹 몸을 낮추고 으르렁거리는 우두머리 늑대도 아이의 기세가 범상치 않음을 눈치 채고는 쉽사리 준동하지 못했다.

바로 그때, 유난히 큰 포효성이 들려왔다.

깜짝 놀란 아이의 시선이 소리를 따라 움직이고, 당황한 두 눈에 늑대들에게 완전히 둘러싸여 처절하게 쓰러져 가는 대호가 들어왔다.

홀로 삼십에 가까운 늑대와 싸운 대호가 무너지고 있었다.

무려 이십여 마리의 늑대를 쓰러뜨렸으나 수적으로 열세인 데다가 조직적으로 움직이며 공격을 하는 늑대들의 힘을 결국 감당하지 못한 것이다.

점점 꺼져 가는 눈빛이 백수의 제왕이라는 명성에 걸맞지 않게 참담해 보였다.

'크, 큰일났다.'

대호의 패배를 목도한 아이의 얼굴이 창백해졌다.

대호와 싸워 살아남은 늑대가 아홉 마리에 눈앞의 우두머리까지 한다면 열 마리가 남은 셈이었다. 버거운 숫자였다. 조금 전의 자신감은 온데간데없었다.

'빨리 뚫어야 한다.'

도주한다는 것은 불가능했다.

유일한 희망이라면 대호를 쓰러뜨린 늑대들이 아직 흥분을 가라앉히지 못하고 막 숨이 끊어진 대호를 물어뜯으며 발광을 하는 사이 최대한 빨리 눈앞에서 노려보고 있는 우두머리 늑대를 물리치고 나무 위로 오르는 것, 오직 그 길뿐이었다.

아이는 정면을 막고 있는 우두머리 늑대를 살폈다.

수하들을 기다리며 좌우로 왔다 갔다 하는 모습에서 여유가 넘쳐났다.

'두 번의 기회는 없다.'

한 번에 끝내지 않으면 곧 밀려들 늑대들에 의해 갈가리 찢길 터이다.

아이의 무릎이 살짝 굽혀지고 상체가 뒤로 젖혀졌다. 낚싯대를 잡아가는 손에 절로 힘이 들어갔다.

"타핫!"

무릎을 펴는 것과 동시에 굽혀진 상체를 앞으로 튕기며 달려가는 모습은 틀림없는 궁신탄영(弓身彈影)의 수법이었다.

깜짝 놀란 우두머리 늑대가 재빨리 물러나려 했으나 혼신을 다한 아이의 움직임엔 미치지 못했다.

손에 들린 낚싯대가 허공으로 솟구치고 최후의 일격이 우두머리 늑대의 머리에 떨어지려는 찰나,

'크흑!'

막 공격을 끝내려는 아이의 몸이 격렬하게 떨리더니 움직임이 급격하게 느려졌다.

때를 놓치지 않은 우두머리 늑대가 훌쩍 뛰어올라 몸을 피했다. 한껏 느려진 낚싯대가 목표를 벗어나는 것은 당연지사. 목숨을 건 일격은 너무도 허무하게 허공을 가르고 말았다.

"으으으으."

아이의 입에서 고통에 찬 신음성이 흘러나왔다.

부들부들 떨리는 입술, 머리카락이 쭈뼛이 곤두서고 눈동자는 초점을 잃었다.

"힘의 균형에 조금이라도 이상이 온다면 네 몸이 견딜지가 의문이다. 어쩌면 그 즉시 갈가리 찢길 수도 있어."

그 옛날 들었던 경고가 천둥이 되어 뇌리를 울렸다.

'아, 안 돼!'

아이는 단전에서 요동치는 기운을 느끼며 입술을 깨물었다.

어떻게든 정신을 차리려고 필사적으로 노력했다. 하나, 단전에서 시작해 기경팔맥(奇經八脈)과 전신 세맥(細脈)으로 미친 듯이 질주하는 기의 흐름은 단순한 노력이나 의지로 제어할 수 있는 것이 아니었다.

게다가 그 기의 흐름도 하나가 아니었다.

차갑고[陰], 뜨겁고[陽], 정순한[靜] 세 개의 흐름.

그것들은 각기 저마다의 길을 만들어내며 힘의 우위를 차지하고자 하였다.

그만큼 몸엔 엄청난 무리가 따랐다.

순간을 놓치지 않은 우두머리 늑대가 아이에게 덤벼들었다.

'피, 피해야…….'

혼미한 상황에서도 위기를 감지한 아이가 즉시 몸을 틀려고 했으나 마음대로 움직이지 않았다. 그저 간신히 낚싯대를 들어 막는 것이 전부였다.

뿌지직!

날카로운 이빨에 걸린 낚싯대가 요란한 소리와 함께 동강이가 났다.

부러진 낚싯대가 부친이 남긴 유일한 물건이라는 것을 상기하기도 전 대호의 시체를 유린하다가 달려온 늑대들의 공격도 시작됐다.

"으악!"

어깨를 물린 아이의 입에서 처절한 비명성이 터져 나왔다. 언뜻 보기에도 흉측할 정도로 살점이 떨어져 나갔다. 양쪽 다리에도 뼈마디가 보일 정도로 깊은 상처가 생겨났다.

이후부터는 일방적이었다.

아이의 상태를 완전히 파악한 늑대들은 여유가 있었다.

크르르!

우두머리 늑대는 수하들을 제지하고 홀로 유희를 즐겼다.

치명적인 공격은 하지 않고 살짝살짝 상처를 입히며 사냥 감의 고통을 즐겼다.

아이는 아무런 반항도 하지 못했다. 아니, 할 수가 없었다. 몸 안의 기운을 감당하지 못한 아이에겐 손가락 하나 까딱할 힘도 남아 있지 않았다. 그러나 고통이 심해질수록 정신만큼 은 또렷하게 돌아왔다.

우지직!

요란한 소리와 함께 부러져 반 토막이 되었지만 그나마 손 에 들려 있던 낚싯대마저 완전히 박살이 나버렸다.

'나, 낚싯대가!'

부친이 남긴 유일한 유품이 망가지는 소리가 가슴을 후벼 팠다. 한편으론 한낱 늑대 따위에게 희롱당하는 자신의 처지 가 그렇게 비참할 수가 없었다.

아이는 잘게 조각난 낚싯대를 움켜잡았다.

자꾸만 손에 힘이 풀리자 혀를 깨물어 기운을 북돋웠다. 그 리곤 더 이상의 유희는 없다는 듯 최후의 공격을 가하려는 우 두머리 늑대를 붉게 충혈된 눈으로 노려보았다.

특유의 거만함을 뽐내며 도약을 한 우두머리 늑대가 맹렬히 하강을 하며 아이의 목덜미를 향해 강인한 이빨을 들이댔다.

아이는 느릿느릿한 손놀림으로 조각난 낚싯대를 치켜들었 다.

우연의 일치인지, 아니면 정확히 노린 것인지 위로 치켜 올린 낚싯대가 한껏 벌려진 우두머리 늑대의 입을 통해 머리까지 뚫고 들어갔다.

컹!

우두머리 늑대의 입에서 처절한 울부짖음이 터져 나오고 탄력이 넘치던 몸이 허공에서 잠시 멈칫하더니 곧 축 늘어져 아이를 덮쳤다.

아이는 손끝에 전해지는 느낌을 통해 자신의 공격이 제대로 먹혀들었음을 알고는 피식 웃음을 터뜨렸다. 어차피 살기 힘든 목숨. 그래도 일말의 자존심이나마 회복했음을 다행으로 여겼다.

일순간에 우두머리를 잃은 늑대들은 어찌할 바를 몰랐다.

그것도 잠깐이었다.

우두머리 늑대의 다리를 잡아채 집어 던진 늑대들이 아이를 향해 또다시 으르렁거렸다.

그 모습을 보면서도 아이는 아무런 행동도 할 수 없었다. 그저 희미하게 빛나는 달빛을 보며 죽음을 기다릴 뿐.

'아버지……'

낚싯대를 들고 인자한 모습으로 손짓하는 부친의 모습이 떠올랐다. 환히 웃는 어머니의 얼굴도 뇌리를 스치며 지나갔다.

그런 아이에게 구원의 손길이 뻗어 온 것은 아이가 자신을 덮쳐 오는 늑대들의 거친 숨결을 느끼며 눈을 감을 때였다.

"꽤나 독한 놈이로구나."

아이의 등 뒤에서 한 노인이 모습을 드러냈다.

언제부터였는지는 모르겠으나 한참 동안이나 지켜보았다는 듯 지그시 쳐다보는 눈에서 탄복의 빛이 흘러나왔다.

새로운 적을 감지한 늑대들의 움직임이 갑자기 부산해졌다.

그런데 뭔가가 이상했다.

조금 전, 한 치의 머뭇거림도 없이 대호를 공격했던 늑대들이 함부로 움직이지 못하고 있었다. 아마도 본능적인 직감으로 눈앞의 노인이 몹시 위험한 존재라는 것을 간파한 것이리라.

"해치지 않을 테니 물러가거라."

노인이 무미건조한 음성으로 말했다.

마치 동네 강아지들에게 하는 양 몇 번의 손짓도 곁들였다. 그러나 늑대들은 움직이지 않았다. 노인에게서 느껴지는 기운이 아무리 심상치 않다고 해도 눈앞에 먹이를 두고 물러날 만큼 늑대들은 호락호락하지 않았다.

한참을 망설이던 늑대들 중 몇 마리가 슬그머니 뒤로 돌아가 노인을 덮쳤다.

노인의 입가가 잠시 씰룩이는가 싶더니 눈매가 가늘어졌다.

"버르장머리없는 것들!"

나직한 외침과 함께 손이 움직였다. 딱히 움직였다기보다는 그저 귀찮다는 듯 휘두른 것으로 보였다.

그 단순한 움직임에 노인을 공격했던 두 마리의 늑대가 비명도 지르지 못하고 쓰러졌다. 한 마리는 머리가 터져 즉사했고, 다른 한 마리는 목과 몸이 분리되어 널브러졌다.

"꺼져라!"

노인이 다시 소리쳤다.

조금 전과는 달리 노인의 몸에서 엄청난 살기가 폭사되었다. 아무리 흉포한 늑대들이라도 감히 어쩔 수 없는 기운. 꼬리를 내린 늑대들은 뒤도 돌아보지 않고 사방으로 흩어졌다.

늑대들이 완전히 사라지기도 전에 몸을 돌린 노인이 아이에게 다가갔다. 이미 만신창이가 된 아이는 정신을 잃기 바로 직전이었다.

"이름이 무엇이냐?"

노인이 물었다. 여전히 무미건조한 음성이었다.

아이의 눈이 힘겹게 떠졌다.

"이름이 무엇이냐 물었다."

노인이 재차 물었다.

아이의 입이 살짝 움직였다.

노인이 얼굴을 찌푸리며 귀를 갖다 댔다.

"묵(墨)… 조영(照影)……."

아이는 그 말을 끝으로 결국 혼절하고 말았다.

＊   ＊   ＊

"정체가 뭐냐?"

정신을 차린 묵조영이 가장 먼저 접한 것은 안부나 걱정 따위를 묻는 말이 아니라 의심 어린 눈초리와 감출 수 없는 호기심이 담긴 말이었다.

　"예?"

　눈을 뜨기가 무섭게 터져 나온 질문에 묵조영은 제대로 대답을 하지 못했다.

　환한 불빛으로 눈을 제대로 뜨기가 힘들었고, 머리가 깨질 듯 아파왔다.

　그에 아랑곳없이 노인의 질문은 계속됐다.

　"이름이 묵조영이라 했더냐?"

　"예."

　"황산묵가(黃山墨家)와는 어떤 관계더냐?"

　순간, 아이의 눈이 동그래졌다.

　단지 이름 하나만을 들었을 뿐인데 자신의 출신을 알아맞힌 것이 못내 신기한 듯했다. 한편으론 경계의 빛이 역력했다.

　"놀랄 것 없다. 그냥 짐작해 본 것이니까. '묵'이라는 성이 그다지 많은 것도 아니고, 특히 네 몸에 흐르는 기운 때문에 그리 생각해 본 것이다."

　그제야 무리하게 내공을 써 몸에 있던 기운이 폭주했다는 것을 상기한 묵조영이 황급히 몸을 살폈다.

　"걱정할 것 없다. 지금은 잠잠해졌다."

　"예."

조그만 입으로 흘러나오는 것은 안도의 한숨이었다.

"한데 네 몸에 있는 기운들은 어찌 된 것들이냐? 진정시키느라 꽤나 힘들었다. 전혀 어울리지 않는 기운들, 그것도 하나같이 가공할 힘을 지닌 기운이 어리디어린 네 몸에 함께 있다니 참으로 이해할 수가 없구나. 결코 감당하기 쉬운 기운이 아닌데……."

묵조영의 어린 몸을 미친 듯이 질주하는 세 개의 기운을 진정시키느라 사흘 밤낮을 고생했으나 노인은 아무 말도 하지 않았다. 그저 자신이 궁금한 것을 물을 뿐이었다. 하나, 말을 하지 않는다고 눈앞의 노인이 자신의 목숨을 구해준 것을 모를 정도로 묵조영은 어리석지 않았다.

"고맙습니다."

묵조영이 고개를 숙여 인사했다.

"공치사를 듣고자 한 일은 아니다. 그저 궁금해서 묻는 것뿐이야."

"그게……."

묵조영은 쉽게 대답하지 못했다.

노인은 재촉하지 않았다. 하기 싫으면 하지 말라는 듯 입을 다물었다.

"원래의 목적은 그게 아니었는데 어찌하다 보니 그리되었어요."

묵조영의 입가에 씁쓸한 미소가 걸렸다.

"말하기 싫으면 하지 않아도 된다."

"아, 아니에요."

자꾸만 망설이는 것은 목숨을 구해준 은인에게 예가 아니라고 판단한 묵조영이 천천히, 그러나 차분한 어조로 지난 일을 설명하기 시작했다.

천하제일의 명산(名山)인 황산 동쪽 자락에 자리를 잡은 황산묵가는 과거 천하를 아우르는 성세를 구가한 적이 있었다.

각기 청룡(靑龍), 백호(白虎), 주작(朱雀), 현무(玄武)를 상징으로 하는 네 가문을 가신(家臣)으로 거느리고 천하를 질타하는 그들에게 뭇 무림문파들이 고개를 숙였고, 하늘까지 치솟은 위상은 좀처럼 꺾일 줄을 몰랐다. 하지만 꽃이 피었으면 지는 것이 당연한 이치이듯 그토록 당당한 위세를 지니고 있던 황산묵가도 조금씩 세가 약해졌다.

이백여 년 전에는 당시 천하제일세가였던 공야세가(公冶世家)에 이어 천하제이세가라 불렸던 명성을 잃었고, 백오십여 년 전엔 새롭게 일어선 신흥사대세가에게마저 앞자리를 내주는 신세로 전락했다.

이후 묵가는 절치부심, 훗날을 기약하기 위해 수백 년간 쌓아온 막강한 자금력을 이용하여 온갖 기화영초(奇花靈草)와 기물기병(奇物奇兵)을 모으기 시작했다.

그 일은 삼대가 넘게 계속돼 작금의 가주 묵연작(墨延鵲)에게까지 이어졌다.

가주에 오른 지 십구 년. 마침내 때가 되었다고 여긴 묵연작은 세가를 일으키기 위한 원대한 계획, 승천지계(昇天之計)라 이름 붙인 계획을 본격적으로 시행하기 시작했다.

그 시작은 죽마고우인 심설(沈雪)이 가주로 있는 성수의가(聖手醫家)에 은밀히 의원을 요청하면서부터였다.

묵연작의 부탁을 받은 심설은 외부에는 그다지 알려지지 않았지만 성수의가 내에선 최고의 의술을 지녔다고 평가받는 심건(沈虔)을 황산묵가에 파견했다. 심건은 영약의 힘을 빌어 무공을 증진하려는 황산묵가의 행태가 별로 마음에 들지는 않았으나 단단히 당부를 한 가주의 체면을 생각해 나름대로 최선을 다해 묵가의 승천지계를 돕기 시작했다.

그가 가장 먼저 한 것은 영약들을 이용하여 단환(丹丸)을 만드는 것이었다.

성공과 실패를 수백 차례나 거듭하면서 마침내 제대로 완성된 첫 번째 단환을 얻기까지 걸린 시간만 무려 이 년. 그나마 그가 원하는 모든 재료가 구비되어 있고 묵가가 모든 역량을 동원하여 도왔기에 망정이지 그렇지 않았다면 이 년 아니라 이십 년이 걸려도 이루기 힘들었을 일이다.

심건이 심혈을 기울여 만든 단환은 세가의 고수들로부터 벌모세수를 받은 여덟 명의 꼬마들에게 각각 지급되어 상승의 무공을 익히는 데 있어 가장 중요한 최상의 신체와 탄탄

한 내공의 기틀을 다질 수 있도록 결정적인 도움을 주었다.

그렇게 아이들의 기초를 다지는 데 걸린 시간만 다시 삼 년 이었다.

그것이 다가 아니었다.

삼대에 걸쳐 수백 년간을 축적해 온 세가의 거의 모든 재산을 쏟아 부은 묵가에는 단환을 만들고도 여전히 엄청난 양의 영약이 남아 있었다.

약효가 떨어져서가 아니라 단환으로 도저히 만들 수 없기에 남겨둔 영약의 처리를 놓고 사흘 밤낮을 고민하던 심건은 지하 연무실에 있는 사신담(四神潭)을 성질이 비슷한 영약들을 배합하여 얻은 약물로 채우고 아이들로 하여금 그 기운을 흡수케 한다는 상상 밖의 계획을 내놓았다.

그의 계획은 허락을 하기는 하였으되 다소 회의적이었던 묵가의 어른들과 가주 묵연작의 입을 쩍 벌어지게 만들 만큼 멋들어지게 성공했다. 아니, 하는 것처럼 보였다. 최소한 최후이자 최고의 영약인 만년홍학(萬年鴻鶴)의 내단이 사용되던 바로 그날까지는.

"지, 지금 마, 만년홍학이라고 했느냐?"

진지하게 얘기를 듣던 노인이 깜짝 놀라 되물었다.

"예."

"허! 그것이 진짜로 있었구나. 그저 전설 속에서나 존재하는 영물인 줄로만 알고 있었건만. 묵가의 부가 하늘을 찌른다고 하더니 진정 대단하군. 그 많은 영약, 영초들도 부족하여 만년홍학의 내단까지 구하다니."

노인은 진정으로 감탄하는 듯했다.

지금껏 표정이 드러나지 않던 얼굴도 만년홍학의 내단이라는 말 앞에서는 붉게 상기될 정도였다.

"가만있어 보자……. 그러고 보니 뭔가가 이상하다."

노인이 정색을 하며 묵조영을 쳐다봤다.

"어찌 된 것이냐?"

뜬금없는 질문에 묵조영이 두 눈을 동그랗게 떴다.

"뭐가 말인가요?"

"묵가에서 승천……."

"승천지계요."

"그래, 승천지계라 했지. 그리고 정확히 여덟 명의 기재를 뽑았다고 했다."

"예."

"그 정도로 많은 영약을 구하려면 가히 천문학적인 비용이 들 터, 묵가가 비록 많은 재산을 가지고 있어도 실로 가문의 명운을 걸고 하는 일이었을 게다. 뽑힌 여덟 명의 아이들도 고르고 고른 인재일 것이고."

묵조영은 노인이 무슨 말을 하려는지 짐작했다는 듯 얼굴을 붉혔다.

"하지만 내가 네 몸을 살펴본 바 나름대로 괜찮은 근골을 지니고는 있는 것 같다마는 가문의 명운을 걸고 뽑을 정도로 뛰어난 것 같지는 않았다. 설마 묵가에 그렇게 인물이 없었더냐?"

"그렇지는 않아요."

"그렇다면 더욱 이해가 되지 않는다. 만년홍학이다! 승천지계를 계획한 사람이 미치지 않고서야 만년홍학의 내단 같은 천고의 영약을 변변찮은 네게 줄 이유가 없지 않느냐?"

자신과는 전혀 상관없는 일에 열변을 토하는 노인을 보며 묵조영의 얼굴이 더욱 붉어졌다.

"근골은 뛰어나지 않으나……."

"뛰어나지 않으나?"

"본 가의 대장로님께서 그렇게 주장을 하셔서……."

순간, 노인의 얼굴이 딱딱하게 굳어졌다.

뛰어난 근골을 지니지 못했음에도 가문의 명운을 건 승천지계에 선발되고, 만년홍학의 내단과 같은 영약의 기운을 우선적으로 취할 수 있는 권한을 가졌다는 것. 더구나 그것이 묵조영의 능력이 아니라 가문을 좌지우지할 수 있는 대장로의 힘이었다는 것엔 분명 중요한 이유가 있을 것이다.

추측하건대 그럴 수 있는 이유는 오직 한 가지 정도뿐이다.

"후계자냐?"

다짜고짜 던지는 노인의 물음에 묵조영은 대답을 하지 못하고 고개를 푹 숙였다.

그것은 분명 긍정의 의미였다.

"허!"

노인은 어이가 없다는 표정으로 입을 쩍 벌렸다.

"후계자라……. 내 잘은 모르나 현재 묵가를 이끄는 가주의 나이가 꽤나 되는 것으로 아는데?"

"선친께서 일찍 돌아가셔서……."

"종손(宗孫)이라는 말이구나."

"예."

일반적으로 한 가문의 장자가 가문을 대를 잇지 못할 경우, 그 의무는 다른 누구도 아닌 종손에게 이어지게 되어 있다. 묵조영이 바로 그 종손이라는 말.

그렇게 되자 오히려 더 이해가 되지 않았다.

옛날에 비해 성세가 다소 위축되기는 했어도 황산묵가는 무림에 여전히 막강한 영향력을 행사하는 가문이었다. 그런 가문의 종손이 어째서 이런 궁벽한 산골, 그것도 떠돌이의 복장으로 짐승을 만나 쫓긴단 말인가.

"네놈도 꽤나 각박한 사연이 있는 모양이구나."

묵조영은 침묵했다.

"좋아, 그건 그렇다 치고, 어쨌든 네 몸에 있는 기운 중 하나는 알겠다. 묵가의 내공심법과 한데 어우러진 영약들, 그리고 만년홍학의 힘이로구나. 하면 나머지 두 기운은 무엇이냐? 어째서 음기와 양기가 그렇듯 살벌하게 꿈틀대는 것이냐?"

"독기(毒氣)예요."

참으로 무서운 말이었음에도 묵조영은 그다지 대수롭지 않게 대꾸했다.

"독기?"

"뱀한테 물렸어요."

노인의 눈가가 실룩거렸다.

"말도 안 된다. 전설에 따르면 모든 독물의 상극이 바로 만년홍학이다. 만년홍학의 힘이 네게 있건만 어찌 뱀 따위의 독기가 침범한단 말이냐?"

"잘은 모르지만 음양쌍두사(陰陽雙頭蛇)라고 하더군요."

여전히 태연스런 말투였다. 하나, 듣는 노인은 그럴 수가 없었다.

"뭣이! 으, 음양쌍두사란 말이냐!"

노인의 두 눈이 찢어질 듯 부릅떠졌다.

"예."

"허!"

더 이상 놀랄 힘도 없었다. 어처구니없는 웃음만 흘러나왔다.

칠십 평생 아무리 기억을 더듬어봐도 오늘처럼 놀란 적은 없는 것 같다. 제자들의 배반으로 인해 지니고 있던 모든 것을 잃을 때도, 한쪽 눈의 시력을 잃고 왼쪽 발의 심줄이 끊긴 신세로 기나긴 도주의 길을 나섰을 때도 지금처럼 놀라지는 않았다.

어찌 그러지 않을까?

만년홍학과 음양쌍두사.

산해경(山海經) 등 고서나 고대의 신화, 전설 따위에서 언급되는, 세상에 존재하는 것 자체가 의심되는 물건이 실재하는 것도 놀랍거니와 그것을 직접 취한 사람이 눈앞에 있는 것이다. 바로 코앞에.

"하긴, 전설에 의하면 음양쌍두사만이 만년홍학에 대항한다고 했으니 그럴 만도 하다. 하지만 답답하구나. 그렇듯 상극이 되는 두 영물을 어찌 한데 사용했더란 말이냐?"

노인의 입에서 그 자신도 모를 안타까운 탄식성이 흘러나왔다.

"사용한 것이 아니라… 물렸어요."

"물… 려?"

"연공 도중 왼쪽과 오른쪽 허벅지에 물렸지요."

"물리다니? 어째서… 아!"

뭔가를 느낀 것일까?

노인이 놀란 표정으로 묵조영을 응시했다.

묵조영은 노인의 시선을 받으며 담담히 웃음 지었다.

"무가에서 태어나셨지만 무공을 싫어하는 부친, 그리고 가문 어르신들의 표현대로라면 근본도 모르는 어머니, 두 분 사이에서 태어난 저. 그 정도면 저를 싫어할 만한 충분한 이유가 되겠지요."

비로소 모든 것이 확연해졌다.

"그렇다면 누군가 너를 죽이기 위해 음양쌍두사를 사용했다는 말이냐?"

"제 몸을 살피시던 분이 그럴 것이라 하더군요. 어르신 말대로 만년홍학의 기운 때문에 다른 독물은 범접도 못한다고 했으니까요."

"허허, 망조가 보이는 가문이로구나. 아무리 그렇다 하더라도 종손을 죽이려 하다니……. 집을 나온 이유가 바로 그것 때문이더냐?"

"예. 있을 이유가 없어서요. 부모님도 돌아가셨고… 아버지를 닮아서 그런지 저 역시 무공을 좋아하는 편이 아니고… 또 어차피 부모님이 돌아가신 후론 저를 좋아하는 사람도 대장로님을 제외하고는 없었으니까요."

결코 쉽지 않은 얘기임에도 마치 다른 사람의 이야기를 하는 듯 묵조영은 너무도 담담했다.

그를 물끄러미 바라보던 노인이 다시 물었다.

"언제부터 떠돌아다녔느냐?"

"한 이 년 되었나요."

"이 년? 네가 지금 몇 살이냐?"

"열셋이요."

"하면 열한 살에 집을 나왔다는 말이냐?"

"예."

"한데 어찌 그리 웃는 낯이더냐? 화가 나지도 않더냐?"

결코 평범하지 않은, 웬만한 사람이라면 견디기 힘든 상황을 겪었음에도 아무것도 아닌 양 태연하게 말하는 묵조영의 모습에 노인의 음성이 신경질적으로 변했다.

"처음엔 화도 났지만… 그렇다고 바뀌는 것은 없으니까요. 차라리 속은 편해요. 이 눈치 저 눈치 안 봐도 되고, 제가 하고 싶은 것 마음대로 해보고, 보고 싶은 것도 마음대로 볼 수 있으니까요."

애써 웃으며 말했지만 마음속 깊은 곳의 외로움까지는 감추지 못하는 듯 음성에 미묘한 떨림이 있었다.

'쯧쯧, 꽤나 힘들었던 모양이군.'

어른이라도 객지에서의 생활은 쉽지 않은 법.

이제 겨우 열 살을 갓 넘은, 더구나 온실의 화초처럼 자라던 아이가 세상에 나와 난생처음 겪었을 고초는 직접 보지 않아도 알 수 있었다.

동병상련은 바로 이런 경우를 두고 말하는 것이 아니겠는가!

노인이 탄식성을 내뱉었다.

"하! 네 신세가 나와 다르지 않구나."

묵조영의 머리를 쓰다듬는 노인의 눈에서 처음으로 측은함과 따뜻함이 흘러나왔다.

"어르신도 집에서 나오셨나요?"

묵조영이 눈동자를 굴리며 물었다.

노인이 피식 웃으며 대꾸했다.

"나도 너처럼 쫓겨났다."

"쫓겨나요?"

"그래, 배은망덕한 제자 놈들에게 비 맞은 개 꼴마냥 쫓겨났다."

"세상에! 제자들이 사부를 쫓아내는 법도 있나요?"

두 눈을 동그랗게 뜨고 묻는 것이 여간 잔망스럽지 않았다.

"그래도 가문의 종손을 죽이려는 것보다는 낫다고 본다만."

"그거나 저거나요."

묵조영이 입을 삐죽거리며 말했다.

"그래, 맞다. 가문에서 쫓겨난 너나 제자 놈들에게 쫓겨난 나나 다를 게 뭐 있겠느냐? 둘 다 똑같은 처지지."

"쫓겨난 것이 아니라 제가 나온 건데요."

묵조영이 볼을 부풀리며 반박했다.

"그거나 저거나!"

노인이 묵조영의 말투를 흉내 내며 말했다.

"그건 제가 한 말이잖아요."

"누가 하면 어떠냐? 쓰는 사람 마음이지. 허허허허허!"

노인의 입에서 처음으로 호탕한 웃음이 터져 나왔다.

얼마 만에 웃는 웃음인지 몰랐다.

그는 한참 동안이나 웃음을 터뜨렸다.

노인의 웃음이 끝나기를 기다린 묵조영이 공손히 물었다.

"한데 어르신의 존함은 어떻게 되나요?"

"나? 을파소(乙波嘯)라 한다."

대답을 하면서 노인이 사뭇 의미심장한 미소를 지었다. 약간은 기대에 찬 미소였다.

"그렇군요."

솔직히 알아주거나 놀라기를 기대한 것은 아니었다. 그래도 묵조영의 반응이 너무 미적지근하자 노인의 미소는 곧 쓴웃음으로 변하고 말았다.

'쯧쯧, 한심하기는. 이미 잊혀졌을 이름인 것을. 다 늙어 어린애에게 무엇을 기대한 것인가?'

사실 그렇게 실망할 일은 아니었다.

단지 묵조영이 무림에 관심을 두지 않았고 또 너무 어린 나이였기에 을파소라는 이름이 무림에 어떤 의미인지 알지 못하는 것뿐이었지, 그의 이름이 무림에서 완전히 사라진 것은 아니었다.

십오 년.

무림에서 을파소라는 이름이 지워지기엔 너무나 짧은 시간임을 그 스스로는 미처 생각하지 못하고 있었다.

"그래, 앞으로는 어찌할 생각이냐?"

"글쎄요. 잘 모르겠어요. 사실 무이산에 유명한 도관이 있다고 해서 한번 구경이나 하려고 온 거예요. 기회가 되면 그곳에서 지내고 싶은 생각도 있었고요."

"무이궁?"

되묻는 을파소의 입가에 비웃음이 흘렀다.

"예."

"홍, 유명하기는 개뿔이. 사이비 도사 놈들이 그럴듯하게 앉아 부적이나 환약 따위를 팔아먹는 곳이다. 너같이 어리고 돈 없는 녀석이 가봤자 문전박대나 당할 뿐이야."

"그런… 가요?"

묵조영의 얼굴이 시무룩해졌다.

그런 묵조영을 곁눈질로 살펴보던 을파소가 지나가는 어투로 말을 던졌다.

"흠흠, 정 머물 곳이 없으면 이곳에서 지내라."

"그래도 되나요?"

묵조영이 반색을 하며 되물었다.

"내가 몸도 성하지 않은 너를 내칠 정도로 무정하게 보이더냐? 어차피 방도 하나 남고… 그렇다고 마냥 눌러앉으라는 것은 아니다. 몸이 성하면 네 갈 길을 가야 한다."

"예."

묵조영이 밝게 웃으며 대답했다.

"쯧쯧, 뭐가 그리 좋다고."

을파소는 뭐가 못마땅한지 퉁명스레 고개를 돌렸다. 하지만 그의 입가에도 알 듯 모를 듯한 미소가 지어져 있었다.

제2장

천마조(天魔釣),
천 년(千年)의 힘이 이어지다

묵조영이 천 길이나 되는 천유봉 절벽 중턱에 세워진 독심거(獨心居)에서 지낸 지도 벌써 한 달이란 시간이 흘렀다.

그사이 늑대들에게 당한 상처도 아물었고 주화입마에 빠졌던 몸도 정상을 찾았지만 그는 떠날 생각을 하지 않았다. 을파소 역시 애당초와는 달리 떠나라는 말을 입에 담지 않았다.

그다지 길지 않은 시간이었음에도 둘 사이에는 보이지 않는 끈끈한 정이 싹트고 있었다.

연배도 다르고 각기 지닌 사연도 달랐지만 믿었던 사람들에게 쫓겨나 오랫동안 홀로 지낸 그들에게 누군가와 대화를 하고 함께 지낸다는 것은 무척이나 즐거운 일이었기 때문이다. 물론 드러내 놓고 좋아하는 묵조영에 비해 을파소는 내색을 하지 않았지만.

그들의 일과는 몹시 평범했다.

때때로 절벽 아래 텃밭에 가서 채소를 가꾸기도 하고 사냥을 하기는 했어도 을파소는 하루 종일 바위에 좌정을 하고 연공을 했다.

묵조영은 굳이 그 이유를 묻지 않았다. 그저 막연히 제자들에게 당한 부상을 치료하는 것은 아닐까 생각할 뿐이었다.

규칙적인 을파소의 생활에 비해 묵조영은 좀 더 자유로운 삶을 살고 있었다.

하루 종일 이 산 저 산 돌아다니며 황산과 더불어 천하제일을 다툰다는 무이산의 절경을 구경하고 을파소를 따라 사냥에 나서기도 했다.

하지만 무엇보다 그가 즐기는 것은 낚시였다.

어릴 적 선친으로부터 배운 낚시는 그가 기댈 수 있는 유일한 취미이자 위안거리였고, 방랑 생활에서 배고픔을 해결해주었던 구명줄이었다. 독심거에서 비교적 안락한 생활을 한다고 해도 그의 일상에서 낚시가 빠질 수는 없었다.

다행히 무이산에는 물이 많았다.

계곡과 계곡을 관통하는 냇물도 있었고 냇물이 모여 큰 강도 이루었다. 또한 곳곳에 큰 호수가 있어 낚시를 하기엔 최적의 조건이었다.

그렇다고 문제가 아주 없는 것은 아니었다.

사람의 손길을 덜 타서 그런지 천유봉 인근의 냇물이나 강, 호수에서 자라고 있는 물고기는 하나같이 힘이 세고 거칠었다. 물고기들과 밀고 당기는 재미는 최고였을지 몰라도 그 힘을 견디지 못한 낚싯대가 자꾸만 부러진다는 데 치명적인 문제가 있었다.

처음엔 그러려니 했다. 물고기의 힘을 감당하지 못해 낚싯대가 부러지는 상황은 낚시꾼에게 축복이나 다름없으니까. 하지만 그것도 하루 이틀이지 하루가 멀다 하고 부러지는 낚싯대 때문에 묵조영은 고민 아닌 고민을 해야만 했다.

"또 부러졌느냐?"

"예."

"쯧쯧, 벌써 몇 개째더냐? 낚시를 한다는 녀석이 낚싯대 하나를 제대로 만들지 못해서야."

양지바른 언덕에 의자 하나를 놓고 앉아 있는 을파소가 아침부터 끙끙대며 대나무를 만지작거리는 묵조영을 보며 혀를 찼다.

"제대로 만들지 못하는 게 아니라 놈들의 기운이 너무 세서 그래요."

묵조영이 겸연쩍은 미소를 지으며 변명 아닌 변명을 했다.

최근에 발견하고 직접 천상연(天上淵)이라는 이름까지 붙여준 연못. 한번 낚시를 하러 갈 때마다 낚싯대를 서너 개는 챙겨가야 할 정도로 그곳에 서식하고 있는 물고기들은 힘이 셌다.

어제만 해도 준비한 낚싯대가 모조리 부러지는 바람에 한 마리도 잡지 못하고 돌아오지 않았던가.

"여기 대나무는 너무 약해요. 옛날 낚싯대였다면 그까짓 녀석들 문제도 없는데."

낚싯대 끝에 명주를 꼬아 만든 낚싯줄을 묶던 묵조영은 지난날 늑대들과의 싸움에서 선친이 남겨준 낚싯대를 잃은 것을 무척이나 아쉬워하며 혀를 날름거렸다.

"이놈! 곧 죽어도 실력이 없다는 소리는 안 하는구나!"

을파소가 콧방귀를 뀌며 소리쳤다.

"제가 비록 이래 봬도 넉 달 전 송계현(松鷄懸)에서 열린 낚시대회에서 우승까지 했던 몸이라고요. 그때 잡은 물고기가 한 자(33㎝) 반이 넘었어요."

묵조영이 정색을 하며 대꾸했다. 양손으로는 자기가 잡은 물고기를 어림잡아 표현했다.

그런 묵조영이 귀엽기도 하고 가소롭기도 하여 코웃음을 치는 을파소.

"낚시대회? 쯧쯧, 어떤 정신 나간 놈이 그딴 대회를 연단 말이냐? 그나저나 알 만하다. 네가 우승을 할 정도면."

이 정도면 비웃는 것이 아니라 노골적으로 약을 올리는 것이었다.

"그게 아니라니까요! 인근에서 한다 하는 사람은 다 모였어요! 참가한 사람만 수백 명에 현감까지 와서 구경을 할 정도였다고요!"

빽 소리를 지르는 것이 꽤나 분한 듯했다.

"그래그래, 그렇다고 치자꾸나."

을파소는 약을 올리며 슬그머니 고개를 돌려 묵조영의 반응을 살폈다. 그의 예상대로 묵조영은 씩씩거리며 분함을 삭이지 못했다.

'고 녀석, 다른 것은 아무렇지도 않으면서 낚시 얘기만 나오면 열을 올린단 말이야?'

잔뜩 얼굴을 찌푸리고 있는 묵조영을 살피며 을파소는 내심 고소를 지었다.

"조영아."

"……."

대답이 없었다.

'단단히 삐친 모양이군.'

피식 웃음을 터뜨린 을파소가 다시 은근한 어조로 입을 열었다.

"조영아."

"……."

고개를 돌린 묵조영은 여전히 대답이 없었다.

"근사한 낚싯대가 있는데……."

순간, 묵조영의 어깨가 꿈틀했다.

을파소의 입가에 절로 미소가 지어졌다.

"오래돼서 그렇지 제법 근사한 놈이라지, 아마……."

말이 끝나기가 무섭게 묵조영의 고개가 돌려지고, 을파소는 입가에 머물러 있던 미소를 재빨리 지웠다.

"낚싯대요?"

"그래, 낚싯대."

"어디에요?"

발딱 일어나는 것이 당장에라도 달려가 가져올 태세였다.

"보여줄까?"

목소리가 그렇게 은근할 수가 없었다.

"예."

언제 삐쳤냐는 듯 목소리에 힘이 넘쳤다.

"내 방에 가면 벽에 걸려 있는……."

더 이상의 말은 필요가 없었다. 묵조영은 이미 방으로 달려가고 있었다.

고작 두어 번 숨을 내쉬었을까?

방까지 한달음에 달려갔다 온 묵조영이 숨을 할딱이며 기다란 자루 하나를 들고 왔다.

"이거 맞지요?"

"그래, 열어봐라."

허락이 떨어지자 묵조영의 손길이 분주해졌다.

주머니 끝을 봉하고 있는 실을 풀고 조심스레 내용물을 쏟아냈다. 그러자 다섯 자 남짓 되는 거무튀튀한 나무 막대기가 모습을 드러냈다.

"우와!"

절로 탄성이 터져 나왔다.

한눈에 봐도 멋들어졌다.

오랜 세월을 자랑이라도 하듯 전신에 어린 묵빛은 묘한 기운을 풍기고 있었고, 손잡이 부분에 음각(陰刻:평평한 면에 글자나 그림을 안으로 들어가게 새긴 것)으로 새겨진 용두(龍頭) 또한 예사롭지 않았다.

"펴보아라."

말이 떨어지기가 무섭게 묵조영은 하나로 겹쳐진 낚싯대를 쭉 폈다. 그의 손길에 따라 큰 몸통에 몸을 숨긴 작은 마디들이 모습을 드러냈다.

낚싯대의 길이는 어림잡아도 이 장은 되어 보였다.

특히 도드라진 것은 작은 마디들이 펼쳐지자 완전히 모습을 드러낸 음각의 용 무늬였다.

낚싯대 전체를 휘감고 돌며 여의주를 입에 물고 승천하는 모양이 실로 섬세하게 표현되어 당장이라도 살아 꿈틀거릴 것만 같았다. 사람의 솜씨라고 하기 힘들 정도로 정교하게 새겨진 용 무늬는 놀라움을 떠나 신비로움 그 자체였다.

"너무 멋져요. 혹시 따로 부르는 이름이 있나요?"

묵조영이 몽롱한 표정으로 물었다.

"천마조(天魔釣)라고 한다."

"천… 마… 조."

묵조영은 그 이름을 뇌리에 각인이라도 하려는 듯 한 자 한 자를 끊어 읊조렸다.

"천마조라……. 조금 으스스하기는 해도 근사한 이름이네요. 너무 잘 어울려요."

"옛날엔 간혹 시산혈해(屍山血海)라고 불리기도 했다더구나."

"시… 뭐요?"

잠깐 딴생각을 하느라 제대로 듣지 못한 묵조영의 물음에 을파소는 조용히 고개를 흔들었다.

"아무것도 아니다."

'녀석과는 상관없는 이름. 굳이 알려줄 필요는 없겠지. 혹시라도 인연이 닿는다면 모를까.'

천마조를 지그시 응시하는 그의 눈길엔 알 수 없는 회한이 담겨져 있었다.

"어쨌거나 마음에는 드느냐?"

"예."

묵조영이 활짝 웃었다.

"그것이라면 조막만 한 물고기를 잡느라 대가 부러지는 일은 없을 것이다."

"그럴 것 같아요."

평소의 묵조영이라면 조막만이라는 말에 발끈할 터이지만 지금은 아예 대꾸할 생각을 하지 않았다. 그만큼 눈앞의 낚싯대는 정신을 멍하게 만들 정도로 매력적이었다.

을파소가 빙그레 웃음 지었다.

'아무렴. 부러질 일이 없지. 그게 어떤 물건인데.'

"한데 이건 뭐지요?"

낚싯대를 이리저리 살피던 묵조영이 낚싯대 맨 밑 손잡이 부분에 살짝 튀어나와 있는 반지 모양의 끈을 가리키며 물었다.

"낚싯대를 잡고 손가락을 끼워보거라."

천마조를 움켜쥔 묵조영이 엄지손가락을 끈에 집어넣었다.

"엄지손가락에 끼는 것 맞지요? 조금 헐거운데요?"

"그거야 나중에 조정을 하면 되는 것이고, 끈을 당겨보아라."

"예?"

"당겨보라니까."

묵조영은 을파소가 시키는 대로 살짝 끈을 당겼다. 그러자 쭉 펴진 낚싯대가 움찔했다.

"조금 더 세게."

엄지손가락에 힘을 더 주자 움찔했던 낚싯대가 갑자기 반으로 접혔다.

"이야! 이거 신기한데요?"

낚싯대의 갑작스런 변화에 놀란 묵조영이 신나 소리치자 을파소는 별것 아니라는 듯 말했다.

"낚싯대의 마디마디가 끈으로 연결되어 조종이 가능한 것이다. 단, 어느 정도의 힘을 주느냐에 따라 움직임이 결정되지. 한 번의 움직임으로 완전히 접을 수도 있고, 지금처럼 반 정도가 접힐 수도 있다. 그것을 결정하는 것은 순전히 너의 감이다. 쉽게 되지는 않겠지만 며칠 연습하면 어느 정도는 적응이 될 게다."

"그렇군요."

"이리 줘봐라."

낚싯대를 건네받은 을파소가 끈을 당겨 낚싯대를 완전히 접었다. 그리곤 묵조영을 향해 살짝 시선을 던졌다.

"줄이는 것은 끈으로 하지만 낚싯대를 펴는 것은 이렇게 하는 것이다."

묵조영이 침을 꼴깍 삼키며 그의 행동을 뚫어져라 살폈다.

을파소의 왼손이 낚싯대를 향해 천천히 움직였다. 그리곤 손바닥으로 낚싯대의 맨 밑 부분을 툭 쳤다.

순간, 완전히 접혔던 낚싯대의 두 번째 마디가 살짝 모습을 드러냈다.

"이것 역시 힘 조절이 필요하다. 얼마나 세게 치느냐에 따라 조금 움직일 수도 있고 이렇게 한 번에 움직일 수도 있지."

을파소의 손이 재차 움직이고, 두 번째 마디만 살짝 보이던 낚싯대가 완전히 펴졌다.

"와!"

묵조영의 탄성이 또다시 터졌다.

"끈을 이용하는 것보다 익숙해지기는 어려울 게다. 하나, 이것 또한 연습하면 금방 네 마음대로 조절할 수 있을 터. 노력하다 보면 나중에는 단지 손목의 움직임만으로도 낚싯대를 자유자재로 접고 펼칠 수 있을 것이다. 물론 모두 네가 하기 나름이지만."

낚싯대를 건네는 을파소의 얼굴이 자못 근엄했다. 하지만 낚싯대를 건네받는 묵조영의 얼굴은 밝기만 했다.

"신기하기는 한데요… 사실 낚시할 때 이런 기능은 그다지 필요없어요. 묵직한 놈이 걸려도 부러지지 않는 탄력이 있으면 그게 최고지요."

순식간에 떫은 감을 씹는 듯한 표정으로 변하는 을파소.

그것을 못 본 묵조영은 자루에서 꺼낸 낚싯줄을 살피며 얼굴을 찡그렸다.

"낚싯대는 마음에 드는데 줄이 영 부실하네요."

"뭐가 말이냐?"

되묻는 을파소의 음성은 퉁명하기만 했다.

"너무 낡은 듯해서요. 이렇게 낡아서는 큰 물고기의 무게를 견디지 못해요."

"과연 그럴까?"

씰룩거리는 을파소의 입가가 묘한 분위기를 풍겼다.

"낡아 보이면 어디 끊어보아라."

"예?"

"그렇게 약해 보이면 끊어보라니까."

"하지만……."

"네 힘으로 끊어질 정도면 어차피 물고기의 힘도 견디지 못할 것 아니냐? 그러니까 미리 시험해 봐야지."

"뭐, 그러지요."

묵조영은 당연한 것을 왜 시키냐는 듯 떨떠름한 표정으로 낚싯줄을 잡았다. 그리곤 양손에 힘을 주기 시작했다.

굵기가 머리카락과 엇비슷할 정도로 얇은 낚싯줄이 팽팽하게 당겨졌다.

한데 뭔가가 이상했다.

툭 건드리기만 해도 끊어질 것만 같던 낚싯줄이 의외로 질긴 것이 아닌가. 아니, 엄밀히 말하면 질긴 정도가 아니었다.

"왜? 금방 끊을 수 있을 것 같다더니?"

을파소가 고소하다는 표정으로 말했다.

"아, 아니, 그게……."

얼굴이 붉어질 정도로 힘을 주었던 묵조영은 손바닥을 파고드는 아픔에 결국 힘을 빼고 말았다. 그리곤 황당하다는 듯 낚싯줄을 쳐다봤다.

"낡아빠졌는데……."

쉽게 끊어질 것처럼 보였던 낡디낡은 낚싯줄의 어디에 그런 질긴 힘이 있는지 의아할 정도였다.

"고작 네 힘에 끊어질 정도라면 천 년의 세월을 견디지도 못했을 것이다."

"예? 처, 천 년이요?"

"그래, 천 년이다. 저 낚싯대와 낚싯줄이 견뎌온 세월이."

"세상에!!"

자신이 살아온 세월이 고작 십여 년. 천 년이라면 도대체 어느 정도의 세월이란 말인가? 도저히 계산이 되지 않았다.

"한데 어떻게 그런 오랜 세월 동안 변하지 않고 전해질 수 있지요? 천 년이라면 산이 깎여 들판이 되고 거대한 암석이 모래가 될 정도로 오랜 시간일 텐데요."

"궁금하냐?"

"예."

"궁금하면 냉큼 술이나 내오너라. 오랜만에 목 좀 축여야겠구나."

묵조영은 단숨에 부엌으로 내달려 간단한 안주와 함께 을 파소가 삼 년 전에 담갔다는 머루주를 내왔다.

연거푸 석 잔의 술을 들이킨 을파소는 궁금증에 귀를 쫑긋 세우고 있는 묵조영을 바라보며 피식 웃음을 터뜨렸다.

"그렇게 재촉할 필요는 없다. 알고 나면 그다지 대단할 것은 없으니까. 아무튼 목을 축였으니 말은 해주마. 우선 낚싯대는 말이다……."

묵조영은 숨소리조차 감추며 다음 말을 기다렸다.

그의 얼굴엔 어린아이만이 가질 수 있는 천진난만함과 즐거움, 두근거림, 그리고 감출 수 없는 호기심이 담겨 있었다.

"낚싯대의 재질은 보다시피 대나무다. 그런데 한낱 대나무가 어찌 천 년을 견딜 수 있을까? 그리고 이런 단단함을 자랑하며 말이다."

설명을 하다 말고 낚싯대를 치켜든 을파소가 옆에 있는 바위를 후려쳤다. 묵조영이 기겁을 하며 말리려 했지만 낚싯대는 이미 바위에 부딪치고 말았다.

묵조영은 산산이 조각나는 낚싯대를 상상하며 두 눈을 질끈 감았다.

그러나 잠시 후, 살짝 뜬 그의 눈에 도저히 믿을 수 없는 광경이 들어왔으니…….

"세, 세상에!"

입을 쩍 벌린 묵조영은 할 말을 잃고 말았다.

바위를 후려친 낚싯대는 멀쩡하고 오히려 낚싯대에 맞은 바위가 산산이 박살나고 만 것이다.

묵조영의 놀람과는 상관없이 을파소의 설명은 이어졌다.

"사람이라고 모두 같은 사람이 아니듯 대나무라고 모두 같을 수는 없는 법이다. 어느 지역에서 자란 대나무냐에 따라 그 기질도 두께도 다르다. 큰 것은 어른이 보듬어 안기가 힘들 정도고 길이만 십 장이 넘는 것이 있다. 여느 거목과 비견하여도 꿀리지 않을 크기지."

"해남도(海南島)에 그런 대나무가 있다고 들었어요. 그래도 대나무가 이렇게 강하다는 말은 들은 적이 없어요."

아직도 조금 전의 충격이 가시지 않았는지 묵조영의 얼굴은 여전히 상기되어 있었다.

"그럴 게다. 천하에 많은 종류의 대나무가 자라고 있지만 묵죽(墨竹)은 좀처럼 보기 힘든 것일 테니까."

"묵죽이요? 그럼 이게 물을 들인 것이 아니라……."

묵조영이 을파소가 들고 있는 낚싯대를 살피며 믿을 수 없다는 듯 중얼거렸다.

"본래의 색이다."

"하지만 묵죽이라면 먹으로 그린 대나무를 말하는 것 아닌가요? 그런 종류의 대나무가 있다는 말은 들은 적이 없는데요?"

"알려지진 않았어도 묵죽은 틀림없이 존재했다. 오직 천산(天山)에서만. 그것도 아주 소량으로 자란 적이 있었지."

"자란 적이 있었다면……."

"그래, 지금은 멸종되었다. 애당초 천산은 대나무가 자라기 힘든 혹독한 기후로 그곳에서 존재했다는 것 자체가 기이한 것이니까. 하긴, 그러한 조건에서 견뎠기에 이렇듯 강한 것이겠지만 말이다."

"믿을 수가 없어요."

고개를 흔드는 묵조영을 보며 을파소가 엷은 미소를 흘렸다.

"그럴 만도 할 게다. 나도 처음엔 믿을 수가 없었으니까. 하지만 생각해 보면 불가능한 것도 아니야. 네가 만년홍학과 음양쌍두사의 기운을 한 몸에 지니고 있는 것처럼 말이다. 그 역시 전설로만 내려오던 영물들이 아니더냐?"

"그렇긴 해도……."

"아무튼 천마조는 천산에서만 자란다는 바로 그 묵죽으로 만들었다. 네가 보았듯이 가벼우면서도 탄력이 있고 강하기가 철보다 더하지."

무슨 말을 하겠는가?

묵조영은 고개만 끄덕였다.

"그리고 이 낚싯줄 또한 예사로운 것이 아니다."

"그럴 것 같아요."

낚싯대와 마찬가지로 천 년을 버텼다고 하지 않던가. 예사롭지 않다면 그것이 도리어 이상할 것이다.

"인면지주(人面蜘蛛)라고 들어봤느냐?"

"인면지주라면… 거미의 몸통에 사람의 얼굴을 가졌다는 그 괴물 말인가요?"

"괴물이 아니라 영물이다."

"하지만 그것도 전설에서나……."

"쯧쯧, 다시 한 번 말해야겠느냐? 지금 네 몸 자체가 있을 수 없는 전설로 가득 차 있음을."

을파소의 혀 차는 소리에 묵조영은 입을 다물 수밖에 없었다.

"음양쌍두사보다는 못해도 인면지주 역시 그에 못지않은 맹독을 지닌 영물이다. 크기 또한 손바닥만 한 것부터 큰 것은 어른의 몸통보다 훨씬 크다고 전해진다. 물론 전설에서 말이다."

전설을 강조하는 을파소의 표정이 몹시 짓궂었다.

"인면지주가 뿜어내는 줄은 눈에 보이지 않을 정도로 얇지만 질기기가 천하에 으뜸이다. 스치기만 해도 절명할 정도로 강한 독도 묻어 있고."

"바로 그 줄로 낚싯줄이 만들어진 것이군요?"

"그래. 독성을 제거한 인면지주의 거미줄을 꼬아 만든 것이 바로 네가 들고 있는 낚싯줄이다. 하나로 보여도 그게 백여 가닥이나 엮어 만든 것이야."

"그렇군요."

길게 대답을 뺀 묵조영은 낚싯줄을 눈앞에 들고 요리조리 살펴봤다. 아무리 봐도 여러 가닥을 엮어 만든 흔적은 보이지 않았다. 그리고 그다지 질겨 보이지도 않았다.

"믿지 못하겠느냐?"

"그런 것은 아니지만……."

"믿을 수 없다면 실험을 해보자꾸나. 다시 한 번 끊어보거라. 이번엔 칼을 사용해도 좋다."

"아, 아니요. 그냥 믿을래요."

행여나 끊어지면 그 이상의 낭패가 없었다.

묵조영이 질색을 하며 고개를 흔들자 그가 어떤 생각을 하고 있는지 뻔히 알면서도 을파소는 별다른 얘기를 하지 않았다.

"내 얘기를 신뢰하든 그렇지 않든 일단 사용해 보거라. 단, 완전히 네게 준다고는 못하겠구나. 솔직히 천마조는 나도 함부로 할 수 없는 물건이라서……."

을파소가 묵조영에게 낚싯대를 건네며 말했다.

"빌리는 것으로 하지요 뭐."

묵조영은 그것이 뭐 대수겠냐는 듯 선선히 고개를 끄덕였다.

"그리 생각하면 다행이고. 천마조는 그 자체에 오랜 역사를 가지고 있고 수많은 사람들의 사연이 얽혀 있는 물건이다. 어떻게 사용하라고 딱히 말은 하지 않겠다. 다만 네게 필요한 것 같아서 잠시 맡겨두는 것이니 소중히 다뤄줬으면 좋겠구나."

눈빛이며 음성이 더없이 진지했다.

"예."

묵조영이 낚싯대를 갈무리하며 공손히 대답했다.

그러나 사실은 을파소의 마지막 당부는 귀에 들어오지도 않았다. 그의 마음은 이미 천마조를 들고 천상연의 물고기들을 어떻게 요리할 것인가에 빼앗기고 있었다.

천 년의 세월을 관통해 온 천마조가 묵조영에게 이어지는 순간이었다.

$$*\qquad*\qquad*$$

천마조를 들고 낚시에 나선 지 며칠. 을파소의 장담대로 낚 싯대로서 천마조는 최고였다.

적당히 가벼운 무게 하며 물고기를 낚았을 때 전해오는 탄력이 부족하지도 과하지도 않았다. 소위 꾼들이 말하는 명품 중의 명품이었다.

며칠 동안 이곳저곳에서 천마조의 성능을 실험한 후 묵조영은 그동안 수없이 많은 낚싯대를 못 쓰게 만들고 자신을 농락한 천상연의 물고기들과 일전을 벌이기 위해 움직였다.

이른 아침, 든든하게 아침을 먹고 비웃는 것인지, 아니면 단순한 코웃음인지, 그것도 아니면 응원의 의미인지 딱히 뭐라 말하기가 애매한 을파소의 미소를 뒤로하고 천상연으로 향했다.

가진 것은 힘밖에 없는 물고기들을 상대하기 위해 그가 새벽부터 준비한 것은 찐 감자와 깻묵을 갈아 섞어 만든 밑밥(미끼)과 밭에서 잡은 지렁이였다. 그리고 무엇보다 가장 든든한 무기라면 당연히 천마조였다.

"흐흐흐, 요놈들! 오늘은 단단히 각오해야 할걸!"

흥겨운 콧노래가 절로 흘러나왔다.

천마조를 어깨에 둘러메고 미끼가 담긴 주머니를 앞뒤로 흔들며 걷는 묵조영의 걸음은 가볍기만 했다.

천상연은 독심거에서 이각(30분) 정도의 거리에 위치해 있었다.

크기는 사방 칠 장. 무이산에 위치한 여타의 많은 호수와 연못에 비해 크다 할 수는 없어도 그 안에 서식하고 있는 물고기의 크기나 힘은 주변과 비교해 단연 최고였다.

천상연으로 유입되는 유일한 물줄기인 북쪽 수로(水路:수로라 하기엔 민망할 정도로 적은 양의 물이 유입되었지만)에서 왼쪽으로 조금 떨어져 있는 곳. 스스로 명당이라 생각하여 평소에 즐겨 하던 곳에 자리를 잡은 묵조영의 손길이 바빠졌다.

새총처럼 좌우로 갈라진 나뭇가지를 적당한 거리를 띄워 땅에 박고 그 위에 천마조를 드리웠다.

묵조영은 천마조의 끝 자락이 살짝 물에 잠기는 것을 확인한 다음 미끼의 상태를 확인했다.

찐 감자와 깻묵을 섞어 만든 밑밥은 적당히 찰기를 유지하고 있었고, 갑자기 스며드는 밝음에 흙 속으로 몸을 숨기는 지렁이의 꿈틀거림도 기운찼다.

"히히히."

자신도 모르게 만족한 웃음을 지은 묵조영이 살림망—낚시로 잡은 물고기를 산 채로 담아두는 그물 모양의 망—을 물에 담그는 것을 끝으로 모든 준비는 끝났다.

바위에 걸터앉은 묵조영의 왼손이 주먹 크기로 한데 뭉쳐 있는 밑밥으로 향했다. 그리곤 적당한 양을 떼어낸 후 낚싯바늘에 꼼꼼히 눌러 달았다.

밑밥이 떨어지지 않을 정도로 고정된 것을 확인한 묵조영이 손목을 빙글빙글 돌렸다. 손목의 움직임에 따라 천마조가 흔들리고, 그 힘을 받아 허공으로 치솟은 낚싯줄이 거대한 원을 그리며 선회했다.

허공에서 선회를 하는 낚싯줄이 충분히 힘을 받았다고 생각하는 순간 낚싯대가 앞으로 향하고, 그에 이끌린 낚싯줄이 수초 더미가 있는 곳으로 쭉 뻗어나갔다.

퐁당.

물이 튀는 소리가 기분 좋으리만큼 경쾌했다.

묵조영이 던진 낚싯바늘은 제법 거리가 있음에도 수초가

있는 곳에서 한 뼘 정도 떨어진 곳에 정확히 안착하였다.

묵조영은 바늘에 걸린 밑밥이 물속에 사라진 후 서너 호흡 만에 천마조를 낚아챘다. 당연히 걸린 물고기는 없었다. 하지 만 그는 재차 밑밥을 걸고 조금 전과 똑같은 장소에 밑밥을 던졌다. 그리곤 또다시 밑밥만을 바닥에 떨어뜨리는 행위를 했다.

그와 같은 행위를 십여 번 반복했을까.

준비해 온 밑밥이 거의 바닥났을 즈음 묵조영의 고개가 살 짝 끄덕여졌다.

"그럼 시작해 볼까?"

묵조영의 손길이 지렁이로 향했다.

흙 속에서 요리조리 몸을 피하던 지렁이 중 한 마리가 그의 손에 잡혀 모습을 드러냈다. 살이 통통하게 오르고 붉은 표면 이 번들거리는 것이 징그럽기 짝이 없었으나 묵조영의 눈엔 사랑스럽기만 했다.

"너희들이 잘해줘야 해."

앞에 던진 밑밥은 그야말로 물고기를 모으는 역할을 하는 것. 그렇게 모인 물고기를 낚는 진정한 미끼는 바로 지렁이였 다.

묵조영은 손가락 사이에서 꿈틀대는 지렁이를 능숙하게 바늘에 낀 다음 천마조를 빙글빙글 돌리더니 그가 목표로 하 는 곳을 향해 대를 뉘었다. 바늘에 몸이 꿰인 채 허공에서 크게 선회를 하고 있던 지렁이가 밑밥이 깔려 있는 곳에 정확하게 떨어졌다.

바늘이 안정적으로 안착한 것을 확인한 묵조영은 천마조를 땅에 박아놓은 지지대에 살짝 내려놓고는 팔짱을 끼었다.

이제부터는 그야말로 하염없는 기다림을 즐기는 일만 남았다.

초조해해서는 안 된다. 언제쯤 신호가 올 것인가 안달을 해서도 안 된다. 진정한 낚시꾼이라면 기약없는 기다림도 즐길 줄 알아야 했다. 어쩌면 그 기다림이야말로 낚시의 진정한 재미라 할 수 있었다.

그렇게 얼마쯤 기다렸을까?

묵조영이 혓바닥을 내밀어 입술을 축였다.

천상연의 표면엔 아무런 이상이 없었다.

물결의 흔들림도 찾아볼 수 없었다. 잔 떨림도 없이 고요하기만 한 상태. 그러나 어려서부터 익혀온 경험으로 이미 물고기가 모여들었다는 것을 직감했다.

팔짱을 푼 묵조영이 천마조에 살며시 손가락을 갖다 댔다. 미세한 떨림이 느껴졌다.

'왔다.'

묵조영은 조금 더 기다렸다.

물고기의 움직임이 단순히 먹이를 건드리는 것일 뿐, 본격적으로 삼킨 것은 아니었기 때문이다.

바로 그때, 단지 건드리거나 툭툭 쳐보는 것과는 다른 느낌이 바늘을 통해, 낚싯줄과 낚싯대를 통해 손까지 전해졌다.

챔질—낚싯대를 낚아채는 행동을 말하는 낚시 용어—의 기회만을 살피던 묵조영이 때를 놓치지 않고 번개같이 천마조를 낚아챘다.

핑!

예리한 파공성과 함께 천마조가 하늘로 치솟고 물속에 잠겼던 낚싯줄도 팽팽하게 당겨졌다.

잔잔하던 물결이 요동치기 시작했다.

천마조의 끝이 크게 휘어지는가 싶더니 방향을 잃고 이리저리 움직였다.

'좋아!'

손에 전해오는 묵직한 느낌. 제대로 걸린 것이다.

묵조영의 입가에 회심의 미소가 지어졌다.

"웅차!"

나직한 기합성과 함께 천마조를 잡은 손에 힘이 더 실렸다. 더불어 천마조의 몸통도 조금 더 휘었다.

"이놈아, 모습을 드러내라."

말이 끝나기가 무섭게 커다란 물고기 한 마리가 모습을 드러냈다. 햇빛에 반사되어 반짝반짝 빛나는 은빛 비늘의 붕어였다.

미친 듯이 요동을 치던 붕어의 움직임은 머리가 물 밖으로 나오기가 무섭게 멈춰졌다. 그리곤 묵조영의 손이 이끄는 대로 힘없이 질질 끌려왔다. 간혹 바늘을 떨어내기 위해 꿈틀대기도 했지만 입속 깊숙이 박힌 바늘은 빠질 줄 몰랐다.

그렇게 물 밖으로 모습을 드러낸 붕어는 별다른 저항도 못하고 묵조영의 손으로 들어왔다. 그러나 묵조영의 얼굴은 첫 번째 손맛을 본 사람치고는 그다지 좋지 못했다.

"쳇, 너무 작잖아?"

몸통만 한 뼘은 넘는 크기. 월척은 아니더라도 결코 작지 않은 크기였다. 그럼에도 마음에 들지 않는 모양이었다.

입속에서 바늘을 빼낸 묵조영이 애써 잡은 붕어를 다시 놓아주며 소리쳤다.

"넌 얼른 가서 밥이나 더 먹고 대신 삼촌들이나 빨리 오라고 해."

치기 어린 외침 후에 묵조영은 다시 지렁이를 달았다.

눈에 보이지도 않는 물속 붕어의 움직임을 파악하고 낚아채는 능력과 미끼를 갈아 끼우는 빠른 손놀림에선 결코 녹록하지 않은 연륜이 느껴졌다.

그렇다고 늘 성공하는 것은 아니었다.

첫 번째 붕어를 낚은 이후 연거푸 세 번의 챔질을 했으나 모두 다 허탕이었다. 얄밉게도 미끼인 지렁이만 살짝 따먹고 도망친 것이다.

그런 식으로 세 번의 챔질 후 한참 동안 입질이 없었다.

묵조영은 아쉬워할망정 짜증을 내거나 하지는 않았다.

그것 또한 낚시가 주는 묘미가 아니겠는가.

그는 오히려 더욱 집중하여 낚시에 몰두했다. 꾸준했던 입질이 갑자기 멈춘다는 것은 근처에 큰 물고기가 나타났을 가능성이 크다는 의미이기도 했기 때문이다.

아니나 다를까, 손가락 끝을 통해 묵직한 느낌이 왔다.

'대물(大物)이다!'

그것이 본능적으로 대물의 움직임이라는 것을 간파한 묵조영은 한층 신중한 자세로 물속을 응시하며 신경을 곤두세웠다.

물고기는 굉장히 조심스러웠다.

두어 번 건드린 다음 바로 덤벼드는 다른 놈들과는 달리 좀처럼 움직일 기미를 보이지 않았다. 슬쩍 한번 치고는 한참을 있다가 한 번 더 건드려 보는 식이었다.

'집중해야 돼.'

집중력을 잃고 욕심을 부리면 백이면 백 물고기는 도망을 칠 것이다.

드디어 낚시꾼과 물고기의 신경전이 최고조에 이르는 순간,

다시 한 번 툭 치는 흔들림이 있었다.

'아직도 아냐.'

챔질을 하고픈 욕망이 꿈틀댔지만 참고 또 참았다.

마침내 묵직한 느낌이 왔다.

기다리던 때가 왔음을 직감한 묵조영이 천마조를 낚아챘다. 마치 쾌검의 고수가 칼을 뽑는 것과 같은 민첩한 손놀림이었다.

피이잉!!

낚싯줄이 팽팽히 당겨지며 찢어질 듯한 파공성이 울리고 천마조가 부러질 정도로 휘었다.

'대물!'

예상대로였다.

조금 전, 잔챙이를 낚아 올릴 때와는 비교도 되지 않을 정도로 묵직한 느낌에 심장이 두근거렸다.

재빨리 일어난 묵조영은 한 발짝 뒤로 물러나며 천마조를 최대한 들어올렸다. 이런 대물은 빨리 제압하지 않으면 바늘을 물고 수초가 있는 곳으로 들어가 버리는 수가 있었다. 그리되면 낚싯줄과 수초가 한데 뒤엉켜 용빼는 재주가 있어도 물고기를 낚아 올릴 수가 없다. 물론 천마조가 보통 낚싯대가 아니고 낚싯줄 또한 질기기가 천하의 으뜸이어서 억지로 당긴다면 줄을 끊어야 하는 상황은 벌어지지 않겠지만 십중팔구 바늘이 물고기의 입을 찢어버리는 상황이 벌어질 것이다. 노리고 노려서 낚은 대물을 그런 식으로 잃는다면 아쉬움에 밤잠을 설치게 될 터.

'그럴 수야 없지.'

묵조영은 물고기가 움직이는 방향을 미리 예측하여 그때마다 제동을 걸면서 길고도 치열한 싸움을 시작했다.

물고기가 힘을 쓰면 조금 풀어주고 낚싯줄이 조금 느슨해졌다 싶으면 재빨리 당겨 도망갈 여유를 주지 않았다.

물기에 젖은 낚싯줄은 팽팽히 당겨지다 못해 칼날과 같았고, 부러질 듯 휘어진 천마조의 모습도 무척이나 위태로워 보였다.

'머리만, 머리만 내밀면 돼.'

아무리 거세게 저항을 하는 물고기라도 물 밖으로 머리를 내밀고 공기와 접촉하는 순간 축 늘어지게 마련이었다. 물고기와의 힘겨운 싸움은 바로 그때까지였다. 문제는 일각이 넘도록 치열한 싸움을 벌였지만 머리는커녕 꼬리조차 볼 수 없다는 것.

한참 동안 밀고 당기는 접전을 펼쳤음에도 물고기는 좀처럼 기운이 빠지지 않았다. 아무리 힘껏 당겨도 딸려오지 않았다. 오히려 미세하나마 한발한발 끌려가는 형국이었다. 지금과 같은 상황을 대비하여 미리 파둔 땅에 다리를 고정시키지 않았다면 그대로 끌려갈 수도 있는 순간의 연속이었다.

'정말 대단한걸.'

평상시 같으면 벌써 낚싯대가 부러질 상황이었음에도 을파소가 장담한 대로 천마조는 끄떡도 하지 않았다.

불안감은 어느새 사라졌다.

"좋아, 누가 이기나 해보자."

이마에 번들거리는 땀을 닦기 위해 잠시 여유를 두었던 묵조영이 이를 악물고 힘을 주기 시작했다.

최후의 싸움이 임박했음을 알고 있는지 묵조영의 힘에 대항하는 대물의 반응도 만만치 않았다.

계속되는 둘의 싸움으로 인해 천마조는 더 이상 휠 수 없을 정도로 휘었다. 거의 원을 그릴 정도로 휘어져 당장에 부러진다 해도 이상하지 않을 만큼 위태로운 모습이었다.

바로 그때였다.

천마조의 상태를 살피고자 힐끗 시선을 던지던 묵조영의 눈이 동그래졌다. 멋들어지게 천마조를 장식했던 용 무늬가 없어졌기 때문이다. 엄밀히 말해서 모든 무늬가 사라진 것은 아니었다. 밑 부분의 용두는 여전히 위용을 자랑했다. 다만 그 위의 무늬가 점점 희미해지더니 중간 부분부터는 아예 사라진 것이다.

따지고 보면 그것도 사실은 아니었다.

용 무늬는 사라졌어도 그것이 있었던 흔적만큼은 분명 남아 있었다. 그것이 당장에라도 하늘로 오를 듯 사실감있게 그려졌던 용 무늬가 아니라 깨알같이 흘려 쓴 글씨라는 것이 다른 점이었지만.

'뭐지?'

이상한 생각이 들었다. 그렇지만 거기에 신경을 쓸 틈이 없

었다. 최후의 발악을 하는 대물이 뭔가를 생각할 잠깐의 틈도
주지 않고 윽박질렀기 때문이다.

재빨리 정신을 가다듬은 묵조영은 다시 대물과의 싸움에
열중했다.

그렇게 다시 얼마의 시간이 흘렀을까.

천마조를 통해 전해오는 힘이 조금씩 약해지는 것을 느끼
며 한발한발 뒤로 물러난 묵조영은 마침내 대물의 모습을 볼
수 있었다.

황금빛 비늘을 반짝이며 거친 숨을 할딱이는 대물의 얼굴.

"잉어잖아!"

장장 반 시진에 걸친 싸움이 끝남을 알리는 환호성이었다.

제3장

마도십병(魔道十兵)

"오늘은 일찍 오는군."

좌정을 하고 있던 을파소의 입가에 미소가 그려졌다. 멀리서 들려오는 콧노래를 들은 까닭이었다.

그의 말을 증명이라도 하듯 네다섯 번의 호흡이 끝나자 절벽의 모퉁이를 돌아 걸어오는 묵조영의 모습이 보였다.

"허!"

묵조영을 모습을 본 을파소가 자신도 모르게 어처구니없는 웃음을 토해냈다.

땀에 젖은 몸에 먼지가 달라붙어 거지도 그런 상거지 꼴이 아니었고, 넉 자나 되는 물고기를 들다 못해 거의 질질 끌다시피 하여 오는 모양이 안쓰럽기까지 했다.

"아주 가관이구나!"

보다 못한 을파소가 몸을 움직였다.

묵조영이 잡아온 물고기는 보기보다 훨씬 무거웠다.

"쯧쯧, 들고 오지도 못할 물고기는 뭣 하러 잡았느냐? 헛!
제법 나가는구나!"

별다른 생각 없이 물고기를 들던 을파소의 입에서 헛바람
이 터져 나왔다.

"허, 모양을 보아하니 잉어 같은데 어디서 이런 괴물을 잡
았느냐? 백 근(60㎏)은 족히 나가겠는걸."

"천상연에서요."

묵조영은 더 이상 걸을 힘도 없다는 듯 털썩 주저앉아 버렸
다.

"벼르고 벼르더니만 결국 해냈느냐? 한데 어째 고생깨나
한 듯하구나."

"반 시진도 넘게 놈과 싸웠어요. 어찌나 힘이 세던지 놓치
는 줄 알았다니까요. 결국 내가 이겼지만 말예요. 글쎄요, 이
놈이 처음에는……."

잉어와의 싸움에서 승리한 것이 그리 기뻤는지 묵조영은
신바람이 나서 손짓발짓을 해가며 당시의 치열했던 싸움을
묘사했다.

한참을 그렇게 듣고 있던 을파소가 한심하다는 듯 쏘아붙

였다.

"쯧쯧, 그러게 뭘 하러 그리 쓸데없는 고생을 하느냐? 내공을 쓰면 간단한 것을. 비록 함부로 써서는 안 된다지만 물고기 하나 잡는다고 어찌 되지는 않는다."

"……."

입을 꼭 다문 묵조영의 눈매가 매서웠다.

"왜 말이 없느냐?"

"말할 가치가 없잖아요."

퉁명스런 말투가 무척이나 화난 모습이었다.

"어째서?"

언제나 그렇듯 묵조영의 반응이 재미있기에 을파소는 재차 그의 심사를 긁었다.

"낚시를 하는 이유 중 하나가 바로 손맛을 즐기는 건데 그걸 하지 말라는 것과 똑같잖아요. 힘 대 힘, 기술, 그리고 자존심의 싸움이라고요. 한데 거기서 내공을 쓰라니요? 이건 마치 천하제일고수에게 변변치 못한 시골 삼류무사를 상대하는 데 최강의 무공을 쓰라는 것과 마찬가지지요. 영감님은 그렇게 싸웠나 보지요?"

신랄하기 그지없는 반격에 을파소는 일순 대꾸할 말을 찾지 못했다. 그저 묵조영의 매서운 눈초리를 피하며 입맛만 다실 뿐.

"흥! 이 녀석과의 싸움 말고도 신기한 일이 있었는데 얘기

안 할래요."

을파소가 슬그머니 고개를 돌리며 물었다.

"신기한 일이라니?"

"관둘래요. 또 뭐라고 빈정거릴 거잖아요."

"어허, 누가 빈정댔다고 그러느냐? 내, 낚시에 대해 잘 몰라서 한 실수를 가지고."

"그래도 싫어요. 어차피 천마조도 낚싯대고 천마조에 이상한 일이 있었다고 해도 믿지 않을 테니까요."

순간, 묵조영의 말을 그다지 대수롭지 않게 여기던 을파소의 눈에 기광이 번뜩였다.

"천마조? 지금 천마조라고 했느냐?"

"예."

"처, 천마조에 신기한 일이 있었다고?"

"그렇다니까요."

"무슨 일이 있었느냐?"

을파소가 묵조영의 손을 잡으며 말했다. 들고 있던 잉어는 이미 패대기친 상황이었다.

"어차피 믿지 않을 거잖아요."

"믿고 안 믿고는 내가 판단한다! 장난치지 말고 빨리 말을 해보거라!"

을파소의 음성이 높아졌다. 동시에 그 자신도 느끼지 못하는 사이 살기를 끌어올렸다.

비록 과거의 무공을 회복하지는 못했어도 일대종사로서 추앙받던 그의 무공은 남다른 데가 있었다. 의도했든 그렇지 않았든 그가 일으킨 살기는 어린 묵조영이 감당하기에 가당치도 않은 것이었다.

숨조차 쉬기 힘든 압력에 묵조영의 낯빛이 창백해졌다.

"이런!"

그제야 자신의 실수를 눈치 챈 을파소가 황급히 살기를 거두며 묵조영의 등을 두드렸다.

"미안하구나. 나도 모르게……. 괜찮으냐?"

묵조영은 대답 대신 고개를 끄덕였다.

"천마조에는 네가 알지 못하는 비밀이 숨어 있다. 내가 찾지 못했고 나의 사부가, 또 사부의 사부가 찾지 못한 비밀이. 천 년을 이어오며 수많은 이들이 찾아 헤맸지만 결국 찾지 못한 비밀이 말이다. 이해하겠느냐?"

"예."

여전히 힘든지 묵조영의 목소리는 기어들어 가는 듯했다.

"그럼 말해보아라. 천마조에 무슨 신기한 일이 있었지?"

"글씨를 봤어요."

"글씨?"

"예, 천마조에 글씨가 새겨져 있었어요."

"그럴 리가!"

있을 수 없는 일이었다.

빼앗듯이 낚아채어 천마조를 살피는 을파소의 얼굴엔 불신의 빛이 가득했다.

"후~"

한참 동안이나 뚫어지게 천마조를 살피던 을파소가 실망한 빛으로 한숨을 내쉬었다.

"네가 헛것을 본 모양이구나. 천마조에 새겨진 것은 용 무늬뿐 글씨라고는 한 자도 없다. 후후, 무늬에 뭔가 다른 뜻이 있는지 몇 번이나 살펴놓고도……."

어린 묵조영의 말을 믿고 혹시나 하는 마음에 기대를 가졌던 자신이 한심했는지 고개를 흔드는 을파소의 표정은 씁쓸하기 그지없었다.

"아니요. 그렇게 보는 게 아니에요."

"무슨 말이냐?"

"그렇게 보면 아무런 글자도 보이지 않아요. 글자를 보기 위해선 천마조를 휘어야 해요."

"휘다니? 아!"

그 즉시 말뜻을 깨달은 을파소가 천마조를 휘기 시작했다. 그러나 여전히 글씨는 보이지 않았다.

"그 정도 가지고는 어림도 없어요."

조심스레 천마조를 휘는 모습이 마음에 들지 않았는지 천마조의 끝 부분을 잡은 묵조영이 갑자기 앞으로 달려왔다.

삽시간에 반원을 그리는 천마조.

기겁을 한 을파소가 황급히 물러나며 휘어진 천마조를 폈다.

"이게 무슨 짓이냐? 부러질 뻔하지 않았느냐?"

을파소가 어이없다는 듯 소리쳤다.

물끄러미 을파소를 바라보던 묵조영이 고개를 설레설레 내저으며 말했다.

"한 번도 해본 적 없지요?"

"뭘 말이냐? 낚시?"

"예."

"그딴 걸 해서 뭣 하느냐?"

가당치도 않다는 음성이었다.

"물론 영감님의 사부님, 그 위의 사부님, 또 그 위의 사부님도 하지 않으셨겠지요?"

조용조용 채근하는 묵조영의 기세에 눌린 을파소가 머쓱한 표정을 지었다.

"아, 아마도 그럴 것이다. 그리고 네게 주었지만 솔직히 천마조는 낚시 따위나 하면서 함부로 굴릴 물건이 아니야."

"낚시 따위라니요! 흥, 그러니까 발견하지 못하는 거예요! 낚시하라고 만든 물건을 가지고 낚시는 안 하고 딴 짓을 하려고 했으니까!"

"천마조는 낚시를 하라고 만든 물건이 아니라니까!"

을파소의 표정이 엄숙해졌다. 하나, 이미 빈정이 상한 묵조영이 그런 것에 신경 쓸 리 없었다.

"그러니까 발견하지 못한 거라고요! 잡아봐용!"

빽 소리를 지른 묵조영이 다시 천마조를 휘기 시작했다.

한순간에 반 이상 휘어진 천마조를 보며 을파소의 안색이 변하기 시작하고, 자신도 모르게 슬슬 뒷걸음질치자 묵조영이 재차 소리를 질렀다.

"철보다 강한 묵죽으로 만들었다면서요! 제게 그리 말씀하시고 영감님이 믿지 못하면 어떡해요?! 이 정도에 부러지지 않으니까 걱정하지 말고 잡고 있어요!"

을파소가 묵조영의 말에 반박을 하지 못하는 사이 천마조는 이미 원형 가까이 휘어지고 있었다.

아무리 강한 물건이라도 부러질 수 있는 법. 더 이상 보고 있다가는 천마조가 훼손될 수 있다는 생각을 하며 몸을 물리려는 찰나였다.

"지금쯤 보일걸요?"

을파소는 그 한마디에 행동을 멈추고 슬쩍 고개를 들었다. 그리고 그는 천마조의 용 무늬가 꿈틀거리며 서서히 글자로 변해가는 모습을 볼 수 있었다.

"이, 이것이… 대체……?!"

어느새 빽빽이 들어선 글귀들.

하늘의 기운이 만물(萬物)을 만들어내는 것은 기(氣)가 위로 오르고 아래로 내려가는 운용(運用)에 의함이니 하늘 위로 오르는 기는 양(陽)이 되고 아래로 향하는 것은 음(陰)이로다……

흘려 쓰기는 했어도 그 내용을 못 알아볼 정도는 아니었다.

첫 구절부터 단숨에 읽어 내려간 을파소는 찢어질 듯 부릅뜬 눈으로 소리를 질렀다.

"처, 천마호심공(天魔護心功)!"

그랬다.

천마조에 숨겨진 글귀는 천마호심공.

그중에서도 가장 핵심적인 마지막 구결이었다.

"그랬구나! 여기에 있었구나! 바로 여기에!"

을파소는 격동을 이기지 못하고 두 눈을 감고 말았다. 한없이 휘었던 낚싯대는 어느새 일자로 펴진 상태였다.

"허허허, 눈앞에 두고도 찾지 못했으니……."

그의 입에서 허탈한 웃음이 터져 나왔다.

"천마호심공이요? 그게 뭐예요? 무공 이름 같기는 한데……."

호기심을 참지 못한 묵조영이 새까만 눈망울을 데굴거리며 물었다.

"……."

아무런 반응이 없자 묵조영도 입을 다물었다.

비록 함께 지낸 기간이 한 달이란 짧은 시간에 불과했지만 그는 을파소의 성격을 어느 정도 파악하고 있었다. 한데 지금 처럼 격동하는 모습을 본 적이 없었다.

묵조영은 전신을 떨고 있는 을파소를 통해 그가 천마조에서 발견한 글귀가 얼마나 중요한 것인지 어렴풋이나마 느낄 수 있었다.

을파소의 입에서 대답이 흘러나오기까지는 무려 일각이란 시간이 필요했다.

"무공이냐고 물었느냐?"

힘이 하나도 없는 음성이었다.

"예."

"천마호심공은 말이다……"

을파소는 잠시 뜸을 들였다.

"전에도 없었고 후에도 없을 천하제일심공이다."

참으로 간단명료한 대답에 묵조영의 얼굴이 딱딱하게 굳어졌다.

지금은 집에서 떠나왔다지만 그 역시 무가의 자손이었다. 천하제일이라는 말이 얼마나 엄청난 의미를 담고 있는지 너무나 잘 알고 있었다.

무인이라면 누구나 꿈꾸고, 가지고 싶고, 이루고 싶은 것. 그것이 바로 천하제일무공이고 천하제일인이라는 명예가 아니던가.

"하지만 전해진 구결은 완성된 것이 아니었다. 천마호심공은 가장 중요하고도 핵심적인 마지막 구결이 빠진 채 이어졌다. 무려 천 년이나."

그동안 잃어버린 무공을 찾기 위해 얼마나 많은 이들이 애를 썼던가!

그가, 그의 사부가, 또 사부의 사부가……. 결국 찾아낸 사람은 아무도 없었다. 미완성의 무공을 완성시키고자 홀로 노력하다 비참하게 삶을 마감한 사람도 있었다.

"후~"

지난날의 고난을 떠올리는지 입술을 지그시 깨무는 을파소의 안색이 고통으로 일그러졌다.

"한데 누가 만든 건가요?"

지금의 분위기와는 전혀 어울리지 않는 생뚱맞은 질문이었다. 순간, 을파소가 어이없다는 듯 피식 웃음을 터뜨렸다.

"무공의 이름을 듣고도 모르겠느냐?"

"예?"

"천.마.호.심.공! 당연히 천마 조사(天魔祖師)께서 만든 것이지."

"아, 그렇군요."

알았다는 듯 고개를 끄덕이는 묵조영의 질문은 계속됐다.

"그런데 천마라는 분은……."

더 이상은 웃음도 나오지 않았다. 그저 어린아이의 무지에 답답함을 느낄 뿐.

"명색이 무가 출신이라면서 천마 조사님을 모르느냐?"

"모르겠는데요."

고개를 좌우로 흔드는 묵조영은 정말 모르겠다는 표정이었다.

"그럼 마교(魔教)란 이름은 들어봤겠지?"

점점 힘이 빠지는 음성이었다.

"마교요?"

되묻는 묵조영의 음성이 처음으로 높아졌다. 아무리 어리다지만 어찌 마교를 모르겠는가?

마교!

천여 년의 전통을 지닌 곳.

당금 무림에 마교와 역사를 견줄 수 있는 곳은 오직 태산북두(泰山北斗) 소림뿐이었다.

마교는 처음 미륵을 중심으로 제세구민(濟世救民)을 한다는 숭고한 뜻을 가지고 일어선 집단이었다. 비록 돈도 없고 힘도 없는 민초들이 신도의 전부였으나 폭정에 시달리던 그들의 힘은 곧 광풍이 되어 전 중원을 휩쓸었다. 하지만 그들의 위세에 겁을 먹은 관부가 수년에 걸쳐 대대적인 탄압을 하기 시작하자 대항할 힘을 가지지 못한 그들은 눈물을 머금고 결국 지하로 숨어들 수밖에 없었다.

그 길도 안전한 것은 아니었다.

민초들의 뭉친 힘이 얼마나 거대했는지 뼈저리게 절감한 관부가 별도의 추격자들을 두고 끊임없이 그들을 쫓았고, 관부와는 별도로 그들을 마교라 칭하며 사이비, 이단으로 규정한 무림문파들도 눈에 불을 켜고 공격하기 시작했다.

　힘이 없이는 아무런 일도 할 수 없다는 것을 뼈저리게 느낀 마교는 살아남기 위해서 어쩔 수 없이 힘을 갖추기 시작했다.

　이후 그들과 관부, 무림문파 사이에선 시간과 장소를 불문하고 생존을 건 대규모의 싸움이 벌어졌다. 그러나 힘이라는 것은 단순히 원한다고 금방 가지게 될 수는 없는 것. 관부의 힘을 등에 업은 무림문파들은 압도적인 힘으로 마교를 압박했다. 애당초 싸움이 될 수가 없었다.

　하루에도 수백의 생명이 사라지는 학살이 전 중원에서 빈번히 일어났다.

　그렇게 마교의 명맥이 완전히 끊길 찰나 한 명의 영웅이 등장했다. 물론 관부나 무림문파의 관점에서는 악마나 다름없는 인물이었지만.

　"그분이 바로 천마 조사라는 분이군요?"

　마교의 역사에 대해 한참 얘기를 듣던 묵조영이 말을 자르며 물었다.

　"그렇다. 완전히 무너지던 마교를 다시 일으켜 세운 분이시지."

　단어 하나하나에 자부심이 가득했다.

"혼자서 싸우기가 쉽지 않았을 텐데요?"

"쉽지 않았지. 그러나 그분은 해냈다. 전 무림을 상대로 한 줌도 되지 않는 전력을 가지고 무려 십 년 동안이나 치열한 싸움을 벌여 끝내는 승리를 거두신 것이다. 그 대미를 장식한 것이 바로 그 유명한 생사평(生死坪)에서의 싸움이었다."

"생사평이요?"

유명은커녕 낯설기만 한 이름이었다.

"근 삼십 년 동안 이어진 토벌과 천마 조사님의 등장 이후에 벌어진 십 년간의 싸움에서 너무나도 많은 사람이 목숨을 잃었다. 더 이상의 희생자를 만들지 않기 위해 당시 무림에 군림하던 이십 명의 고수와 천마 조사께선 마교의 운명을 걸고 싸움을 하셨다. 바로 생사평이라는 곳에서."

"이, 일 대 이십으로요?"

"그렇다."

"불공평하잖아요?"

"그러나 어쩔 수 없었다. 천마 조사께서 완벽한 힘의 우위를 보여주지 않고는 싸움을 종식시킬 수 없다고 생각하셨으니까."

"결과가… 아, 이기신 거군요?"

현재까지 마교가 이어진 것이니 결과는 듣지 않아도 알 수 있었다. 묵조영의 표정엔 흥분한 기색이 역력했다.

만면에 웃음을 가득 담은 을파소가 고개를 끄덕였다.

"물론. 객관적으로야 싸움이 되지 않았으나 천마 조사께서는 상식을 뛰어넘을 정도로 강한 분이었다. 비록 한 팔과 두 눈을 잃으셨지만 사흘 밤낮 동안 이어진 싸움에서 결국 승리를 거두셨지. 그리고 천마라는 별호를 얻으셨다. 세간에는 그 싸움을 일컬어 신마대전(神魔大戰)이라 부르며 경외해 마지않았고."

"신마대전이요? 처음 듣는데요?"

그만큼 중요한 싸움이었으면 들어는 봤으련만 생사평처럼 너무도 생소한 이름이 아닌가.

"그럴 만도 할 게다. 우리에게야 찬란한 승리의 기억이겠지만 다른 이들에게는 입에 담기도 싫은 처참한 기억이었을 테니."

"그렇군요. 그때 천마 조사라는 분이 이기셔서……."

"그래. 지금까지 광명미륵교(光明彌勒敎)… 아니, 마교가 이어져 내려오는 것이다."

광명미륵교라는 이름 대신 마교라 정정하는 을파소의 얼굴이 씁쓸하기 그지없었다. 애당초 교 내에서도 광명미륵이라는 말이 없어진 지 오래였기 때문이다.

"어쨌든 생사평의 싸움 이후 우리는 더 이상 쫓기지 않아도 되었다. 천마 조사님의 실력을 겪어본 무림문파들이 감히 덤빌 엄두를 내지 못한 것이다. 바로 그때, 이십 인의 고수를 상대하면서 사용하셨던 무공의 바탕이 바로 천마호심공이었다."

"아!'

묵조영이 자신도 모르게 탄성을 내질렀다.

"하지만 우리에게 전해진 무공은 완전한 것이 아니었다. 어떤 생각이신지 천마 조사께서 천마호심공의 마지막 구결을 전하지 않으신 것이다."

"전하지 않은 것이 아니라……."

묵조영이 천마조를 힐끗거리며 말을 흐리자 을파소의 안색이 참담해졌다.

"그래, 우리가 몰랐던 것이지. 우리가……."

을파소가 천마조를 무던히 바라보며 회한에 잠겼다.

"따지고 보면 당연한 것이었어. 마도십병(魔道十兵) 중 서열 일위가 바로 천마조거늘."

순간, 묵조영의 눈이 호기심으로 반짝였다.

"마도… 십병요?'

"그래, 마도십병."

"그게 뭔가요?'

"궁금하냐?'

"예."

"말 그대로다. 마교에 전해져 오는 열 가지 무기를 마도십병이라 한다."

"마교에서 전해져 오는데 마교십병이 아니고 어째서 마도십병이라고 하나요?"

묵조영이 고개를 갸웃거리며 물었다.

"마교가 곧 마도니까."

너무나도 자신감이 철철 넘치는 음성. 단호하기까지 한 을파소의 말에 묵조영은 자신도 모르게 고개를 끄덕였다.

"그렇군요. 한데 십병이라면 열 가지 병기를 말씀하시는 거겠네요?"

궁금해 죽겠다는 표정이었다.

그것을 느꼈는지 잠시 숨을 고른 을파소가 자부심이 가득 담긴 얼굴로 입을 열었다.

"천 년의 역사를 지니고 있는 마교에는 온갖 신비막측한 병기들이 존재했다. 그중 특별한 무기 열 가지가 있으니 그것이 바로 마도십병이다. 서열 일위가 바로 네가 지니고 있는 천마조."

묵조영과 을파소의 시선이 동시에 천마조로 향했다.

"이위가 화룡성검(火龍聖劍), 삼위가 무적뇌도(無敵雷刀), 사위가 추혼귀창(追魂鬼槍), 오위가 칠현마금(七絃魔琴), 육위가 파천혈궁(破天血弓), 칠위가 무영은편(無影隱鞭)이다. 그리고 팔위는 천상비거(天上秘車), 구위가 군림전포(君臨戰袍), 마지막으로 십위는 성소지환(聖所之環)이라 한다."

"와, 이름만으로도 무시무시한데요. 그런데 서열 일위가 천마조라면 천마조가 가장 훌륭한 무기라는 뜻인가요?"

"그렇지는 않다. 서열을 정한 것은 편의상 그리한 것뿐 딱히 어떤 무기가 뛰어나다고 하여 붙인 것은 아니다. 그 차이를 좌지우지하는 것은 그 무기를 익힌 자의 능력이지 무기 자체는 아니니까. 그저 얼마나 능숙하게 무기를 다루느냐에 따라 실력이 갈리고 무기의 위력이 달라진다고 보면 될 것이다. 그리고 천마조가 서열 일위가 된 까닭은 단지 상징성 때문이었다."

"상징성이라니요?"

"천마 조사께서 사용하셨다는 상징성. 하지만 생각해 보면 그 또한 잘못된 것이다. 모두는 아니지만 그 당시에 십병 중 화룡성검과 추혼귀창이 존재했는데도 생사평의 싸움에서 천마 조사님을 지킨 것은 다름 아닌 천마조였으니. 그것만으로도 천마조엔 뭔가 특별한 힘이 있다고 생각했어야 했는데 말이다."

"그런데도 아무도 신경 쓰지 않았군요? 그저 낚시나 하는 물건이라고 생각하고."

낚시를 무시하니까 그런 것 아니냐는 질책에 을파소는 꼼짝없이 고개를 끄덕일 수밖에 없었다.

"네 말이 맞다. 그렇다고 완전히 무시하지는 않았다. 천마 조사님의 곁을 지킨 것이 다름 아닌 천마조, 어찌 무시하겠느냐? 뭔가 비밀이 있을 듯하여 면밀히 살펴보았다. 나를 비롯하여 천마조를 얻은 분들 모두가 말이다. 겉은 물론이고 마디마다 분리하여 보았고 용 무늬 또한 눈이 뚫어져라 살폈지. 결국 아무것도 찾지 못했지만. 설마하니 그런 식으로 숨겨져 있을 줄이야…….”

“쯧쯧, 그러게 낚시를 무시하면 안 된다니까요. 누구 한 사람이라도 낚시를 했다면 분명 알았을 것 아니에요. 물론 나처럼 천마조를 그렇게 휘게 할 수 있는 대물을 낚을 수 있는 실력이 있어야 하지만 말예요.”

바닥에 떨어진 채 아가미를 힘겹게 움직이고 있는 잉어를 살피는 묵조영은 의기양양했다.

“그러고 보면 천마 조사님도 꽤나 실력있는 낚시꾼이었나 봐요.”

“…….”

을파소는 말이 없었다.

어린아이의 조롱 섞인 대꾸에도 할 말이 없을 정도로 그가 받은 심적 타격은 컸다.

‘노부는 물론이고 많은 사조님들이 평생을 옆에 끼고 애지중지했을 터, 결국 신외지물(身外之物)은 인연이 닿는 사람만이 얻을 수 있다는 말인가?

을파소는 천마조를 만지작거리며 희희낙락하는 묵조영을 물끄러미 바라보았다.

‘착한 녀석. 근골은 뛰어나지 않지만 심지 하나는 제대로 박힌 놈이다. 게다가 어려서 고생을 해서인지 믿음직스럽기

까지 하고. 문제는 우리와 전혀 어울리지 않는 곳에서 자랐다는 것인데…….'

고민은 오래가지 않았다.

천 년의 시공을 뛰어넘어 전해진 인연을 고작 출신 따위의 사소한 조건 때문에 무위로 돌릴 수는 없었다. 그것이야말로 천리(天理)를 어기는 일이 아니겠는가.

"조영아."

마음을 굳힌 을파소가 잡아온 잉어를 어찌 요리할까 고민하고 있는 묵조영을 불렀다.

"예?"

"이리 오너라."

묵조영은 순순히 을파소에게 걸어갔다.

"천마 조사님께서 남긴 인연이 네게 이어졌다."

"그건……."

"네가 의도하든 의도하지 않았든 간에 이미 그렇게 된 일이다. 아니, 어쩌면 너와 내가 만나고 또 천마조를 네게 건넨 일부터가 하늘의 안배일지도 모르겠구나."

을파소의 음성은 지금껏 들어본 적 없는 엄숙한 것이었다. 자연 얘기를 듣는 묵조영의 몸가짐도 조심스러워졌다.

"해서 묻겠다."

긴장을 했는지 묵조영은 자신도 모르게 침을 꿀꺽 삼켰다.

"천마 조사님의 진전을 이어받을 생각이 있느냐?"

"제, 제가요?"

뜻밖의 질문에 묵조영이 깜짝 놀라 반문했다.

"그래. 앞서 말했듯 난 오늘의 일이 분명 하늘의 안배라 생각한다. 하지만 무엇보다 네 생각이 중요하겠지. 어떠냐, 내 제안이?"

"글쎄요."

묵조영은 쉽게 대답하지 못했다.

아무리 나이가 어리다 해도 지금껏 황산묵가의 종손으로 자라왔다. 마교에 대해선 들을 만큼 들었고, 서로가 얼마나 미워하고 적대시하는지 또한 잘 알고 있었다. 마교의 시조라 할 수 있는 천마 조사의 진전을 잇는다는 것은 곧 가문을 완전히 배척하는 것과 다름없는 것. 단순히 집을 떠나온 것과는 차원이 다른 문제였다.

"쉽지는 않은 문제일 게다. 강요할 생각도 없다."

"……."

묵조영은 여전히 대답하지 않았다.

그 모습을 보며 을파소가 나직이 한숨을 내쉬었다.

"너도 짐작하고 있겠지만 노부가 당금의 마교 교주다."

"그… 랬군요."

천마 조사 운운할 때부터 혹시 그런 것은 아닐까 나름대로 짐작을 했으나 막상 그렇다는 것을 알게 되니 놀라지 않을 수 없었다.

묵조영은 긴장된 표정으로 을파소의 안색을 살폈다.

흉신악살보다 더 무섭다는 마교 교주를 눈앞에서 직접 보게 될 줄은 꿈에도 몰랐다. 그런데 생각보다 무섭지 않았다.

"왜 그러느냐?"

을파소가 묵조영의 입가에 머무는 의미심장한 미소를 보며 물었다.

"아, 아니요. 그냥."

묵조영이 씨익 웃으며 혀를 내밀었다.

"아무튼 노부가 마교의 교주임은 틀림없다. 하지만 그 역시 과거의 일일 뿐이지. 제자 놈들에게 배반을 당한 지금은 교주라고 하기에도 부끄러운 모습이다."

"어쩌다 그리되셨나요?"

처음부터 궁금했지만 애써 외면을 해오던 의문점이다.

"음."

이를 악무는 을파소의 얼굴에 슬픔과 안타까움, 아픔과 분노가 교차하는 표정들이 한데 뒤섞여 나타났다가 사라졌다.

"말하자면 사연이 길다."

"그럼 안 해도 돼요."

"……."

'뭐 이런 녀석이 있어?' 라는 표정으로 묵조영을 살피던 을파소가 정색을 하고 입을 열었다.

"궁금해하는 것 같으니 말을 해주마. 너는 마교가 언제부터 사람들에게 경원시되었는지 알고 있느냐?"

"잘 모르겠는데요."

마교는 처음부터 악의 집단이라고 배웠고 또 그리 알고 있었으니 그 유래를 모르는 것은 너무나 당연했다.

"천마 조사께서 생사평의 싸움을 승리로 이끈 후 여타 무림문파와 우리는 별다른 충돌 없이 오랜 시간 동안 평화를 유지했다. 사단은 세월이 한참이나 흐른 다음에 벌어졌다. 서로의 힘을 억제하지 못한 양측은 지금으로부터 칠백 년 전 큰 충돌을 하게 된다. 일 년 동안 이어진 싸움을 일컬어 제일차 정마대전(正魔大戰), 혹은 마정대전(魔正大戰)이라고들 하지."

"아, 저도 알아요. 우리 묵가가 처음으로 이름을 알리게 된 때니까요."

모를 리가 없었다.

제일차 정마대전. 묵가가 처음으로 명성을 날렸다며 세가의 어른들이 늘 자랑스럽게 떠들어대던 역사적인 사건이 아니던가!

묵조영의 얼굴이 자랑스러워하는 표정으로 변하자 을파소가 콧방귀를 뀌었다.

"흥, 그래 봤자 그때는 변변치 못한 삼류가문이었다. 어쨌든 그 싸움이 끝난 이후론 다시 평화가 이어졌다. 서로를 경계하면서도 한편으론 그 힘을 존중해 침범하지 않는 평온한 날들이었지. 그렇게 다시 오백 년이란 시간이 흘렀다."

이어갈 말의 심각성을 생각했는지 잠시 말을 멈춘 을파소가 크게 숨을 들이쉬며 천천히 말을 이었다.

"그런 평화가 깨진 것은 정확하게 이백여 년 전, 일단의 사건 때문이었다."

묵조영은 똑바른 자세로 시선을 고정시키며 다음 설명을 기다렸다.

"마교의 상징이라 할 수 있는 성녀(聖女)가 살해당한 것이다."

성녀? 낯선 말이었다.

"성… 녀요?"

을파소가 고개를 끄덕였다.

"그렇다. 성녀. 교주가 힘의 상징이라면 성녀는 그야말로 마교의 정신적인 지주. 그런 성녀가 살해당한 것이다. 그것도 처참하게 간… 훼손당한 모습으로."

을파소는 어린 묵조영에게 간살(姦殺)이라는 말을 차마 하지 못했다.

"교주는, 아니, 마교는 분노했다. 범인을 찾기 위해 백방으로 애를 썼다. 그리고 마침내 범인을 찾아냈지."

"누구였나요?"

"당시 구파일방의 하나였던 형산파(衡山派)의 제자들이었다. 엄밀히 말하면 엄욱(嚴醯)이라는 장로 놈이다."

엄욱을 언급하는 을파소는 눈앞에 그가 있으면 당장에라도 갈아 마실 것처럼 무시무시한 눈빛을 했다.

　"형산파라면 저도 들은 적이 있어요. 옛날에 대단한 위세를 자랑했다지요? 그런데 어째서 성녀를 죽였을까요? 그 일의 여파가 어찌 될 것인지 뻔히 알고 있었을 텐데요. 그리고 성녀는 무공을 모르나요? 또 모른다고 해도 그토록 중요한 인물이라면 보호하는 사람이 있지 않았을까요?"

　연거푸 이어지는 질문에 을파소의 입에서 부끄러움의 탄식성이 터져 나왔다.

　"하필이면 당시의 마교는 다음 대 교주를 뽑느라 극심하게 혼란을 겪고 있었다. 후계자를 둘러싸고 여러 파벌이 나뉘어 힘 겨루기를 하고 서로를 모함하며 헐뜯기를 일삼았지. 심지어는 칼부림까지 일어나 수십 명이 죽는 사건까지 발생했다. 성녀는 그런 혼란이 싫었는지 잠시 교를 떠나 있었다. 고작 서너 명의 호위무사를 대동한 채 말이다."

　'그런데 하필이면 그런 성녀의 미모에 미친 형산파의 늙은이가 욕심을 부려서 그런 일이 벌어진 것이고' 라는 말이 목구멍까지 치밀었지만 을파소는 애써 참았다.

　"아무튼 범인이 밝혀지자 흩어졌던 마교도 새로 선출된 교주를 중심으로 한데 뭉쳤다. 그리곤 처절한 복수를 시작했다. 당연히 목표는 형산파. 마교의 공격을 받은 형산파는 그날 멸문지화에 가까운 피해를 입었다. 문제는 그 이후였다. 우리는 정당한 복수를 했음에도 형산파와 연계하고 있던 구파일방이나 여타 문파들이 그것을 인정하지 않았다. 싸움은 걷잡을 수 없이 번졌다. 바로 제이차 마정대전이 벌어진 것이다. 네 가문인 묵가도 그 광풍에 휩싸인 것으로 안다만."

"예."

묵조영은 짧게 대답했다.

제일차 마정대전이 영광의 출사표였다면 제이차 마정대전은 황산묵가에겐 쇠락의 길로 들어서게 만드는 결정적인 원인이었다.

"칠 년 동안 이어진 싸움에 수많은 목숨이 헛되이 사라졌다. 특히 하늘 높은 줄 모르고 까불던 형산파, 공동파, 아미파는 사실상 재기 불능의 상황에까지 이르렀다."

"아, 그래서 구파일방이 육파일방이 된 것이군요?"

고개를 끄덕인 을싸소가 설명을 이어갔다.

"제법 버텼던 여타 문파의 피해도 만만치 않았다. 싸움 이후, 전력이 전성기 때의 삼분지 일도 안 될 정도로 위축되었으니까 솔직히 우리가 지불한 대가도 만만치 않았다고 할 수 있었다. 복수의 칼을 거두고 외적인 활동을 접어야만 했으니. 그로부터 다시 이백 년이 흘렀다. 어쨌을 것 같으냐?"

"성쇠를 회복했나요?"

"물론이다. 특히 당대에 와서는 전성기 때의 전력을 능가

하여 폭발하기 일보 직전까지 세력이 팽창했다. 문제는 거기서부터 발생했다."

고통이 느껴지는가?

시신경이 완전히 파괴되어 감각조차 없었지만 을파소는 습관적으로 왼쪽 눈을 어루만졌다.

"끓는 물에 억지로 뚜껑을 덮으면 어찌 되느냐?"

"물이 넘치고 말지요."

"그래. 그럴 땐 적당히 뚜껑을 열고 김을 빼줘야만 넘치지 않는 법이다. 마교가 그랬다. 미칠 듯이 늘어나는 힘의 팽창을 견디다 못해 자꾸만 외부로 그 힘을 발산하려 한 것이다. 반드시 김을 빼줄 필요가 있었다. 하지만 당시로는 적당히 김을 뺄 방법이 없었다. 김을 빼려고 뚜껑을 열면 그 즉시 다시는 돌이킬 수 없는 파국으로 달리게끔 되어 있었지. 그게 바로 무림의 생리가 아니더냐? 난 성녀의 복수를 위해 또다시 성전(聖戰)을 요구하는 문도들의 요청을 억누를 수밖에 없었다. 이백 년이나 흐른 일로 성전이라니……. 미친 짓이지 않느냐? 그러나 잠깐이었다. 결국 참지 못한 이들이 반란을 일으켰으니까."

"바로 제자들이었군요?"

을파소가 제자들의 배반에 부상을 입고 마교에서 쫓겨났다는 것을 상기한 묵조영이 물었다.

"아니다. 표면적으론 나의 제자들이 반기를 든 것이지만 찬찬히 살펴보면 사제들, 과거 교주 자리를 놓고 다투었던 사제들이 녀석들을 충동질한 것이다."

"아무리 그래도 그렇지 사부를 배반하는 제자들도 있나요?"

"사제들 또한 녀석들의 사부였으니까."

"예?"

이해가 가지 않았다.

어찌 한 제자가 사부를 여럿 둘 수 있단 말인가?

묵조영의 의구심을 알기라도 하듯 을파소의 설명이 뒤따랐다.

"조금 전 마도십병에 대해 얘기했을 것이다."

"예."

"그중 천마조와 천상비거, 군림전포, 성소지환은 교주의 지위에 오르면 자연적으로 따라오는 것이고, 나머지 여섯 개의 병기는 때가 되면 마교의 후기지수 중 특출하게 뛰어난 자를 선발하여 나눠 준다. 각 병기에 알맞은 무공을 익히도록 배려하기도 하고."

"아, 바로 그들 중에서 교주가 나오는군요?"

"그렇다. 내가 그랬고, 전대의 교주가, 그리고 전전대의 교주 또한 그런 식으로 선출되었다. 제일차 정마대전 이후 내려오는 전통이다."

"어르신은 무슨 병기를 다루셨나요?"

"난 무적뇌도를 다루었다."

을파소의 대답에 묵조영은 고개를 갸웃거렸다. 함께 지낸한 달이란 시간 동안 무적은 고사하고 무를 벨 만한 칼도 보지 못했기 때문이다.

"생각할 것도 없다. 무적뇌도는 차기 교주를 선출하기 위해 이미 제자 놈에게 물려줬으니까."

입가에 맺힌 것은 쓰디쓴 고소였다.

"아무튼 경쟁에서 이기면 교주가 되고, 지는 사람들은 마교의 장로가 되어 교주를 보필한다. 또한 적당한 때가 되면차기 교주의 후보들에게 자신이 익힌 무공을 전수하는 역할도 하고. 내 제자 놈들이 사제들의 제자도 되는 이유가 바로그것이다."

"그렇군요."

"하나, 불행히도 호전적인 사제들은 마교의 장로만으로는만족하지 못했다. 그건 제자 놈들도 마찬가지였고. 결국 그들의 배반으로 인해 난 요 모양 요 꼴로 도주할 수밖에 없었다.그게 정확히 십오 년 전의 일이다."

"그런데 이해가 안 가는 것이 있어요."

묵조영이 고개를 갸웃거리며 말했다.

"뭐가 말이냐?"

"쌓인 힘을 폭발시키기 위해서 어르신을 배반했다면 뭔가움직임이라도 있었어야 하지 않나요? 하지만 난 마교가 무슨 일을 벌였다는 말을 들은 적이 없는걸요."

"간단한 이유다. 내 비록 이렇듯 쫓겨왔어도 순순히 당하지만은 않았다."

피의 혈전을 벌였음을 암시하는 말이었다.

"또한 나를 지지하는 세력을 비롯하여 반발하는 여타 세력들의 불만을 잠재우지 않고는 그들도 쉽게 움직일 수 없었을 게다. 물론 언제까지나 그렇지는 않겠지. 세월이 벌써 많이 흘렀으니까."

"흠."

묵조영이 비로소 완전히 이해했다는 표정으로 고개를 끄덕였다.

"자, 쓸데없이 얘기가 길어졌구나. 제자 놈들에게 쫓겨났든, 또 놈들이 인정을 하든 하지 않든 간에 난 아직도 마교의 교주다. 그리고 마교의 교주로서 네가 천마 조사님의 진전을 이어받은 후 마교의 인물이 되지 않는다고 해도 아무런 문제가 되지 않음을 인정해 주겠다. 어떠냐? 이런 조건이라면 무공을 익혀볼 생각이 있느냐?"

"글쎄요."

나름대로 파격이라면 파격임에도 왠지 내키지가 않았다.

묵조영의 반응이 미지근할수록 을파소의 몸은 달아올랐다.

"어허, 글쎄요라니! 네게는 더할 수 없이 좋은 기회다. 천하제일의 무공을 익힐 수 있는 기회란 말이다."

침을 튀겨가며 권유해도 묵조영의 반응은 한결같았다.

"그다지 필요한 생각이 안 들어서요. 게다가 제 몸을 생각해 보세요. 무공을 익혀봤자 아무런 소용이 없는 몸이라는 걸 알면서 그러세요."

"그거라면 신경 쓰지 말거라. 비록 네 몸에 말도 안 되는 기운들이 뒤엉켜 있지만 천마호심공이라면 그것들을 능히 하나로 묶을 수 있을 것이다."

"정말요?"

눈빛을 반짝이는 것을 보니 제법 구미가 당기는 표정이었다.

솔직히 어찌 될지는 을파소도 몰랐다.

천마호심공의 공능도 공능이지만 그 상대도 전설 속에서나 내려오는 영물들의 기운. 감히 속단할 수 없었다. '아마도… 그러지 않을까?' 하는 막연한 짐작뿐이었다. 하지만 을파소의 입에서 흘러나온 말은 엉뚱했다.

"물론이다. 천마 조사께서 어떤 분이더냐? 천하제일인이다. 천마호심공은 그분이 심혈을 기울여 만드신 무공이고. 네가 제대로만 익히면 그깟 기운을 하나로 모으는 것은 문제도 아니다."

"그러면 어르신께서 익히시면 되잖아요. 매일같이 운공을 하시는 걸 보면 예전의 무공을 되찾으시려는 것 같은데."

묵조영이 이상하다는 듯 되물었다.

한숨을 내쉬는 을파소의 입가에 씁쓸함이 묻어났다.

"부질없는 노릇이다. 끊어지고 뒤엉킨 세맥이 이제는 완전
히 굳어버렸다. 이나마 무공을 회복한 것도 다행이다. 오 년
만 빨리 발견했어도 방법이 있었겠다만 이제 와서는 천마호
심공의 공능으로도 내 몸을 완전히 회복시킬 수는 없다."

"흠."

묵조영은 쪼그려 앉으며 짧은 한숨을 내쉬었다.

무공에는 그다지 욕심이 없었다. 무공을 싫어했던 부모의
영향 때문인지 애당초 흥미도 없었고, 정상적인 몸이 아닌 상
태로 가문을 뛰쳐나오면서 그나마 완전히 인연을 끊었다.

그래도 언제 폭발할지 모르는 몸을 지니고 있는 것은 영 기
분 나쁜 일이었다. 막말로 얼마 전, 늑대들의 밥이 될 뻔했던
위기를 이후에 또다시 겪지 말라는 법은 없지 않던가.

'몸을 치료할 수 있다?'

거부하기엔 너무도 매력적인 조건이었다.

'마교의 무공인데······.'

가장 크게 마음에 걸리는 문제였다.

비록 가문을 떠나오기는 했어도 언젠가는 돌아갈 곳이다.
그때를 생각하지 않을 수 없었다.

'하지만 영감님 말씀대로 마교도가 되지 않고 무공도 사용
하지 않는다면······.'

묵조영은 나름대로 필사적으로 머리를 굴렸다.

그 모양을 빤히 지켜보던 을파소가 넌지시 한마디 건넸다.

"참, 천마조에는 천마호심공 말고도 다른 글귀도 적혀 있더구나."

"다른 글귀라니요?"

"워낙 창졸간의 일이라 자세히 살펴보지는 못했으나 천마조를 무기로써 운용할 수 있는 무공인 것 같던데……"

"낚싯대를 이용하는 무공이요?"

귀가 쫑긋 서는 것이 호기심이 동한 모습이었다.

을파소는 애써 모른 체하며 말을 이었다.

"내 말하지 않았느냐? 천마 조사께서 생사평에서 뭇 고수들을 쓰러뜨릴 때 천마조를 들고 계셨다고. 설마하니 그곳에서 낚시나 하고 계셨을까?"

"그야… 그렇겠지요."

"게다가 확실히 해둘 것은 천마 조사님의 진전을 잇지 않는다면 이제부턴 네게 천마조를 줄 수 없다는 것이다."

"왜, 왜요?"

지금껏 가장 당황하는 표정이었다.

"왜라니! 그야말로 마교 최고의 보물이다. 함부로 굴릴 수야 없지 않느냐?"

"며칠 전엔 제게 사용해도 된다고 하셨잖아요?"

"그때는 천마호심공이 발견되기 전의 일이지."

"비겁해요!"

"비겁해도 할 수 없다. 안 되는 것은 안 되는 것이야."

을파소는 단호했다.

"만약… 진전을 이으면요?"

묵조영이 조심스레 물었다.

"그 순간 천마조의 주인은 너다."

을파소는 조금도 머뭇거림 없이 대답했다.

"……."

묵조영은 침묵했다.

을파소는 재촉하지 않았다.

마치 그 침묵을 즐기기라도 하듯 태연했다. 어쩌면 그는 묵조영이 선택할 바를 이미 알고 있는지도 몰랐다.

퉁퉁 부어오른 볼로 한참 동안이나 땅바닥을 차던 묵조영이 힘없이 입을 열었다.

"정말 마교에 들어가지 않아도 되지요?"

이 정도 반응이면 이미 허락한 것이나 다름없었다. 을파소가 회심의 미소를 지으며 고개를 끄덕였다.

"약속하마."

"무공을 익혔다고 어르신의 복수를 하라던가……."

"당치 않은 소리! 내가 나의 복수를 남에게 부탁할 인간으로 보이느냐? 능력이 부족하여 하지 못하면 마음으로 삭일 뿐, 난 그런 옹졸한 인간이 아니다!"

을파소는 입에 거품까지 물어가며 화를 냈다.

"설마 마교의 교주가 되라는 것도 아니겠지요?"

"네가? 단지 천마 조사님의 무공을 익혔다고? 흥, 어림없는 소리! 마교의 교주가 그리 쉽게 되는 자린 줄 아느냐? 더구나 넌 마교도도 아니지 않느냐? 쓸데없는 걱정은 하지 마라!"

"이것도 아니고 저것도 아니고… 그러면 도대체 무엇 때문에 제게 천마 조사님의 진전을 이으라는 건데요? 아무리 생각해도 이해가 안 가요."

묵조영의 질문에 을파소는 단호하게 대답했다.

"인연이 네게 이어졌으니까. 무려 천 년을 기다려 온 인연이."

묵조영을 응시하는 을파소의 시선이 따뜻해졌다.

"부담 갖지 말거라. 쓸데없는 의심도 하지 말고. 난 그저 천 년의 세월 동안 그 누구에게도 전해지지 않았던 비밀이 풀린 것으로 만족한다. 그리고 그 인연을 완성시켰으면 한다. 다른 누구도 아닌 천마조의 비밀을 풀어낸 네가."

물론 다른 생각이 아예 없는 것은 아니었다. 부정을 하기는 했어도 천마 조사의 진전을 잇는 것만으로도 묵조영과 마교는 떼려야 뗄 수 없는 관계로 이어질 수밖에 없다. 제자들과 다툼이 있을 수도 있었고, 그의 출신으로 보아 장차 다가올 제삼차 정마대전의 혈풍에 직접 관여할 수도 있다. 그때 뭔가 역할을 해주었으면 하는 마음도 약간은 있었다. 다만 그것은 앞선 이유에 비하면 그야말로 생각할 가치도 없는 것이었다. 천 년의 시공을 뛰어넘어 천마 조사의 진전이 묵조영에게 이어졌다는 것, 그 자체만으로도 이미 하늘이 그의 운명을 정했다는 것을 의미하는 것이니까.

"……."

"하겠느냐?"

"……."

"하겠느냐?"

거듭되는 질문에 묵조영은 조용히 고개를 끄덕였다.

"잘 생각했다."

눈가에서 시작한 미소가 얼굴 전면으로 퍼져 나갔다.

"어찌하면 되지요?"

"서두를 것 없다. 천마호심공은 쉽게 배울 수 있는 무공이 아니다. 하나, 걱정하지도 말거라. 넘쳐흐르는 것이 시간이다. 내가 기초부터 차근차근 가르쳐 주마."

묵조영의 안색이 또다시 어두워졌다.

무공을 배우고 가르친다는 것, 그것은 곧 사제지간(師弟之間)을 의미하는 것이기 때문이었다.

묵조영의 표정을 살핀 을파소가 너털웃음을 흘렸다.

"인석아, 걱정하지 말래도. 마교와 인연을 두지 않기로 했거늘 내가 너를 제자로 삼을 까닭이 없지 않느냐? 그냥 편하게 지내자꾸나."

그러자 어두워졌던 묵조영의 안색이 활짝 펴졌다.

"그래도 되나요?"

"이미 약속한 것으로 아는데?"

"고마워요, 할아… 버지!"

묵조영이 밝은, 그러나 약간은 부끄러운 음성으로 소리쳤다.

"흥, 엎드려서 절을 받는 꼴이로구나. 빈말은 집어치우고 열심히 배울 생각이나 해."

을파소가 코웃음을 치며 손을 흔들었다. 그러나 슬며시 고개를 돌리는 그의 눈가에 기쁨의 잔주름이 잡혔다.

'할… 아버지? 훗, 나쁘지 않은걸.'

제4장

그녀는 예뻤다

"인석아, 아침 연공할 시간이다! 어서 일어나!"

"으으음."

독심거가 떠나가라 울리는 카랑카랑한 음성에 단잠을 자고 있던 묵조영이 힘겹게 눈을 떴다.

"어서 일어나지 못해! 아침마다 그리 게으름을 피우면 어쩌자는 것이냐?"

참다못해 방문을 확 열어젖힌 을파소의 손에는 자른 박을 말려 만든 바가지 하나가 들렸는데 거기엔 보기만 해도 시원할 것 같은 물이 찰랑대고 있었다.

"어서 일어나지 못해!"

을파소가 물을 뿌리는 시늉을 하며 재차 소리쳤다.

"알았다니까요!"

기겁을 한 묵조영이 황급히 침상을 굴러 옆으로 몸을 피했다. 숙련된 솜씨로 보아 한두 번 해본 행동이 아닌 듯싶었다.

"어서 나오너라. 해가 중천이다."

껄껄 웃으며 몸을 돌리는 을파소의 몸은 팔순을 바라보는 나이에 걸맞지 않게 경쾌했다.

'중천? 어디가? 이제 겨우 동이 트는 것 같은데……'

부끄러운 듯 산등성이 너머로 빼꼼히 모습을 드러내는 태양에 한숨을 푹 내쉰 묵조영은 애써 졸린 눈을 비비면서 방문을 나섰다.

"좌정을 하여라."

묵조영은 군말없이 을파소의 앞에서 등을 돌린 채 좌정을 하고 눈을 감았다. 그리곤 서서히 운기행공을 시작했다.

을파소는 한시도 긴장을 풀지 않고 언제나 그렇듯 그의 곁을 지켰다.

이것이 바로 묵조영이 천마 조사의 진전을 잇기로 결정한 후 무려 칠 년 동안 단 하루도 빠지지 않고 계속된 하루 일과의 시작이었다.

세월이란 흐르는 물과 같다[歲月如流]고 하던가?

묵조영이 을파소와 인연을 맺고 천마의 무공을 익히기 시작한 지 벌써 칠 년이란 세월이 흘렀다.

그사이 열셋의 꼬마 아이는 스무 살의 건장한 청년이 되었고, 을파소의 어깨는 조금 더 꾸부정해졌다.

천하제일의 무공을 배운다는 것은 결코 쉬운 일이 아니었다. 그것도 정상의 몸이 아니라 몸에 언제 터질지 모르는 폭탄을 지니고 있는 경우라면 더 그랬다.

을파소로부터 천마호심공을 전수받고 본격적으로 연공을 시작한 묵조영은 아슬아슬한 외줄타기를 하는 것처럼 하루하루가 생사의 갈림길과 같았다.

까딱 잘못하면 그대로 목숨을 잃을 수도 있을 만큼 연공은 위험했다. 만에 하나 있을지 모르는 불상사를 방지하기 위해 을파소는 묵조영이 연공을 하는 동안 단 한시도 곁을 벗어나지 않고 전력을 다해 그를 보살폈다.

그럼에도 위험은 늘 따라다녔다.

처음 구결을 전수받고 연공을 할 때까지는 좋았다. 너무나도 순조로운 출발에 묵조영은 물론이고 을파소까지 고개를 갸웃거리며 의아해할 정도였다. 하지만 정확히 석 달이 지나고 천마호심공의 성취가 이성을 넘을 때 첫 번째 위기가 닥쳐왔다. 그동안 잠잠히 순응하는 듯하던 기운이 날뛰기 시작한 것이다.

가장 먼저 준동한 것은 음양쌍두사의 두 기운 중 냉기로 똘똘 뭉친 음의 기운이었다.

단전 어귀에서 슬그머니 모습을 드러낸 음기는 묵조영이

미처 신경 쓸 틈도 없이 준동하기 시작했고, 음기의 준동을 눈치 챈 양기도 이에 질세라 고개를 쳐들었다. 음양의 기운이 묵조영의 몸을 양분하며 잠식하기 시작하자 가장 깊숙한 곳에 잠들어 있던 정순한 기운이 둘을 제어하기 위해 꿈틀댔다.

세 기운은 묵조영의 몸 이곳저곳에서 부딪쳤는데 단전에서 기경팔맥, 머리에서 발끝까지 세밀히 펴져 있는 세맥에 이르기까지 충돌하지 않은 곳이 없었다. 그 힘을 감당하지 못한 묵조영은 주화입마의 위기에 빠졌다.

을파소가 만약 그의 몸에서 벌어지는 심상치 않은 기운을 눈치 채지 못하고 또 하루 반나절 동안 본신 진력의 절반을 써가며 애쓰지 않았다면 묵조영은 폭발할 듯 팽창하는 기운을 감당하지 못하고 목숨을 잃고 말았을 것이다.

그날 이후, 연공은 보다 신중을 기했다. 사소한 변화라도 놓치지 않고 천천히, 몸이 완전히 적응할 때까지 인내심을 가지고 이어졌다.

이성의 성취까지 도달하는 데 백 일 정도가 걸렸는데, 삼성에 이르기까지는 정확히 두 배의 시간이 걸렸다. 사성과 오성까지 도달하는 데 걸린 시간은 삼 년이었다. 그사이에도 목숨을 잃을 뻔한 위기만도 일곱 번, 주화입마에 빠져 폐인이 될 위험한 순간에 놓인 것은 헤아릴 수도 없었다. 심지어는 열흘 동안 정신을 차리지 못하고 혼수상태에 이른 적도 있었다. 그 때마다 을파소는 자신의 진원지기(眞元之氣)마저 상해가며 묵조영을 살려냈다.

오성에 도달하자 천마호심공의 공능이 비로소 발휘가 되는지 연공의 속도가 다소 빨라졌다. 목숨을 걱정해야 할 정도의 위기도 최소한으로 줄어들었다. 그래 봤자 조심에 조심을 하느라 육성의 경지에 이르는 데까지 걸린 시간만 이 년이었다.

그리고 다시 일 년, 현재는 칠성에 도전하고 있었다.

"또 가는 게냐?"

아침을 먹고 한가로이 산책을 하던 을파소가 천마조를 들쳐 메고 집을 나서는 묵조영을 보며 물었다.

"예."

"지겹지도 않느냐?"

"지겹긴요."

묵조영은 인상 좋은 웃음을 씨익 흘리며 길을 재촉하려 했다.

"참, 지붕에 문제가 있는 것 같더구나. 비라도 오면 물에 젖은 생쥐 꼴이 되겠어."

"예, 그러잖아도 갈대를 엮어 지붕을 만들었는데 조금 부족하네요. 오는 길에 좀 더 꺾어오려고요."

"서둘러야 할 게다. 비가 언제 올지 몰라."

"급한 대로 수리는 해놨으니까 당장은 괜찮을 거예요. 지붕도 내일이면 만들어질 거구요."

"알았다. 네가 알아서 잘하겠지. 늦지 않게 다녀오너라."

"예."

대화를 마친 묵조영은 그의 친구(?)들이 기다리는 천상연
으로 향했다.

"웅차!"

가벼운 기합성과 함께 지렁이를 물고 바늘에 걸린 붕어의
모습이 보였다. 언뜻 보기에도 한 자는 가뿐히 넘을 월척이었
다.

"오늘은 재수가 좋네. 첫 수부터 월척이라니."

물 위를 스치듯 끌려오는 붕어의 모습을 보며 묵조영의 얼
굴이 환해졌다.

"자자, 잡히느라 애썼다. 우선 쉬고 있어라, 곧 여러 친구
들을 만나게 해줄 테니까."

입에 걸린 바늘을 빼내고 붕어를 살림망에 넣는 묵조영의
손길은 세월의 힘을 더해 더욱 능숙해졌다.

"다음엔 어떤 녀석이 걸릴까나?"

콧노래를 부르며 수초 바로 옆으로 바늘을 던지는 움직임
이 경쾌하기 그지없었다. 하지만 기분 좋은 시작과는 달리 이
후엔 걸려드는 물고기가 한 마리도 없었다. 평소와 달리 미세
한 입질도 없었다.

"쳇, 첫 끗발이 개끗발이라더니!"

지렁이를 갈아 끼우기 위해 천마조를 들어올린 묵조영은 순박한 얼굴에 어울리지 않는 말을 쏟아냈다. 그러다가 피식 웃음을 터뜨리고 말았다.

"나 원, 가까이 있으면 닮는다더니 언제부터 녀석의 말투를 따라 했지?"

생각하는 것만으로도 기분 좋은 친구.

천마 조사의 진전을 잇기로 결정한 것과 거의 비슷한 시기에 만난 이후 시간만 나면 함께 어울린 친구의 얼굴을 떠올리는 그의 입가에 미소가 흘렀다.

"그러고 보니 못 본 지도 꽤 오래됐네. 암굴 수행도 오늘이면 끝날 거고……."

말이 좋아 암굴 수행이지, 친구는 그와 함께 뱀을 잡아먹은 일이 들통나서 백 일 동안 벌을 받는 중이었다.

"오랜만에 녀석이나 만나러 가야겠다."

묵조영은 그 즉시 주변을 정리하기 시작했다.

쓰다 남은 밑밥은 땅에 묻고 지렁이도 풀어줬다. 그리곤 물에 담가놓은 살림망을 들었다.

"운이 좋구나, 이 녀석. 조만간 다시 만나자꾸나."

한데 뭔가를 생각했는지 붕어를 풀어주려던 손을 멈칫거렸다.

"그놈 성격에 빈손으로 가면 투덜댈 게 뻔하고… 이거라도 가져가야겠다."

물속을 뛰어들고 싶어 푸덕거리는 붕어를 다시 갈무리한 그는 마지막으로 부드러운 천을 꺼내 천마조의 물기를 닦기 시작했다.

'응?'

물기를 닦아내고 막 천마조를 접으려던 묵조영의 신형이 움찔거렸다.

고개를 돌린 묵조영이 귀를 쫑긋거리며 주변을 살폈다.

보이는 것은 아무것도 없었다. 그러나 묘하게 신경을 자극하는 소리가 들렸다. 게다가 미약하게나마 몸에 전해오는 것은 기분 나쁜 살기였다.

"짐승? 아닌데."

혹 무리를 지어 다니는 늑대는 아닌가 잠시 의심했으나 점점 더 가까이 접근하는 기운은 결코 늑대의 것이 아니었다.

'뭘까?'

묵조영은 뭔가 심상치 않은 일이 벌어지고 있음을 직감적으로 느낄 수 있었다.

챙챙!

또렷이 들려오는 소리는 병장기가 부딪치는 소리였다.

'젠장!'

묵조영의 얼굴이 대번에 일그러졌다.

싸움이 벌어졌다면 아무리 자신과 상관없으리라 여겼던

일도 상관이 있게 되는 법. 그게 바로 무림의 생리였다.

묵조영의 손이 빨라졌다. 귀찮은 일에 말려들기 전에 피하는 것이 상책이란 생각에 재빨리 자리를 피하려 한 것이다. 하나, 그러기엔 이미 늦고 말았다.

차르르르.

수풀이 마찰하는 소리와 함께 천상연의 동쪽 숲에서 사람의 모습이 보였다.

새하얀 무복을 나풀거리며 달려오는 사람은 가냘픈 몸매의 여인이었다.

상처를 입었는지 옷 이곳저곳에 붉은 기운이 보였고, 무복 위에 걸친 백색 장삼은 안쓰러울 정도로 찢겨져 있었다.

미처 자리를 피하지 못한 묵조영은 긴장된 표정으로 달려오는 여인을 살폈다.

여인은 삽시간에 거리를 좁혔다.

그녀가 가까이 다가올수록 묵조영의 눈이 점점 커졌다.

이유는 간단했다.

아름답다는 것.

아니, 단순히 아름답다고 표현하기 힘들 정도로 그녀의 미모는 눈부셨다.

찢어진 의복도, 몸 이곳저곳에 당한 상처도, 전신을 뒤덮고 있는 땀과 먼지도, 그리고 피곤에 지쳐 있는 모습도 그녀의 미모를 가리지는 못했다.

여인의 몸이 그를 스쳐 지나가는 순간, 그는 아예 두 눈을 질끈 감고 말았다.

'아!'

묵조영은 다리에 힘이 빠지는 것을 느끼며 그 자리에서 주저앉았다.

실로 찰나의 시간이었다.

여인이 수풀을 가르며 나타나는 순간에 숨을 들이켰고, 그녀가 지나가는 것과 동시에 바닥에 주저앉으며 겨우 숨을 내뱉었다. 하지만 그에겐 마치 시간이 멈추기라도 한 듯 너무나도 긴 시간이었다. 그 시간 동안 여인의 모습이 그의 뇌리에 너무나 또렷이 각인되었으니까.

천상연의 가장자리를 박차며 뛰어오를 땐 비단결보다 더 곱고 아름다운 머리카락이 왼쪽 눈을 살짝 가렸고, 수면에 떠다니는 연잎을 발판 삼아 재차 도약을 할 때는 입술이 살짝 벌어지며 새하얀 치아가 언뜻 보였는데, 햇빛을 받은 치아는 명주(明珠)보다 더 밝게 빛났다. 땅에 발을 내딛는 순간, 그녀는 부상의 고통 때문인지 살짝 얼굴을 찌푸렸다. 고통을 참기 위해 입술을 깨무는 그 모습이 그렇게 안쓰러우면서도 앙증맞을 수가 없었다. 그리고 자신을 스쳐 지나가며 슬쩍 던진 눈길. 흑진주보다 더 짙은 눈동자에서 뿜어져 나오는 기운은 도저히 말로는 표현할 수 없이 영롱하고 아름다우며 단숨에 혼백을 빼앗아갈 만큼 신비로운 것이었다.

"서, 선녀(仙女)?"

몽롱한 표정으로 여인의 뒷모습을 쫓는 묵조영이 떠올릴 수 있는 말은 오직 그뿐이었다.

"하아!"

그녀의 모습이 수풀에 가려지자 묵조영의 입에서 절로 탄식성이 터져 나왔다.

마치 평생을 간직했던 그 무엇인가가 빠져나가는 아쉬움과 안타까움, 무기력에 전율하는 순간 묵조영의 뇌리로 전해오는 음성이 있었다.

[어서 도망치세요. 위험한 사람들이 오고 있어요.]

천상의 옥음(玉音)이 이러하련가?

"아!"

그 어떤 악기로도 흉내 낼 수 없고, 감히 인간의 힘으로는 범접할 수 없는 아름다운 음성에 묵조영은 또다시 전율했다. 가뜩이나 몽롱했던 눈빛은 그 순간 완전히 풀려 버렸다.

그것이 일정 수준에 오른 무인이라면 당연히 할 수 있는 전음에 불과했음에도 그는 아무런 생각도 하지 못했다. 그저 바닥에 주저앉은 채 망연자실한 표정으로 그녀가 사라진 숲만을 하염없이 응시할 뿐이었다.

일단의 무리가 모습을 드러낸 것은 묵조영의 눈에서 여인의 모습이 사라지고 그가 정신적 공황에 빠지고 난 바로 그 직후였다.

인원은 열둘. 하나같이 검은 무복을 입은 그들은 앞선 여인처럼 조금의 머뭇거림도 없이 단숨에 천상연을 뛰어넘더니 여인이 모습을 감춘 숲을 향해 달려갔다.

그들은 묵조영에게는 시선조차 주지 않았다. 그렇다고 그의 존재를 완전히 무시한 것은 아니었다.

"어떻게 할까요?"

가장 후미에 따르던 이가 우두머리로 보이는 사내에게 물었다. 사내는 걸음을 멈추지 않고 조용히 대꾸했다.

"본 교의 행사가 노출되어서는 안 될 것이다."

한 사람의 목숨을 결정하는 말치고는 너무도 간단명료했다.

"빨리 처리하고 따라붙어라."

"존명."

명을 받은 사내는 곧바로 몸을 돌려 아직도 사태 파악을 하지 못하고 있는 묵조영을 향해 다가갔다.

진득한 살기.

꿈속을 헤매다 그제야 퍼뜩 정신을 차리고 현실로 돌아온 묵조영은 자신의 코앞에 서 있는 사내를 보고는 흠칫 놀랐다.

"누구……?"

사내는 대답 대신 묵조영의 모습을 살폈다.

살림망에서 아가미만 움찔거리고 있는 붕어 한 마리, 그리고 옆에 떨어져 있는 낚싯대.

어디를 보아도 평범한 청년에 불과했다.

"쯧쯧, 하필이면 이곳에서 낚시를⋯⋯."

"예?"

사내의 중얼거림이 무슨 뜻인지 몰라 얼떨결에 물었건만 돌아온 대답은 질문과는 전혀 다른 것이었다.

"나를 원망하지 마라. 염라대왕이 왜 왔냐고 묻거든 그저 재수가 없었다 말하고."

말이 끝나기가 무섭게 사내의 어깨가 들썩이고, 동시에 주인의 명을 성실히 수행하려는 시퍼런 검날이 묵조영의 목을 노렸다.

"으악!"

사내의 갑작스런 공격에 기겁을 한 묵조영이 무작정 땅을 굴렀다.

쉬익!

예리한 소리와 함께 서슬 시퍼런 검이 묵조영의 귓가를 스쳐 지나갔다.

"타핫!"

목표를 놓친 사내의 검이 다시 회수되어 재차 날아든 것은 찰나지간의 일이었다.

묵조영은 필사적으로 땅을 굴렀다.

본능적인지, 아니면 비로소 정신을 차린 것인지 다섯 번이나 굴러 사내의 칼을 피하고 겨우 위기에서 벗어난 그의 손엔 천마조가 들려 있었다.

"피해?"

사내가 어이없다는 듯 헛바람을 뱉어냈다.

비록 최선을 다한 한 수도 아니었고 딱히 어떤 초식을 사용한 것도 아니었지만 그렇다고 그저 아무렇게나 피해낼 만큼 허접한 공격도 아니었다. 무공을 익힌 사람이라면 모를까 최소한 낚시나 다니는 동네 청년이 피할 정도로 형편없지는 않았던 것이다.

"이게 무슨 짓입니까?"

묵조영이 놀란 가슴을 진정시키며 소리쳤다.

사내는 대답 대신 싸늘한 조소를 보냈다.

"훗, 감쪽같이 속을 뻔했군. 흑월단(黑月團)에서 모조리 청소한 줄 알았는데 설마하니 의천맹(義天盟)의 떨거지가 아직도 남아 있을 줄이야."

"의천맹? 무슨 소리를 하는 겁니까?"

"시치미 뗄 필요 없다. 흠, 낚싯대라……. 개방의 제자냐? 제법 그럴듯했어."

"도대체 의천맹은 뭐고 개방은 뭔지……."

자신과 연관 지어 말하는 것 같은데 무슨 소린지 도통 알 수가 없었다.

"어차피 상관은 없겠지! 지금은 누가 됐든 그저 사라져 주기만 하면 그만이니까!"

차갑게 소리친 사내가 검을 곧추세웠다. 조금 전과는 달리 상당히 신중한 모습이었다.

묵조영은 어이가 없다는 듯 표정으로 그를 바라봤다.

영문 모를 소리만 지껄이더니 다짜고짜 죽이려는 사내의 태도에 절로 화가 치밀었다.

"정말 해보자는 겁니까?"

"아니, 할 필요 없이 그냥… 죽어주기만 하면 된다! 타핫!"

나지막한 기합성과 함께 사내의 몸이 움직였다.

그저 한 발을 내딛는 것만으로 어느새 코앞까지 육박하는 사내를 보며 묵조영의 눈빛이 차갑게 가라앉았다.

사내의 검이 노린 것은 묵조영의 가슴이었다.

침착하게 검을 보던 묵조영이 천마조를 치켜 올렸다.

사내는 피식 웃음을 터뜨렸다.

'멍청한 놈, 아무리 급했다지만 낚싯대 따위를 들어 검을 막으려 하다니.'

그러나 천마조는 생각처럼 평범한 낚싯대가 아니었다.

팅!

병장기가 부딪치는 소리라 여기기엔 묘한 충돌음이 울리고, 사내는 힘없이 튕겨져 오르는 검을 보며 황당함을 금치 못했다.

웃음은 삽시간에 사라졌다.

"검을 튕겨내는 낚싯대라……. 역시 네놈은……!"

의심이 확신으로 변하는 순간이었다.

사내는 자세를 고쳐 잡았다.

크게 잡았던 보폭을 줄이고 무릎과 허리를 살짝 굽히며 몸을 약간 앞으로 전진시켰다.

전체적으로 낮아진 자세나 그 기세가 보통이 아니었다. 몸서리쳐지는 살기가 묵조영의 전신을 강타했다.

'이런 기운… 낯설지 않은데…….'

사내의 몸에서 뿜어져 나오는 살기를 느끼며 묵조영은 언젠가 지금과 비슷한 기운을 경험한 적이 있음을 떠올렸다.

'늑… 대? 그렇군.'

사내의 전신에서 뿜어져 나오는 살기는 어릴 적 자신을 노렸던 늑대들의 것과 흡사했다. 먹이를 눈앞에 두고 이빨을 드러내는 짐승의 살기.

묵조영의 몸이 살며시 떨렸다.

두렵다거나 공포에 젖어서 그런 것은 아니었다. 오히려 그는 분노하고 있었다.

이빨을 꽉 깨문 묵조영이 천마호심공을 운용하기 시작했다. 그러자 사지백해에 퍼져 있던 기운들이 꿈틀대며 단전을 향해 밀려들기 시작했다. 차갑게 가라앉은 눈빛은 더욱 깊어졌다.

묵조영은 전신에 힘이 충만해지는 것을 느끼며 크게 심호흡을 했다.

단전으로 몰려든 기운은 몸을 부드럽게 감싸며 자연스레

주위로 발산되기 시작했다.

갑자기 돌변한 그의 기세는 사내에게도 전해졌다.

묵조영을 응시하던 사내의 눈에 은은한 놀람이 깃들었다. 하지만 그것은 묵조영이 발산한 기세 때문이 아니었다. 지금 묵조영이 뿜어내는 기세 정도는 사내가 속한 곳에선 바닷가 모래알처럼 흔한 실력. 정작 그가 놀란 이유는 따로 있었다.

'녹광(綠光)! 설마 독인(毒人)?'

사내는 묵조영의 눈에서 은은히 뿜어져 나오는 녹광을 보며 독문의 전설이라는 독인을 떠올렸다.

독인이 무엇인가?

만독불침은 기본이고 눈빛만으로도 상대를 중독시켜 참살할 수 있다는 공포의 괴물이 아니던가!

지금껏 독인이 무림에 나타난 경우는 세 번에 불과했지만 그들이 보여준 공포란 상상을 초월할 정도였다.

하나, 독인일 리 없었다.

비록 음양쌍두사에 물려 독인과 비견될 정도로 독에 강한 내성을 지녔다 해도 지금 묵조영의 눈에서 뿜어져 나오는 녹광은 단지 천마호심공을 운용하기 때문에 나타나는 현상일 뿐 독공을 익혀서 그런 것이 아니었다.

천마호심공은 성취도에 따라 삼성에 녹광, 오성에 묵광(墨光), 칠성에 혈광(血光), 구성에 청광(靑光), 십성엔 금광(金光)의 눈빛을 띠는데 마지막 대성을 이루었을 땐 모든 빛을 안으로 갈무리하는 반박귀진의 경지에 이르러 오히려 평범한 상태로 돌아오는 특성이 있었다.

현재 묵조영이 이른 경지는 육성을 지나 칠성에 접어든 상태였다. 원래대로라면 혈광을 뿜어내야겠지만 여전히 내공을 운용하는 데 부담을 느껴 삼성 정도의 기운만 일으킨 것. 눈빛은 자연히 녹광이었다.

사내는 바로 그 눈빛에 그가 독인이 아닐까 의심을 한 것이다. 물론 의심을 거두기까지 촌각도 걸리지 않았지만.

'한심하기는!'

자신의 상상이 얼마나 어처구니없는 것인지 금방 깨달은 사내가 실소를 내뱉었다. 무안함을 감추기 위해서라도 묵조영의 목을 반드시, 그리고 최대한 빨리 취해야 했다.

각오를 다진 사내의 검이 스멀거리며 움직이기 시작했다.

기습적이지도 아까처럼 빠른 공격도 아니었지만 교묘한 변화가 있는 것이 허초와 실초를 구별하기가 애매했다.

그런데 묵조영의 반응이 어째 이상했다.

'어디서 많이 본 듯한 것인데…….'

사내의 무공이 마교, 그것도 비밀리에 임무를 수행하는 밀은단(密隱團)의 단원들이 익히고 있는 무령십삼검(無靈十三劍) 중 첨첨밀밀(尖尖密密)이라는 것을 알 리 없는 묵조영은 고개를 갸웃거렸다. 왠지 낯설지가 않았기 때문이다.

그래도 난생처음 실전을 치러보는 묵조영은 천마조를 연

신 바쁘게 움직이며 신중에 신중을 기했다.

그런 묵조영의 노력 때문인지, 아니면 그를 얕본 사내의 경솔함 때문인지 싸움은 쉽게 끝나지 않고 한참 동안이나 그럴듯한 공방이 이어졌다.

일 초, 이 초, 삼 초…….

초식의 수가 늘어날수록 사내는 진땀을 흘렸다.

승기를 잡기는커녕 제대로 된 공격이 나오지 않았다. 오히려 간간이 묵조영의 반격을 피하기 위해 허둥대는 모습이었다.

'이건 도대체……'

사내는 믿을 수가 없었다.

지금껏 수많은 싸움을 해왔다. 이긴 적도 있었고, 간신히 목숨만을 부지했던 위기도 헤아릴 수 없을 정도로 많았다. 그래도 이런 식의 싸움은 단언컨대 한 번도 없었다. 어찌하여 하는 공격마다 아귀가 들어맞는 톱니바퀴처럼 정확하게 막힐 수가 있고 감추려고 애쓰는 미세한 허점이 드러날 수 있단 말인가?

불행히도 그는 묵조영에게 무공을 가르친 사람이 누구인지를 알지 못했다. 아무것도 모르고 당하는 그에겐 억울한 일일 수 있겠지만 묵조영을 가르치는 사람이 을파소임을 감안하면 지금의 결과는 너무나 당연한 일이었다.

아침과 저녁, 하루 두 차례씩 하는 연공 외에도 을파소는 묵조영에게 여러 가지 무공을 가르쳤다.

그는 묵조영이 마교의 무공을 익히고 싶어하지 않는다는 것을 알기에 정확한 명칭이나 어떤 무공이라는 것을 알려주지는 않았다. 또한 그것들을 제대로 사용할 때까지 익히라고 강요하지도 않았다. 그저 여러 가지 무공의 단면을 보여준 뒤 그 무공의 공격을 어떻게 막아내고, 또 어떤 식으로 허점을 파고들어야 하는지 알려주는 것이 전부였다. 물론 묵조영은 그마저도 싫어해 자꾸만 피하려 하였다.

그럴 때마다 을파소가 전가의 보도처럼 휘두른 것이 바로 천마호심공이었다.

묵조영은 언제 폭주할지 모르는 몸의 기운을 제어하기 위해서 천마호심공이 필요했고, 을파소는 천마호심공을 제대로 익히기 위해선 반드시 그 기초가 되는 여러 무공들을 알아야 한다고 주장했다. 애당초 시작하지 않았으면 모를까 기왕 시작한 것, 뭔가 미심쩍은 구석이 있어도 묵조영은 어쩔 수 없이 을파소의 말을 따랐다. 자연적으로 마교의 무공에 대한 지식을 넓히게 되었다.

비단 마교의 무공뿐만이 아니었다.

마교에서는 잠재적 적이라 할 수 있는 정파 여러 문파의 무공에 대해서도 연구했고, 상당히 진척이 된 상태였다. 을파소는 그중 특히 중요하다고 할 수 있는 육파일방이나 사대세가 등의 무공에 대해서 비교적 많은 시간을 할애해 가르쳤다. 태

생적으로 마교의 무공보다는 그 깊이가 얕을 수밖에 없었지만 그 정도만으로도 묵조영에겐 엄청난 도움이 될 터였다.

바로 지금이 그런 상황이었다.

익히지는 않았어도 묵조영은 사내가 사용하고 있는 무공에 대해서 나름대로 자세히 알고 있는 상태였다.

언제 어떤 식으로 공격을 할 것인지, 약점이 무엇인지를 자신도 모르는 사이에 파악하고 있는 것이다. 그랬기에 실전 경험이라곤 을파소와 비무 형식으로 몇 번 손속을 나눠본 것이 전부인 묵조영이 살벌한 실전 싸움으로 단련된 사내의 공격을 힘들게나마 잘 막아낼 수 있었던 것.

"하아! 하아!"

사내의 어깨가 들썩이기 시작했다. 많은 내력을 소모해서인지 낯빛마저 창백해졌다. 어쩌면 상대를 쓰러뜨릴 수 없다는 절망감이 더 컸는지도 몰랐다.

사내가 공격을 중지하자 싸움이 끝난 것으로 파악한 묵조영이 자세를 풀고 조용히 말했다.

"이제 그만 하지요."

애당초 이유가 없는 싸움이었다.

사내의 행동이야 어떻든 그는 싸울 이유도 없었고, 그렇다고 그를 죽일 마음은 더 더욱 없었다.

"그만… 하자? 지금 나에게 한 말이냐?!"

사내가 이를 갈며 소리쳤다.

묵조영으로선 싸움을 끝내고 싶은 마음에 자연스럽게 던진 말일지 모르나 듣는 사내에겐 죽음보다 치욕적인 말이었다.

"으아아아!"

사내가 비명과도 같은 괴성을 지르며 달려들었다.

같이 죽자는 듯 자신의 목숨을 도외시한 공격이었다.

그런 식의 공격에 대한 경험이 전혀 없는 묵조영은 당황했다. 그리곤 자신도 모르게 뒷걸음질쳤다. 만약 실전의 경험이 조금이라도 있었다면 절대로 하지 않았을, 또 해서도 안 되는 행동이었다.

묵조영을 쫓는 사내의 눈이 번뜩였다.

절호의 기회를 포착한 사내가 때를 놓치지 않고 따라붙었다.

둘의 거리는 급격하게 가까워졌다.

승리를 예상했는지 비로소 사내의 입가에 잔인한 살소가 떠올랐다.

바로 그 순간이었다.

어떻게든 사내의 움직임을 묶어야 한다고 생각한 묵조영의 손목이 움찔거렸다.

칠 년 동안 한시도 곁에 두지 않은 적이 없었고, 심지어는 잠자는 시간에도 품에 안고 잘 정도로 아꼈던 천마조는 그에게 단지 물고기를 낚는 낚싯대가 아니라 수족이나 마찬가지였다. 지금은 어느 정도의 힘을 줘야 천마조를 펴고 접을 수 있는지를 한 치(약3㎝), 아니, 그것을 다시 십 등분한 미세한 단위까지 파악하고 있었다.

묵조영의 손길에 따라 숨겨졌던 천마조의 마디들이 드러나기 시작했다. 마디가 드러남과 동시에 숨겨졌던 묵룡(墨龍) 또한 용틀임을 했다.

"헛!"

난데없이 쏘아오는 낚싯대를 바라보며 사내의 입에서 당혹한 외침이 터져 나왔다. 황급히 몸을 틀려 했으나 피하기엔 일자로 쭉 펴지며 다가오는 낚싯대의 움직임이 너무나 빨랐다.

그가 낚싯대의 첫 마디를 봤다고 생각한 순간 천마조는 이미 그의 허벅지를 꿰뚫고 있었다.

"이, 이런 말도 안 되는……."

사내는 자신의 허벅지를 뚫고 지나간 천마조를 보며 말을 잇지 못했다.

묵조영이 기를 불어넣은 낚싯대는 활짝 폈을 때 제 무게를 견디지 못해 휘어지는 평범한 낚싯대가 아니라 그 어떤 창(槍)보다 견고하며 날카로운 기병(奇兵)의 면모를 보여줬다.

"으으으!"

사내가 고통의 신음성을 토해내며 검을 들었다.

그가 낚싯대를 자르려 한다고 여겼음에도 묵조영은 그냥

두고 보았다.

아니나 다를까.

검을 들어 낚싯대를 후려친 사내는 오히려 더욱 처절한 비명을 지르며 칼을 놓쳤다. 천마조를 잘라내는 것은 고사하고 내려친 검의 힘이 천마조를 통해 허벅지와 전신으로 고스란히 전해졌기 때문이다.

천마조를 잘라내는 것에 실패하자 사내는 억지로 다리를 움직이려 하였다. 하지만 그조차도 여의치 않았다. 묵조영은 전혀 의도치 않았음에도 천마조가 무릎 위의 혈해혈(血海穴)을 정확하게 꿰뚫어 다리를 마비시켜 버린 것이다.

"못 움직일 겁니다. 하니 이제 그만 하죠."

"네, 네놈이!"

살기를 품다 못해 시뻘건 불길이 치솟는 것처럼 보이는 충혈된 눈빛. 눈빛으로 사람을 죽일 수 있다면 바로 사내의 기세 정도는 되어야 할 것이다.

슬그머니 고개를 돌린 묵조영이 안타까운 음성으로 말했다.

"이대로 물러난다면 풀어주겠습니다."

"지금 동정하는 것이냐?"

"동정이 아니라……."

"시끄럽다! 본 교의 제자에게 동정 따위는 필요없다!"

"그게 아닌데……."

"네놈 이름이 무엇이냐?"

"묵조영."

어째서 자신이 대답을 하는지 인식도 못한 채 묵조영이 자신의 이름을 밝혔다.

"기억하겠다."

사내가 이글거리는 눈빛으로 말했다.

"아니, 꼭 기억할 필요까지는……."

얼떨결에 대답하는 묵조영.

순간, 그의 눈이 화등잔만 해졌다. 사내의 입에서 쏟아지는 검붉은 핏물을 본 것이다.

"묵.조.영. 기억해라. 이 빚… 은 나의 동… 료들이 반드시 갚아줄… 것이다. 먼… 저 가서 기다… 리마."

마지막 말을 끝으로 사악한 웃음과 함께 사내의 신형이 천천히 무너지기 시작했다.

난데없이 벌어진 상황에 묵조영은 어찌할 바를 몰랐다.

황급히 천마조를 회수한 후, 그는 한참 동안이나 멍한 눈으로 사내의 시신을 쳐다봤다.

사실 될 대로 되라는 식으로 한 공격이 그렇게 효과를 거둘 줄은 생각도 못했고, 무엇보다 싸움에서 패했다고 그런 식으로 스스로의 목숨을 끊을 줄은 더 더욱 상상을 하지 못했다.

부모의 죽음을 직접 보았고, 떠돌이 생활을 하면서도 심심

찮게 죽음과 맞닥뜨렸으나 모두 어릴 적의 일이었다. 또 그때
는 죽음의 의미를 정확하게 알지 못했다. 하지만 지금은 달랐
다. 무엇보다 사내의 죽음에 직접적으로 개입을 했다는 것이
가슴을 짓눌러 왔다.

과정이야 어떻든 시신을 함부로 방치할 수는 없는 법. 묵조
영이 무거운 발걸음으로 사내에게 다가갔다.

사내의 부릅뜬 눈에 소름이 돋았다.

죄책감 때문인지 심장이 미친 듯이 요동쳤다.

애써 시선을 외면한 묵조영이 싸늘히 식어가는 사내의 몸
에 돌을 얹기 시작했다.

돌을 줍는 손이 덜덜 떨렸다.

작은 돌을 줍기도 힘들 정도였다. 그럼에도 그는 주변의 돌
을 하나씩 모으기 시작했다.

잠깐의 시간이 흐르고 사내가 누워 있는 자리에 조촐한 돌
무덤 하나가 만들어졌다.

돌무덤이 만들어진 후에도 묵조영은 한참 동안이나 자리
를 뜨지 못했다. 입을 열지도 않았다. 그저 안타까운 눈빛으
로 무덤을 응시할 뿐이었다.

"후~"

나오느니 한숨뿐이었다.

천유봉과 마주하여 첨예하게 솟은 거대한 바위산.

접순봉(接筍峯)을 오르는 묵조영의 입에선 한숨이 끊이질 않았다. 어쩔 수 없었다고 아무리 애써 자위를 해봐도 사내의 죽음이 뇌리에 각인되어 잊혀지지 않았다.

"잊자, 잊어."

연신 도리질을 치며 걸음을 재촉한 그는 어느덧 무이궁의 도인들이 신성시하는 장소에 도착했다.

"후~ 언제 봐도 살벌하군."

하늘마저 꿰뚫어 버릴 듯한 기세로 치솟은 절벽을 보며 대자연의 웅장함에 감탄하던 그는 곧 육병(肉餠:고기 떡)이라 하여 그 옛날 게으른 구십구 명의 승려가 모여 떡이 되었다는 허무맹랑한 전설을 지니고 있는 바위를 향해 움직였다.

집채만 한 바위 세 개가 나란히 겹쳐 있는 곳에 이른 그의 시선이 바위 끝에서 삼 장 높이에 위치한 암굴에 머물렀다. 얼굴에 자리했던 음울함이 조금은 사라졌다.

바위 위로 단번에 뛰어오른 그가 암굴을 향해 소리쳤다.

"어이, 사이비 도사! 잘 있었냐!"

대답이 없었다.

"어이, 벌써 내 목소리를 잊어버린 것은 아니겠지?"

들려오는 것은 메아리뿐이었다.

평소라면 무슨 대꾸가 있어도 벌써 있었을 터. 아무런 반응이 없자 묵조영의 얼굴에 의혹이 깃들었다.

"흠, 벌써 하산했나? 어이, 사이비!"

세 번째에 반응이 왔다.

"시끄러!"

'그러면 그렇지.'

피식 웃은 묵조영이 암굴로 들어갔다.

고작 한 사람 통과하면 그만일 것 같은 암굴은 안으로 들어갈수록 생각보다 훨씬 넓었다. 적어도 네다섯 사람은 충분히 생활을 하고도 남을 정도로 넓었는데, 암굴 한쪽 구석엔 탁자가 놓여 있었고 그 맞은편엔 한 사람 정도가 누워 쉴 정도의 마른 갈대가 깔려 있었다.

묵조영이 찾고자 하는 사람은 바로 그 갈대 위에 대 자로 누워 다리를 꼬고 있었다.

사내의 이름은 곡운(哭雲). 무이궁의 제자로 묵조영이 을파소와 함께 독심거에서 머물게 된 이후 처음으로 사귄 친구이다.

을파소와 생활을 하게 된 묵조영은 때때로 산을 타며 약초를 캐 생활에 필요한 물품을 조달했는데, 그가 채취한 약초의 대부분은 을파소가 처음 그를 만났을 때 저급하다고 형편없이 깎아내린 무이궁의 도인들에게 넘겨졌다. 그 대가로 그는 생활에 필요한 각종 음식과 물건을 풍족하게 얻을 수 있었다. 곡운은 그 과정에서 알게 된 친구였다.

나이도 같은 데다가 어려서 고생한 것, 심지어 무이산에 오른 시기마저 비슷했다. 서로의 입장을 이해한 그들은 의기투

합했고, 혈육이 부럽지 않을 정도로 애틋한 우정을 나누었다. 물론 겉으로야 서로를 못 잡아먹어서 안달하는 모습이었지만.

"왔냐?"

곡운은 일어날 생각도 하지 않고 말했다.

"말하는 것 하고는. 친구가 오랜만에 찾아왔으면 맨발로 뛰어나와 반겨야 하는 것 아냐?"

"미안타. 어제 마신 술이 아직 덜 깨서 그래."

"술?"

그제야 주변에 흩어진 술병이 눈에 들어왔다. 게다가 짐승의 것으로 보이는 뼈다귀도 수북이 쌓여 있었다. 모르긴 몰라도 술안주로 삼은 것이리라.

"너도 참 대단하다. 이곳까지 와서 술이냐? 한데 술은 또 어디서 났는데?"

"어디서 나긴, 작년에 와서 담근 술이지."

어기적거리며 일어난 곡운이 머리를 긁적이며 대꾸했다.

취기로 달아오른 얼굴은 잘생겼다 말할 순 없어도 각진 턱, 짙은 눈썹, 두툼한 입술은 제법 사내다운 면모를 풍겼다.

"아, 그때 담근 술?"

묵조영이 고개를 끄덕이며 말했다.

기억하지 못할 리 없었다. 산을 돌아다니며 직접 과일을 조달한 사람이 바로 자신이니까.

"그런데 혼자 다 먹었냐?"

짐짓 화를 내는 듯한 음성이었다.

함께 담근 술이니만큼 그에게도 소유권이 있다고 주장하는 것.

"조금 남았다. 네가 오지 않았다면 그나마도 혼자 마실 생각이었지만."

사내가 발치에 있는 술 단지 하나를 가리키며 대꾸했다.

"안주는 없다."

"안주야 내가 준비했지."

피식 웃은 묵조영이 살림망을 흔들었다.

"또 붕어? 지겹지도 않냐?"

곡운이 심드렁한 표정으로 대꾸했다.

"싫으면 말고."

"싫다고는 안 했다."

잽싸게 일어난 곡운이 빼앗듯 붕어를 낚아챘다. 조금 전만 해도 숙취에 고생하던 사람의 움직임이라고는 생각하지 못할 만큼 빠른 몸놀림이었다.

"쯧쯧, 사내놈이······."

"내가 뭘? 잔말 말고 요리나 해."

곡운이 어디서 꺼냈는지 커다란 냄비와 함께 붕어를 건넸다.

"나 원, 다시 줄 걸 뭣 하러 채갔냐?"

묵조영이 실소를 흘리며 냄비를 받았다.

다시 벌렁 드러눕는 곡운은 대꾸하지 않았다.

고개를 설레설레 내저은 묵조영은 곧 능숙한 손길로 붕어를 손질하기 시작했다. 그리곤 몇몇 간단한 재료만을 첨가하여 그만의 자랑인 '묵조영식 붕어찜' 을 만들어냈다.

화려하지도 푸짐하지도 않은 소박한 붕어찜이었지만 냄새만으로도 곡운은 침을 꼴깍꼴깍 삼켰다. 생각에 앞서 맛을 잊지 못한 몸이 먼저 반응하고 있는 것이다. 천하의 그어떤 요리사도 따라오지 못하는 붕어찜의 담백한 맛을 기다리며.

붕어찜을 사이에 두고 주고받은 술은 금방 동이 났다. 워낙 빨리 마시는 곡운의 성향 때문이기도 했으나 평소 술을 즐기되 많이는 마시지 않는 묵조영이 곡운이 놀라 고개를 갸웃거릴 정도로 많은 양을 마셨기 때문이다. 사실 마시는 정도가 아니라 숫제 들이붓는 수준이었다.

"무슨 일 있냐?"

곡운이 마지막 남은 술을 따라주며 물었다.

묵조영은 아무런 대답도 없이 단숨에 잔을 비웠다.

취하고자 마신 술이건만 오히려 마실수록 정신이 더욱 또렷해졌다. 부릅뜬 사내의 눈이 바로 앞에서 쳐다보는 것 같았다. 그래서 더 괴로웠다. 한숨이 절로 흘러나왔다.

"무슨 일 있지?"

"술이나 줘."

"그게 마지막이야. 말해봐. 무슨 일인데?"

"후~"

술잔을 내려놓는 묵조영의 입에서 또다시 긴 한숨이 흘러나왔다.

"무슨 일이냐니까?!"

곡운이 성질을 참지 못하고 버럭 소리를 질렀다.

"별일 아니야."

"별일 아니긴! 내가 너를 모르냐? 할 수만 있다면 지금 네가 어떤 표정을 하고 있는지 보여주고 싶다. 칠 년 동안 지내오면서 지금처럼 심란한 얼굴은 처음 봤어. 부모님 기일에도 이 정도는 아니었다."

"그래?"

"그렇다니까. 혼자 한숨만 푹푹 내쉬지 말고 속 시원히 털어놔 봐, 이 형님이 해결해 줄 테니까. 기쁨은 나누면 배가 되고 고통은 나누면 반이 된다는 말도 있지 않냐."

"미친놈, 두 달이나 늦게 태어난 형님도 있더냐?"

"어허, 모르는 소리. 먼저 태어난 것이 대수는 아냐. 내가 너보다 세상을 많이 알잖아? 잔소리 말고 얘기해 보라니까."

곡운이 정색을 하고 재차 물었다.

"후~"

몇 번의 한숨을 더 내쉰 후 묵조영이 힘없이 입을 열었다.

"그러니까……."

천상연의 낚시로부터 시작된 얘기는 느릿느릿, 그러나 사실감있게 이어졌다.

그다지 길지 않은 이야기 도중 몇 번이나 말을 끊은 묵조영은 자신으로 인해 죽은 사내의 얼굴이 좀처럼 떠나지 않는다는 말을 끝으로 심중에 담고 있던 말을 끝냈다. 그러자 더없이 심각한 표정으로 경청하고 있던 곡운이 냅다 묵조영을 향해 술병을 던졌다.

"에라이!"

"왜?"

술병을 피한 묵조영이 못마땅한 표정으로 물었다.

"사서 걱정을 한다더니 네가 딱 그 꼴이잖아! 뭐가 그리 걱정인데? 너 때문에 그놈이 죽어서?"

묵조영이 자신도 모르게 고개를 끄덕였다.

"그럼 네가 죽을래?"

"……."

"애당초 잘못은 그놈이 한 거잖아! 세상에 다짜고짜 사람을 죽이려는 놈이 어디 있냐? 그리고 실패하니까 결국은 제 성질을 이기지 못해 뒈져? 잘 죽었네! 그런 놈은 동정할 가치도 없다!"

"그래도……."

"그래도고 저래도고! 조금도 신경 쓸 필요 없어! 넌 아무런 잘못도 한 것이 없다! 흔히 말하는 정당방위야!"

"그럴까?"

"그렇다니까! 무림에서 그까짓 일은 일도 아니다!"

"난 무림인이 아니잖아."

"어림없는 소리! 무공을 익힌 순간 이미 무림에 적을 둔 거다! 그건 네가 부인해도 소용없는 일이야!"

"……."

묵조영은 입을 다물었다.

곡운의 말에 다소 위안이 되기는 했어도 심란한 마음이 완전히 풀린 것은 아니었다.

"쯧쯧, 걱정이다. 그런 마음으로 이 모진 세상을 어찌 살아갈꼬."

"걱정하지 마라. 한 사람의 죽음을 아무렇지도 않게 말하는 사이비 도사보다는 잘살아갈 테니까."

"그거야 모르지. 누가 잘살지는 세월이 흘러봐야 아는 것이니까. 아, 그런데 말이야……."

한 발 앞으로 다가오는 곡운의 눈빛이 반짝반짝 빛났다.

"왜?"

"네가 봤다는 여인."

"선녀?"

"선녀는 무슨. 아니, 뭐, 선녀라고 쳐두자. 그런데 예쁘긴 예쁘냐?"

순간, 여인의 모습을 떠올리는 묵조영의 눈빛이 몽롱해졌다.

"예쁘지. 그녀는… 정말 예뻤다."

제5장

무당(武當)…
아니, 무이궁(武夷宮)의 비밀병기

"**괜**찮을까?"

곡운이 물었다.

"뭐가?"

"이렇게 술 냄새 풀풀 풍기고 가도 괜찮겠냐고?"

"신경 쓸 것 없어. 어차피 네 사부님도 네가 얌전히 앉아 있을 것이라곤 기대하지 않았을 테니까."

걸음을 멈춘 곡운이 눈을 흘겼다.

"그게 명색이 벌을 받고서 돌아가는 친구에게 할 말이냐?"

"벌을 받아? 누가? 네가? 마지막 당일 날까지 술을 퍼 마신 게 누구더라? 그럴듯한 안주를 곁들여서 말이다. 애당초 격정을 했으면 마시지를 말던가."

"흥, 이제야 본색을 드러내는군."

곡운이 빈정 상한 표정으로 묵조영을 노려봤다.

"본색?"

"흣, 조금 전까지만 해도 죽음이 어떻느니 마음이 아프다느니 순진한 척은 다 하더니만."

"그거하고 이거하고 같냐?"

"다를 건 또 뭐야?"

"시끄러. 네놈은 몰라. 사람이 죽는다는 것이 어떤 것인지를."

잠시 회복을 한 묵조영의 얼굴이 다시 어두워졌다.

"시끄러운 건 너지. 다른 놈도 아니고 네가 그런 말을 하니까 이상하다. 비록 세상 풍파를 다 겪었어도 얌전하기 그지없던, 오로지 수양에 애쓰던 나를 이 지경으로 만든 것이 다른 누구도 아닌 바로 네놈이면서."

그러자 묵조영이 기가 차다는 듯 대꾸했다.

"내가 할 말을 왜 네가 하냐? 나야말로 정말 순진한 아이였지."

"순진한 놈이 계율을 지키며 열심히 수련 중인 친구에게 붕어찜으로 유혹하냐?"

곡운의 공격에 묵조영도 지지 않고 맞섰다.

"얼씨구나 좋다 하고 술까지 준비한 것은 누구더라?"

"사냥하는 것도 네가 가르쳐 줬다."

"투전(鬪牋)하는 것은 네가 가르쳤지. 도박이 얼마나 나쁜 것인지 알면서도."

"네가 가르쳐 달라고 했잖아."

"내가 언제? 네가 투전을 들고 와서⋯⋯."

그렇게 시작된 둘의 나름대로 정겨운(?) 설전, 한 치의 물러섬도 없이 팽팽하게 이어지던 그들의 말싸움은 그들이 막 바위산을 벗어날 때쯤 전혀 예상치 못한 상황으로 인해 끝을 맺었다.

"삼 년 전엔⋯⋯."

"쉿!"

묵조영의 말은 곡운의 손짓에 의해 막히고 말았다.

"들리냐?"

곡운이 사뭇 심각한 표정으로 물었다.

"뭐가?"

"저 소리."

입을 다문 묵조영도 귀를 기울였다.

수풀의 은은한 흔들림을 뚫고 전해오는 소리는 분명 병장기 부딪치는 소리였다.

묵조영이 고개를 끄덕였다.

"들린다."

"가보자."

둘은 누가 먼저라고 할 것 없이 소리가 들려오는 곳을 향해 달리기 시작했다.

얼마를 달렸을까?

그들은 곧 천유봉과 접순봉을 연결하는 능선에 도착할 수 있었다. 발 디딜 곳도 없이 빽빽이 자리한 수목과 바위들 틈에 드물게 존재하는 공터. 공터 옆은 깎아지른 듯한 절벽이었다.

앞서거니 뒤서거니 하며 공터에 도착한 묵조영과 곡운은 공터에서 칼부림을 하는 인물들을 보며 재빨리 몸을 감추었다.

"웬 놈들일까?"

곡운이 말했다.

"글쎄, 잘 모르겠는데. 그래도 한 가지는 알겠다."

묵조영이 공터에 시선을 고정시키며 대꾸했다.

"뭔데?"

"저 여인."

곡운의 물음에 묵조영은 대답 대신 손을 들어 한 무리의 인원에게 둘러싸여 공격을 받고 있는 여인을 가리켰다. 일견하기에도 눈에 띄는 미모를 가진 여인이었다.

"선… 녀?"

묵조영이 고개를 끄덕였다.

"그렇다면 저놈들은 아까 너를 공격했다는 놈의 일행이

겠군."

"아마도."

"어떻게 할래?"

곡운이 물었다.

"……."

"어떻게 할 거냐니까?"

여인에게 시선을 고정시킨 묵조영이 망설이며 말했다.

"도와… 주고 싶다."

"한두 놈이 아니야. 실력도 만만치 않아 뵈고. 하나, 둘, 셋… 도합 여덟이군. 흠, 아까 열둘이라고 했으니까 그사이 넷이 죽었네. 아니지. 너를 공격하던 놈은 지가 알아서 뒈졌으니까 셋인가?"

"그런 것 같다."

"휘유~ 보기보단 대단한걸. 저런 부상을 당한 채 도망 다니면서도 세 놈이나 더 처리했단 말이야?"

곡운이 고개를 절레절레 흔들며 감탄을 했다. 하나, 다소 여유로워 보이는 곡운과는 달리 수세에 몰리다 못해 절망적인 상황에까지 이른 여인의 모습에 묵조영은 초조하기 그지없었다.

"빨리 가자."

"그런데 선녀치고는 좀 달리는 얼굴 아니냐? 뭐, 나름대로 미인은 미인이다만 선녀까지는……."

"지금이 농담할 때냐?"

"알았다, 알았어. 까짓 도와주면 될 것 아니냐고."

벌떡 몸을 일으킨 곡운이 묵조영이 뭐라 할 틈도 없이 내달리기 시작했다.

[내가 다섯을 책임질 테니까. 나머지는 네가 알아서 해.]

곡운이 보내오는 전음을 들으며 묵조영도 몸을 일으켰다.

[괜찮겠냐?]

[괜찮아. 무당(武當)… 아니, 무이궁의 비밀병기가 저놈들 따위에게 당할 것 같아? 너나 조심해라. 네 무공으론 조금 버거운 상대로 보여. 정신 바짝 차리지 않고 아까처럼 징징 짜다간 골로 가는 수가 있다.]

[내가 익힌 무공이 뭔지나 알고 그러냐?]

[안 봐도 뻔하지. 고기잡이 무공이잖아.]

[망할 놈.]

농담 섞인 곡운의 말에 묵조영은 급박한 상황도 잊고 피식 웃음을 터뜨리고 말았다.

"웬 놈들이냐!"

최후의 일격을 날리려던 무리의 우두머리, 밀은단 강서지부 휘하 삼조의 조장 노령(櫓翎)은 곡운의 출현에 긴장을 하며 소리쳤다.

"산신령."

간단히 대답한 곡운이 다짜고짜 검을 휘두르기 시작했다.

한데 곡운에겐 다른 이들과 다른 특이한 점이 있었다.

"좌수검(左手劍)?"

긴장된 표정으로 새로이 출현한 적을 살피던 노령의 입가에 조소가 피어올랐다.

일반적으로 무인들은 좌수검을 배척한다.

좌수검은 배우기도 어려울뿐더러 배운다 해도 일정한 경지 이후엔 그 벽을 돌파하기가 힘들었다. 그러다 보니 좌수검을 익힌 사람들은 정도가 아닌 편법으로 한계의 벽을 깨려 하였고, 상리에 맞지 않는 많은 방법을 동원하기도 했다. 해서 검로(劍路)가 음험해지고 사이한 기운을 띠는 일이 종종 있었다. 바로 그것이 좌수검이 사람들에게 배척당하게 된 이유였다.

"의천맹에도 좌수검을 익힌 놈이 있다니 웃기는군."

일전 묵조영을 의심했던 사내처럼 노령 역시 곡운을 의천맹에서 파견한 인원으로 오해하고 있었다.

그러거나 말거나 곡운은 신경 쓰지 않았다.

"웃긴, 대낮부터 재수없게!"

같잖다는 듯 소리친 곡운이 검을 휘둘렀다.

아래에서 사선으로 쳐 올라오는 검을 보며 노령의 안색이 급변했다. 생각보다 훨씬 빠른 검에 당황한 것이다.

"감히 날 뭘로 보고!"

노령은 황급히 검을 들어 옆구리 쪽으로 접근해 오는 검을 쳐냈다. 하지만 잠시 물러나는가 싶던 검이 기묘하게 방향을 틀며 견정혈(肩井穴:어깨에 있는 혈도)을 찔러오자 기겁하지 않을 수 없었다.

"헛!"

헛바람을 내뱉은 노령이 튕기듯 몸을 틀며 검의 사정거리에서 벗어나고자 하였다.

곡운이 계속해서 따라붙으며 집요하게 공격했으나 궁신탄영의 수법을 역으로 활용한 노령은 간발의 차로 위기에서 벗어날 수 있었다.

"네, 네놈 따위에게."

그는 치욕감에 몸을 떨었다.

눈앞의 상대는 아무리 봐줘야 겨우 스물 남짓. 풍기는 외모 또한 평범하기 짝이 없는 모습이었다. 게다가 무공은 시정잡배나 살수들이 익히는 것이라 폄하하는 좌수검. 그럼에도 수하들 앞에서 허둥대는 꼴을 보였으니 망신도 이런 망신이 없었다.

분노에 찬 함성과 함께 뛰어오른 노령이 무령십삼검을 펼치기 시작했다.

괄무마광(刮垢磨光)에서 첨첨밀밀, 교철몽락(交綴蒙絡)으로 이어지는 연환 공격.

노령은 필승을 자신했다.

비록 최고의 무공은 아니었지만 무령십삼검의 빠르고 날

카로우며 마치 끈끈한 실처럼 하나로 연결되어 펼쳐지는 연환 공격은 웬만한 고수도 경시하지 못할 정도로 뛰어난 것이었다.

한데 자신감은 금방 깨졌다.

유려한 몸놀림으로 검세(劍勢)를 피하고 기쾌한 발놀림으로 허점을 파고드는 곡운의 움직임은 결코 애송이의 것이 아닌, 수없이 많은 싸움을 겪은 노고수의 것이나 다름없었다. 다만 아쉬운 것이 있다면 승기를 잡고도 결정적인 한 수를 날리지 못했다는 것. 그것 때문에 쉽게 끝날 싸움이 끝나지 않았고, 노령도 무사히 물러날 수 있었다.

"쳐, 쳐라!"

결국 곡운의 공격을 감당하지 못한 노령은 수하들에게 치욕적인 명령을 내려야만 했다.

눈치만 보며 함부로 끼어들지 못하고 싸움을 지켜보던 사내들이 명이 떨어지기가 무섭게 사방에서 곡운을 공격하고 나섰다.

곡운이 그렇게 시선을 분산시키고 있는 사이 묵조영도 나름대로 은밀히 움직이고 있었다.

우선 여인의 목숨을 구하는 것이 급한 일이라 판단한 그는 세 명의 사내에게 합공을 받으며 거의 빈사 상태에 빠져 있는 여인을 향해 조심스레 다가갔다.

곡운의 등장으로 인해 공격하던 인원이 확 줄었지만 며칠

간의 추격전, 그리고 심각한 내상과 온몸에 입은 많은 부상 때문에 여인의 상황은 최악이었다.

'어찌해야 한다?'

일단 치고 보자는 곡운과는 달리 묵조영은 성급하게 나서지 않았다. 어떤 식으로 공격을 해야 여인을 무사히 구할 수 있을까 잠시 고민을 했다. 하나 안타깝게도 그런 사치스런 고민을 하기엔 여인이 처한 상황이 너무나 좋지 못했다.

더 이상 싸울 기력이 없었던 여인이 크나큰 허점을 보이고, 그 허점을 놓치지 않은 사내의 일검이 제대로 적중하고 말았다.

"아악!"

고통에 찬 비명성과 함께 끈 떨어진 연처럼 힘없이 날아가는 여인의 신형. 하필이면 그 방향이 천 길 낭떠러지였다.

"안 돼!"

묵조영이 다급한 외침과 함께 여인에게 내달렸다.

여인의 몸은 이미 급격하게 하강하는 중이었다.

거리는 십 장 이상.

아무리 빨리 달린다 해도 구하기엔 너무 늦은 상황이었다. 그래도 묵조영은 포기하지 않았다. 그리고 그가 할 수 있는 최대한의 속도로 달리면서 천마조를 뻗었다.

슈슈슈슉!

바람을 가르며 천마조가 여인을 향해 일자로 펴졌다.

그래도 짧았다.

천마조의 길이도 상당했지만 그 정도로는 여인을 구할 수가 없었다.

바로 그 순간, 묵조영의 손목이 힘있게 꿈틀대고 천마조가 기묘한 떨림을 하는가 싶더니 천마조에 감겨 있던 낚싯줄이 섬전과도 같은 움직임으로 뻗어나갔다.

낚싯줄은 실로 간발의 차이로 여인의 발목을 낚아챘다.

'됐다.'

묵조영은 낚싯줄을 통해 전해오는 묵직한 힘을 느끼며 안도의 한숨을 내쉬었다.

무의식중에 '될까?' 하는 의심을 했건만 천마조가 자신의 의지에 제대로 호응해 준 것이 너무나 고마웠다. 이제는 그녀를 무사히 끌어 올리기만 하면 되는 것이다.

그는 활처럼 휘어지는 천마조를 몇 번 흔들었다. 그 탄력으로 인해 줄에 걸린 여인의 몸도 위아래로 요동을 쳤다.

어느 순간, 묵조영이 하루 종일 치열한 눈치 싸움 끝에 바늘에 걸린 대물을 낚아채는 듯한 힘찬 챔질을 하고, 동시에 절벽 아래로 사라졌던 여인의 몸이 허공으로 치솟더니 그의 면전으로 떨어져 내렸다.

행여나 다칠까 묵조영은 재빨리, 그러면서도 최대한 신중히 그녀의 몸을 안아 들었다.

향긋한 냄새가 콧속으로 밀려들었다.

온몸이 땀과 먼지, 피로 범벅이 되어 보기 흉할 정도였지만 그 모든 사실을 잊게 해줄 만큼 그녀가 지니고 있는 원초적인 향기는 그로 하여금 천상의 향기가 무엇인지 느끼게 해주었다.

'아!'

벌써 세 번째 느끼는 감정이었다.

처음 그녀의 얼굴을 보았을 때, 두 번째로 비록 전음성이나마 목소리를 들었을 때, 그리고 바로 지금.

자신의 상의를 벗어 바닥에 깔고 그녀를 조심스레 눕히는 묵조영의 얼굴은 꿈에 취한 듯했다.

아쉽게도 꿈은 필연적으로 깰 수밖에 없는 것이다.

"허!"

"이거야 원."

"뭐냐, 넌?"

묵조영을 지켜보던 세 사내가 동시에 소리쳤다.

갑자기 등장한 묵조영이 생각도 못한 방법으로 여인을 구하고 편히 자리에 누일 때까지 멍하니 지켜보던 그들은 어처구니없다는 표정이었다.

묵조영은 아무런 대꾸도 하지 않았다.

죽은 듯 누워 있는 여인을 걱정스레 쳐다보는 지금 그에겐 그 어떤 소리도 들리지 않았다.

무시를 당했다고 생각했는지 사내들의 얼굴이 벌게졌다.

"어디서 굴러먹다 온 촌놈이!"

"뭐 하는 놈이냐니까!!"

거듭된 호통 소리에 묵조영의 고개가 그제야 돌려졌다.

"연약한 여인에게 이게 무슨 짓입니까?"

"여, 연약한 여인?"

사내들의 얼굴에 황망함이 떠올랐다.

그녀를 쫓는 과정에서 생사고락을 함께했던 동료가 수십 명도 더 죽었다. 지금에야 이렇듯 몰아붙일 수 있지만 만약 그녀가 정상적인 몸이었다면 목숨이 서너 개라도 부족할 정도로 무서운, 아무리 생각해도 연약이라는 단어와는 어울리지 않는 나찰(羅刹)과도 같은 여인이었다.

"저년이 어떤 년인지도 모르면서 까불지 마라."

"아무리 화가 나도 그런 욕을 하다니요!"

묵조영이 안색을 굳히며 소리쳤다.

"나 원."

입을 열던 사내가 고개를 흔들었다. 애당초 이런 언쟁 자체가 의미가 없는 것이 아니던가.

"아무것도 모르는 촌놈 같으니 마지막으로 기회를 주겠다. 당장 꺼져라. 그러면 목숨만은 살려주마. 아니면……."

검을 슬그머니 쳐드는 사내의 모습에 뒷말은 듣지 않아도 뻔했다. 험상궂게 생긴 인상 하며 전신에서 뿜어져 나오는 살기 또한 결코 예사로운 것이 아니었다. 비록 잠깐이었지만 온몸에 소름이 돋을 정도였다. 그래도 선택할 길은 하나뿐이었다.

"싫은데요."

묵조영이 고개를 가로저었다.

"그럼 죽어라!"

사내가 차갑게 소리쳤다.

싸움을 피할 길은 없는 듯했다.

죽은 듯이 누워 있는 여인의 얼굴은 차분하게 살피며 묵조영이 조심스레 몸을 일으켰다.

"저쪽으로 가지요."

묵조영이 천천히 걸음을 옮기고 사내들의 시선 역시 그를 따라 이동을 했다.

"가긴 어딜 간단 말이냐?!"

"놔둬. 스스로 무덤을 찾겠다는 거잖아. 꼴에 멋을 부리고 싶은 게지. 같잖은 영웅 얘기를 너무 많이 들었어."

"크크, 그런가? 하긴, 그렇지 않고서야……."

사내들은 낄낄대며 묵조영의 뒤를 따랐다.

그렇게 십여 장을 이동했을 때다.

"어디까지 갈 생각… 헛!"

묵조영을 불러 세우던 사내가 갑작스런 공격에 깜짝 놀라며 몸을 피했다.

천마조가 그의 볼을 살짝 스치며 지나갔다. 스친 볼에서 피가 튀었다.

"타핫!"

묵조영이 힘찬 기합성과 함께 허둥지둥 피하는 사내를 쫓아 재차 천마조를 휘둘렀다. 그러나 공격을 마치기도 전에 좌우 옆구리 쪽으로 밀려드는 예기에 몸을 틀 수밖에 없었다.

"감히 잔재주 따위를!"

동료의 도움으로 위기를 벗어난 사내가 씩씩거리며 자세를 바로잡았다.

"크크, 그렇게 정신 똑바로 차려야지. 까딱 잘못하면 골로 가는 수가 있다고."

"그러게 말이야. 아무튼 요즘 촌놈들은 영악하기가 그지없단 말이야?"

"시끄러! 너희들은 가만히 있어! 저놈은 내가 죽인다!"

자존심에 상처를 입은 사내가 이를 부득부득 갈며 소리쳤다. 그리곤 대답도 듣지 않고 몸을 날렸다.

검에서 바람이 일어났다.

공간을 압박해 가며 접근해 오는 검풍(劍風)에 묵조영의 옷자락이 휘날렸다.

간불용발(間不容髮)이라는 초식.

무령십삼검 중에서도 후반부에 속하는 것으로 꽤나 익히기 힘들었고, 그만큼 위력이 있는 초식이었다.

문제라면 다른 사람은 몰라도 묵조영에겐 그다지 위협이 될 수 없는 초식이라는 것.

사내의 검이 어떻게 움직일지 뻔히 알고 있었던 묵조영은 비교적 수월하게 공격에서 벗어났다.

"젠장!"

자신의 공격이 그토록 쉽게 막힐 줄은 몰랐다는 듯 당황한 표정을 지은 사내가 묵직한 신음성을 내뱉으며 연결 초식인 개두환면(改頭換面)을 펼쳤다.

무수한 검영이 그와 주변을 휘감았다.

개두환면은 머리와 얼굴을 바꾼다는 말 그대로 상대를 철저하게 기만하기 위한 허초였다. 하지만 상대가 속아야만 그 위력이 나타나는 것인만큼 오히려 그의 무공을 제대로 파악하고 있는 묵조영에겐 더없이 훌륭한 역습의 기회가 될 수 있었다.

묵조영이 사내의 단전을 노리며 천마조를 뻗었다.

주변을 화려하게 수놓는 개두환면의 약점이 바로 그곳이라는 것을 정확하게 파악하고 내지른 한 수였다.

"망할!"

치명적인 약점을 파고드는 공격에 사내는 더 이상 공격할 엄두를 내지 못하고 짧은 욕설과 함께 후퇴했다.

그는 실로 간발의 차이로 천마조의 위협에서 벗어날 수 있었다.

그럴 줄 알았다는 듯 침착하게 숨을 들이킨 묵조영이 슬쩍 손목을 흔들고, 순간 모습을 감추고 있던 천마조의 나머지 마디들이 엄청난 속도로 튀어나왔다.

기겁을 한 사내가 필사적으로 몸을 틀었다. 그러나 부질없는 행동이었다. 가히 섬전과도 같은 속도로 튀어나오는 천마조를 완전히 피한다는 것은 불가능한 일이었다.

미처 몸을 틀기도 전, 그의 단전은 이미 천마조에 의해 관통당하고 말았다.

"크악!"

사내의 입에서 처절한 비명성이 터져 나왔다. 살이 찢기는 아픔도 아픔이지만 단전에 모여 있던 내공이 흩어지며 일으킨 고통은 이루 말할 수가 없는 것이었다.

"크… 헉!"

외마디 비명과 함께 사내의 무릎이 힘없이 꺾였다.

고개를 땅에 처박는 모습을 보면 절명한 것이 분명했다.

"네, 네놈이 감히!"

미처 손쓸 틈도 없이 동료를 잃은 사내들의 눈에 살광이 피어올랐다. 그리곤 조금 전 동료가 했던 것처럼 괴성을 지르며 검을 휘둘렀다.

묵조영이라고 괜찮은 것은 아니었다.

어쩔 수 없는 상황이라 해도 처음으로 살생을 한 그는 가슴으로 치밀어 오르는 묘한 감정에 어쩔 줄을 몰라 했다. 다만 곡운을 찾아가 하소연했던 조금 전과는 달리 그러한 감정은 오래가지 않았다. 목숨을 노리는 사내들의 거친 공격이 코앞에 이르렀는데 딴생각을 할 수는 없는 노릇이었으니.

"뒈져라! 이놈!"

보다 가까이에 있던 사내의 공격이 먼저 시작됐다.

묵조영은 추호의 방심도 없이 사내의 검을 살피며 몸을 움직였다. 더불어 회수한 천마조로 사내의 약점을 노렸다.

한껏 분노를 담은 사내의 공격은 허무하게 허공을 가르고 어느새 왼편으로 돌아간 묵조영의 천마조가 그의 목을 노리며 떨어져 내렸다.

"미치겠군!"

성급해도 너무 성급했다. 아무리 화가 치밀어도 상대는 아무것도 모르는 어린애가 아니었다. 인정하기는 싫지만 나름대로 뛰어난 무공을 지니고 있었고, 치명적이면서도 요상한 낚싯대도 지니고 있었다.

생사를 가르는 싸움에서 흥분을 했다는 것. 그것은 곧 죽여달라는 말과 진배없지 않은가!

후회가 물밀듯이 밀려들었다. 하나, 아무리 빨라도 늦는 것이 후회였다. 곧 엄청난 고통이 엄습하여 한심스런 실수가 어떤 결말을 가져오는지 확실히 일러줄 것이다.

"젠장!"

어처구니없는 상황에 어찌할 바를 모르던 사내는 두 눈을 질끈 감으며 욕설을 내뱉었다.

그러나 사내의 예상과는 달리 고통은 없었다.

그의 위기를 본 동료의 공격이 그를 구한 것이다.

묵조영이 등 뒤로 접근하는 공격을 무시하고 노렸던 상대를 끝까지 쫓았다면 상대는 틀림없이 치명적인 부상을 당했을 것이다. 어쩌면 조금 전의 사내처럼 목숨을 잃을 수도 있을 것이고. 하지만 그러자면 그 역시 어느 정도의 피해는 감수해야 할 터. 아직 많은 싸움을 경험해 보지 못한 묵조영은 자신에게 닥칠 수 있는 약간의 위협도 용납하지 못했다.

결국 그는 천마조를 거두고 말았다. 그것이 앞으로 얼마나 큰 위험을 불러올 수 있는지도 모른 채.

간발의 차이로 목숨을 구한 사내가 이마에 흐르는 식은땀을 훔쳐 내며 동료를 바라봤다. 목숨을 구해줘서 고맙다는 뜻과 한편으로는 애송이로만 보았던 눈앞의 상대가 결코 만만치 않은 자라는 것을 내포한 눈빛이었다.

마주 보며 고개를 끄덕인 그들. 서로의 눈빛을 교환한 두 사내가 묵조영을 중심으로 포위하기 시작했다.

개개인의 실력이 크게 차이나지 않는 그들이기에 혼자서는 절대로 묵조영을 상대할 수 없음을, 동료의 죽음을 보고서도 그것이 우연일 것이라 여겼던 사내들이 비로소 사태의 심각성을 깨달은 것이다.

'합공?'

그렇잖아도 긴장되어 있던 묵조영의 얼굴이 심각하게 굳어졌다.

을파소와의 비무를 제외하고는 지금껏 남과 손속을 겨뤄본 것은 천상연에서의 싸움이 처음이었다. 그 또한 실전이라고 부르기엔 어딘가 어설픈 것이었고, 게다가 지금처럼 합공을 받은 적은 단 한 번도 없었다.

그렇다고 피할 수는 없었다.

묵조영은 좌우로 갈라져 접근하는 사내들을 번갈아 응시하며 천마조를 잡은 손에 힘을 주었다.

'할 수 있어!'

녹광이었던 눈빛이 짙은 먹물 색으로 변했다.

먼저 시작된 곡운과 나머지 사내들의 싸움도 꽤나 치열했다.

홀로 싸움을 하다가 낭패를 본 노령은 곧 자존심을 굽히고 수하들과 합공을 했다. 곡운의 비웃음에 얼굴이 화끈거렸으나 어차피 목숨을 끊어버리면 그만이었다.

곡운은 당황하지 않았다. 오히려 더욱 기세 좋게 공격을 가했다. 합공을 하는 밀은단이 쩔쩔맬 정도로 민첩하게 움직이며 날카롭고 강맹한 공격을 퍼부었다. 특히 익숙하지 않은 좌수검은 그들을 몰아붙이는 데 크게 일조했다.

그렇다고 싸움이 끝난 것은 아니었다.

일방적으로 밀리면서도 노령과 밀은단원은 물러서지 않았다. 상대의 공격이 거세지면 거세질수록 악착같이 덤벼들었다. 곡운이 움직일 수 있는 모든 방향을 차단하고 끈질기게 물고 늘어졌다. 사소한 부상 따위는 신경도 쓰지 않았다.

그것이 효과를 본 것인지 일방적으로 흐르던 싸움은 시간이 갈수록 변화를 보이기 시작했다.

서로의 약점을 보완해 가고 마치 한 몸인 듯 자연스레 움직이는 밀은단의 끈질김에 기세 좋던 곡운이 점점 지치기 시작한 것이다.

"망할 놈들! 뭐가 이리 질겨!"

곡운이 고래고래 소리를 질렀다.

"놈은 지쳤다! 머뭇거리지 말고 공격해라!"

조금씩 느려지는 곡운의 움직임에 승기를 잡았다고 판단한 노령이 수하들을 격려했다.

"닥쳐! 돼지코!"

곡운이 버럭 소리를 질렀다. 아직은 어림없다는 자신감의 표현. 그러나 내심은 초조할 수밖에 없었다.

'환장하겠네.'

처음 일방적으로 밀어붙일 때만 하더라도 승리를 자신했다. 개개인의 능력을 따져도 상대가 아니었다. 합공을 당하면서도 그다지 어려움을 느끼지 못했다. 그만큼 그는 자신의 무공에 자신이 있었다.

최근에 알게 된 사실에 의하면 그가 어려서부터 익힌 무공은 천하제일이라 해도 과언이 아닌 절세의 검법이었다. 과거에도 그랬고 현재에도 그랬으며 미래에도 무림을 질타할 수 있는 막강한 검법. 다만 음지에 있기에 양지로 나가 있는 쌍둥이에 비해 철저하게 비밀로 감춰져 있을 뿐이었다.

문제라면 함부로 그 무공을 쓸 수 없다는 데 있었다. 아니, 엄밀히 말하자면 쓸 수 없는 것이 아니라 쓰지 못한다는 것이 정확했다. 그 무공이 필요로 하는 힘에 비해 그가 지닌 내공이 너무나 보잘것없었기 때문에.

"크으."

곡운의 입에서 신음성이 터져 나왔다.

아련한 고통이 팔꿈치 쪽에서 올라왔다.

그의 시선이 고통이 시작된 곳으로 향하고, 핏발 선 두 눈이 찢어진 옷에서 배어 나오는 붉은 핏물과 그 사이로 언뜻 드러나 보이는 상처를 보며 이글거렸다. 크게 베인 것도 아니고 심줄을 다친 것도 아니었으나 이번 싸움에서 처음으로 당한 부상. 고통보다는 부상을 당했다는 것에 화가 치밀었다.

"이것들이 정말!"

자신에게 부상을 입힌 사내를 쫓아가며 신경질적으로 칼을 휘두르는 곡운의 눈에서 불꽃이 일었다.

거친 욕설과는 다르게 부드럽게 움직이는 검을 보며 노령은 의혹에 사로잡혔다.

'설… 마?'

명확하지는 않지만 어딘지 모르게 익숙한 검법이다.

'유운검(流雲劍)?'

있을 수 없는 일이다.

'그럴 리가 없잖아?'

그는 곧 고개를 흔들었다.

노령은 자신의 생각이 얼마나 어이없는 것인지 깨달으며 입꼬리를 말아 올렸다.

그 검법은 이곳에 나타날 수도 없는 것이었고, 더욱이 좌수 검과는 어울리지 않는 것이었다.

피식 웃음을 터뜨린 노령이 때마침 허점을 보인 곡운의 옆 구리를 향해 칼을 뻗었다. 지금까지 사용한 검법과는 어딘지 모르게 비슷하면서도 다른 검법. 회심의 공격인만큼 위력 또 한 천양지차였다.

"우라질!"

노령의 공격을 보며 곡운이 욕설을 터뜨렸다.

"헉헉!"

묵조영 입에서 거친 숨소리가 터져 나왔다. 어깨를 들썩일 때마다 옆구리에서 핏물이 배어 나왔다. 오른쪽 어깨와 가슴 팍에도 부상이 있었고, 왼쪽 팔뚝에서는 상당한 양의 피가 흐 르고 있었다. 한눈에 보아도 결코 가볍지 않은 부상을 당한 것이 분명했다.

연신 어깨를 들썩이며 호흡을 고르느라 힘든 사이에도 그의 시선은 오직 사내들의 칼끝과 칼끝 너머 진득한 살기를 뿜어내는 눈동자에 맞춰졌다.

그들 개개인이 쓰는 무공이 무엇인지는 너무도 잘 알고 있었다. 정확한 명칭 따위는 알지 못해도 단지 기수식만으로도 어떤 무공을 쓰려고 하는지, 또 어떻게 전개될 것인지도 알 수 있었다. 약점까지도 한눈에 파악할 수 있었다. 그랬기에 이미 두 번의 싸움에서 비교적 손쉬운 승리를 거두기도 했다. 하지만 그것이 전부였다.

난생처음 당하는 합공에 당황한 묵조영은 별다른 활로를 찾지 못하고 고전에 고전을 거듭했다. 더구나 묵조영이 자신들의 무공을 제대로 파악하고는 있어도 순간순간의 임기응변에는 그다지 뛰어나지 못하다는 것을 파악한 사내들이 그 점을 집요하게 물고 늘어지자 딱히 반격을 하지 못했다. 그저 막는 데 급급하여 연신 수세에 몰릴 뿐이었다.

전혀 예상치 못한 방향으로 갑작스레 변하는 검과 곧바로 혼을 쏙 빼놓을 정도로 치밀하게 이어지는 합공에 그는 숨통을 옥죄는 공포감을 몇 번이나 맛보았다. 그 과정에서 꽤나 많은 부상도 당했다. 특히 치명상을 피하기는 했어도 옆구리에 당한 부상은 죽음의 위기를 떠올렸을 정도로 위협적인 것이었다.

그래도 몇 번의 기회를 잡기는 하였다.

하나 그때마다 사내들은 '너 죽고 나 죽자' 하는 식으로 무모하게 달려들었고, 실전 경험이 일천한 묵조영이 흠칫하여 잠시 멈칫거리는 사이에 그들은 그다지 큰 피해를 입지 않고 위기에서 빠져나가곤 했다.

그렇게 일방적으로 몰리면서도 묵조영이 지금까지 버틸 수 있었던 것은 그의 공격이 때로는 상당히 위협적이었다는 것, 그리고 정확히 반 각 전, 단전을 꿰뚫려 개구리처럼 쓰러진 동료처럼 될지 모른다는 두려움이 은연중 남아 있던 사내들이 극도로 조심을 한 때문이었다.

'후우~ 이것이 실전의 어려움이라는 것이겠지.'

묵조영의 입에서 한숨이 흘러나왔다.

천상연에서 벌어진 첫 번째 싸움이 정신없이 이루어진 데다가 예기치 못한 우연으로 승리를 거두었다면 지금은 달랐다.

상대가 어찌 움직일지도 뻔히 보였고, 어찌 대처해야 하는지도 알고 있었으나 마음먹은 대로 되지 않았다. 머리는 반응을 하나 몸이 따르지 못하는 것이었다. 그래도 싸움이 거듭될수록 상대의 임기응변에 어찌 반응해야 하는지 어렴풋이나마 느끼는 중이었다. 더구나 지금껏 수동적으로 사용하던 천마조를 능동적으로 사용할 수 있게 된 것은 이번 싸움으로 얻게 된 나름의 소득이라면 소득이었다.

묵조영은 자신이 천마조를 어찌 이용하는지에 따라서 멀리 있는 상대에게도 공격을 할 수 있으며, 또 상대로 하여금 공격을 한 뒤에 쉽게 물러설 수 없다는 두려움을 심어줘 함부로 공격을 하지 못하게 만드는 효과가 있음도 알아냈다. 게다가 그것을 허초로 하여 상대를 기만한 후, 다른 방법으로 공격을 하면 매우 효과적이라는 것도 터득했다. 비록 실패는 했으나 몇 번의 공방에서 그 위력을 확인할 수 있었다. 그랬기에 지금처럼 숨을 돌릴 수 있는 여유도 생긴 것이다.

"그만 하는 것이 어떻겠습니까? 이대로 물러나면 공격하지 않겠습니다."

간신히 호흡이 진정됐는지 다시금 자세를 가다듬은 묵조영이 말했다. 그러자 사내들이 피식 웃음을 터뜨렸다.

"미친놈! 그게 지금 네 입장에서 할 말이라고 생각하냐?"

"누가 보면 네놈이 우리를 봐주고 있는 줄 알겠다! 지금 네놈이 한 말은 싸움의 우위를 점한 자가 하는 말이지, 네놈처럼 당장 죽게 생긴 놈이 하는 것이 아니란 말이다! 그리고 뭐? 싸움을 그만 하자? 그럼 네놈 손에 죽은 내 동료는 어쩔 테냐?"

순간 묵조영의 안색이 어두워졌다.

"그건… 어쩔 수 없는 상황이었습니다."

"시끄럽다! 그따위 목숨 구걸은 죽은 다음에 염라대왕 앞에서나 해라!"

말이 끝나는 것과 동시에 그의 손이 움직였다.

쉬익!

예리한 파공성과 함께 뭔가가 움직였다.

묵조영은 자신을 향해 쏘아져 오는 물체를 응시하며 잔뜩
긴장했다.

그것은 손가락보다 조금 길긴 해도 일반적인 것보다 훨씬
작은 크기의 유엽비도(柳葉飛刀)였다.

묵조영은 재빨리 천마조를 치켜 올리며 가슴을 보호했다.

땅.

유엽비도가 천마조에 막히며 힘없이 땅에 떨어졌다.

사내는 연거푸 네 개의 유엽비도를 더 던졌다.

쉬익! 쉬이익!

바람을 가르며 날아드는 유엽비도. 묵조영은 나름대로 침
착하게 비도를 피해냈다.

두 번째 공격까지 막히자 사내는 지니고 있던 모든 유엽비
도를 던졌다. 옆에서 지켜보던 사내도 함께 거들었다.

슈슈슈슉.

무려 이십 개가 넘는 유엽비도는 각기 목표하는 곳을 달리
하면서 맹렬하게 달려들었다.

하나하나 쳐낼 수 없다고 판단한 묵조영이 천마조를 풍차
처럼 휘둘렀다. 천마조를 회전시킬 때마다 어깨가 욱신거리
고 옆구리의 상처 때문에 정신이 아득했지만 내색할 수는 없
었다.

따따땅!

요란한 소리와 함께 사내가 던진 유엽비도의 대부분은 천

마조를 뚫지 못하고 힘없이 튕겨 나가거나 그 방향을 완전히 바꿨다. 한데 그중 하나가 방어막을 뚫고 묵조영의 몸을 살짝 스치고 지나갔다. 순간, 두 사내의 눈이 번쩍 떠졌다.

각각의 유엽비도엔 지독한 독이 발라져 있는 터, 조그만 상처라도 중독시키기엔 충분했다.

"크하하하! 끝장이다, 이놈!"

"끝났군."

부상이랄 것도 없는 상처에 어째서 그리 웃는지 의아해하는 묵조영에게 사내가 소리쳤다.

"유엽비도엔 네놈이 듣도 보도 못한 극독이 발라져 있다! 아주 소량이라도 몸속으로 들어가면 인간으로서 참기 힘든 고통을 겪으며 죽는 것이지! 함부로 까불어댄 대가이니 뒈지기 전에 지금까지의 잘못이나 열심히 반성하여라."

싸움은 이미 끝난 것이나 다름없다는 사내의 태도에 묵조영은 인상을 찌푸렸다. 말을 들어서 그런지 몸에서 점점 힘이 빠지는 것 같았다.

'중독된 건가?'

물론 하늘이 두 쪽 나도 그럴 리는 없었다.

그의 몸은 만년홍학과 음양쌍두사의 영향으로 전설에서나 나오는 무형지독 정도의 극독이 아니면 아무런 영향도 받지 않는다.

묵조영 스스로도 웬만한 독은 자신의 몸에 해를 입힐 수 없다는 것을 알고 있었다. 다만 분위기에 취해 그것을 잠시 잊은 것뿐이었다.

"잘 죽어라, 어린 놈!"

"명복은… 안 빌어주마! 크크크!"

정말 듣기 싫은 음성이었다. 묵조영은 자신도 모르는 사이 천마조를 움직이고 있었다.

먹물 빛이었던 눈빛이 서서히 자색으로 변하고 있었다. 천마호심공을 그의 한계라 할 수 있는 칠성까지 끌어올린 것.

"어림없다, 이놈! 내가 또 당할 줄 알았느냐?"

두 사내는 이미 천마조의 사정권을 벗어나 있었다.

묵조영은 계속해서 천마조를 움직였다.

사내들은 묵조영의 움직임에 따라 물러나고 다가오며 연신 조롱을 해댔다.

묵조영이 거리를 좁히며 세 번씩이나 공격했지만 옆구리에서 밀려오는 통증으로 인해 사내들의 발걸음을 잡지 못했다. 공격은 번번이 무위로 끝나고 말았다.

"촌놈! 고작 할 줄 아는 것이 그뿐이더냐?"

"좀 더 그럴듯하게 발악을 해보거라!"

사내들은 교묘하게 거리를 유지하며 비웃음을 흘렸다.

입술을 살짝 깨문 묵조영이 또다시 천마조를 펼쳤다. 감춰졌던 마디가 하늘로 솟구치며 햇빛에 반짝거렸다.

그와 목표로 하는 사내와의 거리는 오 장여.

상대는 이죽거리며 여유로운 모습이었다. 그러면서도 행여나 하는 마음에 몇 걸음이나 뒤로 움직였다.

마치 장작을 패듯 묵조영이 천마조를 어깨 너머로 휘둘렀다.

천마조는 '부웅' 소리를 내며 허공에서 사내의 정수리를 향해 내리 꽂혔다. 그러나 그의 움직임을 주시하던 사내가 폴짝 뛰어 물러나자 너무도 허무하게 바닥을 쳤다.

"쯧쯧, 누가 촌놈 아니랄까 봐 무식하기……."

또다시 비웃음을 흘리던 사내가 갑자기 입을 다물었다. 꽉 다문 묵조영의 입, 그리고 섬뜩할 정도로 붉은 눈빛을 보며 뭔지 모를 불안감을 느낀 것이다.

묵조영이 한 걸음 다가왔다.

움찔거린 사내가 자연적으로 뒤로 물러났다.

"어?"

뒤로 물러나려던 사내의 입에서 당황한 외침이 터져 나왔다.

왼쪽 발의 움직임이 왠지 부자연스러웠다.

다급히 고개를 숙인 사내의 눈에 햇빛을 받아 투명하기 그지없는 줄이 들어왔다. 자세히 살피지 않으면 제대로 알아보기도 힘들 정도로 얇은 줄이었다.

"이, 이게?"

의혹에 물든 사내가 고개를 쳐들자 묵조영은 입술을 슬쩍 비틀며 조용히 읊조렸다.

"낚시의 생명은 물고기로 하여금 의식도 못하는 사이에 미끼를 물게 만들고 최적의 순간에 챔질을 하는 것. 훗, 물고기는 그렇다 치고 사람을 낚을 때의 손맛은 어떨지 모르겠군."

"서, 설마… 으악!"

사내는 말을 잇지 못했다. 묵조영의 어깨에 힘이 들어가고 땅을 쳤던 천마조가 번쩍 들리면서 낚싯줄에 걸린 사내의 신형 또한 허공으로 치솟았기 때문이다.

"으, 으아악!"

거꾸로 매달려 허공에서 대롱거리는 사내는 양팔을 허우적거리며 비명을 질렀다. 사내가 바동거릴수록 그를 매단 천마조가 부러질 듯 휘며 휘청거렸다.

"기운도 세군."

묵조영은 이리저리 천마조를 흔들었다. 그럴 때마다 사내의 머리는 바닥에 부딪치며 튕겨 오르기를 반복했다.

"멈춰랏!"

동료의 위기를 본 사내가 황급히 달려들었다.

그는 이미 끝난 싸움이라 여기고 긴장을 풀었던 것을 뼈저리게 후회하며 이를 악물었다.

"어이쿠! 대어로구나!"

묵조영은 한껏 과장된 음성으로 요란을 떨며 천마조를 한껏 휘두르더니 동료를 구하기 위해 달려오는 사내에게 냅다 휘둘렀다. 거꾸로 매달린 상황에서 중심을 잡고자 필사적으로 움직이던 사내가 미친 듯이 요동을 치며 날아갔다.

묵조영을 공격하려던 사내는 낚싯줄에 걸린 동료를 구하기 위해 공격을 포기하고 손을 뻗었다.

바로 그 순간, '으여차!' 하는 힘찬 외침과 함께 천마조가 하늘로 치솟자 낚싯줄에 엮인 사내의 몸이 또다시 묵조영의 발치까지 끌려왔다.

"이놈!"

막 동료를 구하려던 사내가 눈에 불을 켜고 소리를 질렀다. 그를 힐끗 쳐다본 묵조영이 엷은 조소를 흘리며 입을 움직였다.

"가만있는 게 좋을 겁니다. 동료의 죽음을 보고 싶지 않으면."

싸늘한 외침에 사내의 움직임이 그대로 멈췄다.

"아, 그러고 보니 생각이 난 건데… 난 웬만한 독에는 중독이 되지 않는 몸이라고 했소이다."

묵조영의 조롱 섞인 말에 바닥에 팽개쳐져 있던 사내의 눈이 악독하게 빛났다.

"죽어랏!"

품에서 조그만 비수를 꺼낸 그가 혼신의 힘을 다해 묵조영의 다리를 공격했다.

"흥!"

미리 예상이라도 한 듯 묵조영은 조금도 당황하지 않고 천마조를 움직여 사내의 움직임을 흔들어 버리고는 발끝으로 그의 어깨를 툭 찼다.

어깨가 뻣뻣해지며 힘없이 비수를 떨어뜨린 사내의 얼굴이 썩은 감자처럼 변해 버렸다.

"죽… 여라."

"쯧쯧, 그러게 그만 하자고 했을 때 그만 했으면 좋았을 것을."

"죽여랏!"

"걱정 마시오. 죽일 생각은 없으니까."

"동정하는 것이냐?"

"그건 아니오."

"……."

사내는 말없이 묵조영을 노려봤다. 그리곤 물었다.

"네놈 이름이 뭐냐?"

"묵조영."

"묵.조.영. 기억하겠다."

"기억할 필요까지는……."

대답을 하던 묵조영은 흠칫했다. 사내와 나눈 대화가 너무도 익숙했기 때문이다.

'서, 설마?!'

지금의 대화. 천상연에서 처음 만났던 사내와 나누었던 것과 똑같은 것이 아니던가!

"먼저… 가서… 기다… 리마."

마지막 말까지 똑같았다.

"안 돼!"

묵조영과 동료 사내에게서 거의 동시에 비명에 가까운 외침이 터져 나왔다. 하나 사내의 입에선 이미 검붉은 핏물이 흘러나오고 있었다. 미처 그의 움직임을 제어하지 못한 묵조영의 표정이 어두워졌다.

한 나절 사이에 벌써 세 명의 죽음을 보았다. 그중 한 명은 자신의 손으로, 그리고 나머지 두 사람의 죽음도 자신과 직접적인 연관이 있었다. 아무리 무림이 험한 곳이고 생과 사가 난무하는 곳이라 해도 충격이 아닐 수 없었다. 특히 무림과 인연이 없다고 생각한 그에겐 더욱 그랬다.

"후~"

한숨 어린 탄식성이 그의 씁쓸함을 대변하는 듯했다.

"너!"

마지막 남은 사내는 더 이상 말을 하지 않았다. 다만 더 이상 처절할 수 없는 눈초리로 묵조영을 노려보며 천천히 걸음을 옮겼다.

묵조영에게 근접한 사내는 목숨이 끊어져 널브러져 있는 동료를 힐끗 바라봤다. 그리곤 마음을 굳혔는지 검을 곧추세웠다. 그의 기세가 생각보다 강하자 묵조영도 긴장하지 않을 수 없었다.

"촌놈이라고 생각했건만… 분명 우리의 실수다. 하나, 행여나 이겼다고 생각하지 마라. 내 목숨이 붙어 있는 한 아직 싸움은 끝난 것이 아니다."

사내는 묵조영을 향해 경고를 하는 것인지, 아니면 스스로에게 다짐을 하는지 모를 말을 차갑게 내뱉더니 몸을 움직였다.

잔뜩 긴장했던 묵조영의 안색이 살짝 펴졌다.

지금과 같은 공격은 몇 번이나 경험을 했다. 어찌 막아야 할지도 공격을 해야 할지도 정확하게 알고 있었다.

천마조가 공격에 화답하기 위해 움직였다.

사내의 눈이 차갑게 빛난 것은 그의 검과 천마조가 막 얽히려는 찰나였다.

'끝장이다, 이놈!'

이를 악문 사내는 검을 비스듬히 틀더니 가슴으로 천마조를 받아냈다. 천마조는 조금의 저항도 없이 사내의 가슴을 꿰뚫었다.

'으으으.'

참기 힘든 고통이 전신을 울렸으나 사내는 이를 악물고 참았다. 묵조영을 향해 달리던 걸음을 멈추지도 않았다. 그는 가슴에 박힌 천마조를 등으로 밀어내며 당황해서 어쩔 줄을 몰라 하는 묵조영에게 최후의 일검을 날렸다.

합공을 해서도 감당하지 못한 상대. 그렇다고 물러설 수도 없었다. 동료들의 죽음을 보며 그가 최후로 선택한 것은 바로 동귀어진(同歸於盡)이었다.

검이 노린 곳은 목덜미. 묵조영이 기겁을 하며 몸을 틀었지만 목숨과 바꾼 사내의 검은 그 틈조차 주지 않았다.

최대한 몸을 뒤로 하였으나 피할 길이 없음을 직감한 묵조영의 입에서 절망 섞인 신음성이 터져 나오고 검은 그의 목을 정확하게 파고들었다.

'성… 공이다.'

사내는 정신이 혼미해지는 상황에서 최후의 미소를 지었다. 하지만 그 미소는 왼쪽 목깃을 잡고 물러나는 묵조영을 보면서 삽시간에 사라지고 말았다.

"망… 할……."

짧은 외침과 함께 사내는 어째서 자신의 공격이 실패했는지 이해를 하지 못하겠다는 표정으로 힘없이 고꾸라졌다.

"……."

묵조영은 망연자실한 표정이었다.

목깃을 누른 손가락 사이로 피가 흥건히 흘러내려도 신경 쓰지 않는 모습이었다. 그러나 하얗게 질린 얼굴은 방금 전 그에게 닥친 죽음의 공포가 어떠했는지 여실히 보여주고 있었다. 잠시 잠깐의 방심이 어떤 결과를 초래할 수 있는지 뼈저리게 느낀 것이다.

사실 그는 지금 어떻게 해서 자신이 살아났는지 이해하지 못하고 있었다.

한참 동안이나 멍하니 있던 묵조영이 문득 목에 걸린 조그만 목걸이를 만지작거렸다.

"이것이… 날 살린 건가?"

목걸이. 그에게 어머니가 남긴 유일한 유품이었다.

제6장

나는 누구죠?

"마교?"

자신도 모르게 흘러나온 말에 곡운은 물론이고 그를 공격하던 노령도 흠칫했다.

"무슨 소리냐?!"

노령이 애써 표정을 수습하며 소리쳤다.

곡운은 당황하는 노령의 모습을 보고 자신의 말에 확신을 가졌다.

"방금 네놈이 보여줬던 한 수. 내 기억이 틀림없다면 마교의 무공인 것으로 아는데? 오… 참마… 아니, 육참마검(六斬魔劍)이던가?"

곡운은 사부로부터 들었던 마교의 무공을 떠올리며 말했다.

그가 무공의 정확한 명칭까지 알고 있자 노령의 얼굴은 더욱 굳어졌다.

'검각(劍閣)의 계집은 물론이고 의천맹 놈들도 우리의 정체를 정확히는 몰랐건만 이놈이 어찌해서?'

노령은 차분한 눈초리로 곡운을 살폈다.

우락부락한 것이 선이 굵었지만 아직 어린 티가 가신 얼굴은 아니었다. 게다가 아무리 살펴도 날카로운 구석은 찾을 수가 없는 영락없는 촌놈.

"의천맹이냐?"

혹시나 하는 마음에 물었다.

"그딴 곳, 알 바 아니다."

"그럴 줄 알았다."

질문 자체가 잘못된 것이었다.

격식 차리기 좋아하고 허명에 목숨을 거는 놈들이 한데 모여 만든 곳이 바로 의천맹이었다. 하지만 눈앞에서 누런 이를 들이대며 히죽거리고 있는 인간은 격식이라곤 눈곱만큼도 찾아볼 수가 없었다. 무공 또한 무림인들이 배척하는 좌수검이었다. 백번 양보한다고 해도 의천맹의 사람일 수가 없는 것이다.

'그렇다면 어찌 알았을까? 설마하니 정말 내가 방금 펼친

육참마검을 보고? 그 짧은 시간에?

생각이 꼬리를 물고 이어졌다. 그러나 곡운은 그 시간조차 참지 못했다.

"어이, 내 물음에 대답하지 않았어. 마교냐고 물었다."

"……."

노령은 아무런 대꾸도 없었다.

처음 보았을 땐 그저 저잣거리에서 어깨 너머로 배운 무공으로 객기나 부리는 촌놈으로 알았다. 그러나 예상치 못한 좌수검에 실력 또한 예사롭지 않았다. 그렇다고 검각의 계집을 돕기 위해 지원 나온 의천맹의 사람도 아니었다.

문제는 그가 쓸데없는 일에 참견하기를 좋아하는 데다가 자신들이 마교도임을 눈치 챘다는 것이다.

'정체가 드러난다고 해서 두려울 것은 없다. 어차피 조만간 세상은 마교천하가 될 것이니. 하나 아직은 아니다.'

오랫동안 이어졌던 내란을 정리하고 천하를 도모하기 위해 본격적으로 담금질을 하는 이 시기에서 움직임이 노출되면 좋을 것이 하나도 없었다. 마교에서 가장 은밀히 움직이는 밀은단이 이번 일에 동원된 것도 그런 이유 때문이 아니던가.

'원하는 것은 이미 본 교로 넘어왔다. 흑월단의 활약 덕에 살아 있는 사람도 검각의 계집뿐. 계집의 입만 막으면 모든 것이 끝난다. 본 교의 정체를 드러내지 않기 위해서라도 계집은 반드시 죽여야 한다. 그리고 이 녀석도.'

물끄러미 곡운을 쳐다보던 노령이 나직이 소리쳤다.

"몰라도 될 것을 알았구나. 이곳에서 죽어줘야겠다."

"웃기고 있네. 그럼 지금까지 싸운 건 뭐지? 장난친 거냐? 병신. 어차피 죽으려고 했으면서 새삼스럽긴. 지금 중요한 건 그게 아냐. 중요한 건 말이지……."

곡운의 음성이 점점 낮아지고 반대로 검을 잡은 손엔 힘이 가해졌다. 대화를 나누며 은밀히 운기를 한 덕에 어느 정도의 힘을 다시 회복한 상태였다.

"네놈들이 마교 놈들이라는 거야. 나야 딱히 네놈들과 원한은 없지만 사부가 질색을 해서 말이다. 마교라고 하면."

말이 끝남과 동시에 곡운의 검이 그의 좌측에 서 있는 사내를 공격했다.

한껏 경계하고 있던 사내는 당황하지 않고 침착하게 검을 들어 방어를 하면서 동료들의 도움을 기다렸다.

챙!

곡운의 검과 사내의 검이 허공에서 부딪치고 힘을 감당하지 못한 사내가 뒷걸음질치는 순간 곡운의 다리가 그의 허벅지를 가격했다.

사내는 중심을 잡지 못하고 비틀거렸다.

끝장을 내버리겠다는 듯 연속적으로 그를 압박하는 곡운. 하나 그의 공격은 우측과 뒤쪽에서 접근하는 사내의 동료들 때문에 실패하고 말았다.

곡운은 이를 갈았다.

절호의 기회를 잡고도 끝장을 내지 못하는 것이 그렇게 억울할 수 없었다.

'제길, 내공만 받쳐 주었다면……'

사부로부터 절대 써서는 안 된다고 봉인(封印)당한 무공은 물론이고 지금처럼 평소에 익힌 무공조차도 마음껏 구사할 수 있는 내공이 없다는 것이 너무도 아쉬웠다.

'자빠뜨릴 방법은 넘쳐나는데 정작 계집이 없는 격이잖아!'

곡운은 자신의 미천한 내공을 한탄하면서도 이리 뛰고 저리 뛰며 밀은단의 진용을 무너뜨리기 위해 무던히 애를 썼다.

밀은단도 마냥 당하고 있지만은 않았다.

무슨 수를 써서라도 반드시 죽여야 한다는 노령의 엄명에 단원들은 자신의 몸을 아끼지 않았다.

한 사내는 자신의 왼팔을 희생해서 곡운의 허벅지에 제법 깊은 상처를 남겼다. 어떤 사내는 동귀어진의 수법으로 덤벼드는 통에 곡운이 정면 대결을 피해야 할 정도였다. 그 결과 곡운은 등허리에 또다시 상처를 입었다.

곡운의 몸에 순식간에 많은 상처가 생겨났다. 비록 심각한 타격을 받을 정도는 아니었어도 지친 그에겐 꽤나 부담이 되는 부상이었다. 특히 움직임에 상당한 제약을 가져올 허벅지의 부상은 뼈아픈 것이었다.

"크윽!"

또다시 공격을 허용한 곡운의 입에서 비명이 터져 나왔다.

어깨로부터 불에 덴 듯한 고통이 밀려들었다. 팔은 물론이고 손가락까지 제대로 움직이지 않는 것으로 보아 심줄이 끊어진 듯싶었다. 게다가 독을 사용했는지 속이 울렁거리고 머리도 어지러웠다.

'망할! 제대로 당했네.'

"죽여랏!"

절호의 기회를 잡은 밀은단은 찾아온 기회를 놓치지 않기 위해 집요하게 달려들었다. 마치 자신의 목숨을 버리더라도 곡운을 쓰러뜨릴 수 있다면 그것만으로도 만족한다는 듯한 태도였다.

그들의 노력은 곡운의 배후로 돌아간 한 사내가 결정적인 기회를 맞으면서 열매를 맺는 것 같았다.

'끝이다.'

곡운의 정수리를 찍어가는 수하의 모습을 보며 노령이 주먹을 불끈 쥐었다. 기나긴 싸움이 마침내 종지부를 찍는 순간의 희열감이 전신으로 밀려들었다.

바로 그 순간이었다.

'저, 저건!'

그의 눈에 수하의 목으로 접근하는 뭔가가 들어왔다.

"으악!"

결정적인 한 수를 날리려던 사내는 자신의 목을 휘감는 무엇인가를 느끼며 기겁했다. 그리고 목을 옥죄는 고통의 원인이 무엇인지 파악하기도 전, 몸이 허공을 향해 거꾸로 치솟는 것을 느꼈다.

사내는 자신의 얼굴로 다가오는 누군가의 발을 보며 눈을 질끈 감았다.

그사이 위기에서 벗어난 곡운은 피가 나도록 입술을 깨물었다. 만약 묵조영의 도움이 조금만 늦었다면 목숨을 잃었을 것이다.

"죽었어!"

한쪽 무릎을 살짝 굽히며 검을 가슴 어귀께로 끌어당기는 곡운. 덜렁거리는 오른쪽 어깨 때문에 모양새가 좋지 않았지만 몸에서 뿜어져 나오는 기운은 예사롭지가 않았다.

심상치 않은 뭔가를 느낀 노령이 수하들에게 주의를 주었다.

"조심해라!"

그의 경고가 끝나기도 전 곡운의 공격이 시작됐다.

한데 악에 받친 기합성과 이글거리는 눈빛과는 다르게 검의 움직임이 영 이상했다.

느릿느릿한 데다가 부드러운, 묘한 현기까지 품고 있는 것이 지금까지 볼 수 없었던 검이다.

오히려 그런 검세에 밀은단은 바짝 긴장했다.

유능제강(柔能制剛)이라!

부드러운 것이 강한 것을 제압하는 법.

비록 상승의 경지에 도달하지는 못했어도 그 정도의 이치는 알고 있는 까닭이었다.

한데 그것만이 아니었다.

파스스슷!

어느 순간부터 검에서 흘러나온 청광(淸光)이 주변을 휩쓸기 시작했다.

"헛!"

노령의 입에서 헛바람이 흘러나왔다.

부릅뜬 두 눈은 마치 사신을 본 듯 놀라움에 차 있었다. 그것은 다른 사람들도 마찬가지였다.

검을 빠져나와 너울너울 춤을 추는 청광은 단순한 검기(劍氣)와는 뭔가 다른 기묘한 기운이 있었다.

"피, 피해!"

노령이 자신도 모르게 소리쳤다. 하지만 이미 죽음의 기운은 수하들을 덮치고 있었다.

"컥!"

그 기운을 정면으로 맞선 사내는 비명도 제대로 지르지 못한 채 피를 토하며 쓰러졌다.

"으악!"

"크아아악!"

노령의 명령이 있기도 전에 몸을 날렸던 밀은단원들조차 삽시간에 접근하여 덮쳐 오는 청광에 변변한 대항조차 하지 못하고 목숨을 잃고 말았다. 오직 노령만이 육참마검의 최후 초식을 이용해 대항 아닌 대항을 할 뿐이었다. 그러나 그야말로 역부족이었다. 그 역시 수하들처럼 사방을 휘감는 청광의 기운에 조용히 스러져 갔다.

　"세, 세상에!"

　조금 떨어진 곳에서 곡운을 지켜보던 묵조영이 입을 쩍 벌렸다. 단 일 수에 네 명의 목숨을 끊어버리다니!

　곡운의 무공이 꽤나 강한 줄은 알았어도 설마하니 이 정도일 줄은 그 역시 몰랐다.

　"너, 인간 맞냐?"

　묵조영이 살기등등한 모습으로 다가오는 곡운을 보며 질린 표정으로 고개를 흔들었다.

　곡운은 아무런 대꾸도 하지 않았다.

　그의 시선은 조금 전 묵조영이 절체절명의 위기에서 그를 구해내며 기절시킨 사내에게 향해 있었다.

　"야?"

　곡운의 기세가 심상치 않다고 여긴 묵조영이 그의 앞을 가로막았다. 이에 아랑곳없이 슬쩍 방향을 바꿔 스쳐 지나간 곡운은 사내를 향해 검을 던졌다.

　"야, 임마!"

깜짝 놀란 묵조영도 천마조를 움직였다.

땅!

다행히 사내를 향해 날아가던 검은 그가 움직인 천마조에 의해 방향을 틀었다.

"왜 그래?"

곡운의 검을 막은 묵조영이 못마땅한 표정을 지으며 그의 몸을 확 밀었다.

그때까지도 살기 띤 눈으로 사내를 노려보던 곡운의 몸이 휘청거렸다. 너무도 힘없이 흔들리는 모습을 보며 묵조영이 오히려 당황했다.

"야, 괜찮냐?"

"……"

곡운은 아무런 대답도 하지 않았다.

"야?"

뭔가 불안함을 느낀 묵조영이 그의 어깨를 움켜잡았다. 순간, 곡운의 몸이 휘청거렸다. 너무도 힘없이 흔들리는 모습을 보며 묵조영이 오히려 당황했다.

"야, 괜찮냐?"

"……"

곡운은 아무런 대답도 하지 않았다.

"너?"

이상하다는 듯 곡운을 살피던 묵조영은 깜짝 놀랐다. 흔들리던 곡운의 몸이 천천히 무너져 내리기 시작했기 때문이다.

"돌… 겠다."

힘없이 한마디를 내뱉은 곡운은 묵조영이 제대로 부축을 하기도 전에 쓰러지고 말았다.

감긴 눈은 떠질 줄 몰랐고, 입으론 검붉은 핏물을 토해냈다.

'주화입마?'

누구보다 주화입마에 민감한 묵조영은 그런 증세가 무리하게 내공을 운용하여 생긴 현상이라는 것을 즉시 알아챘다.

"병신 같은 놈!"

그대로 방치하면 최소한 폐인, 아니면 바로 목숨이 끊어질 수도 있는 위기의 순간이었다.

주화입마의 위험까지 무릅쓰면서 싸움을 한 무모함에 욕설을 내뱉은 묵조영은 재빨리 곡운의 상체를 세우고 명문혈(命門穴)에 장심을 갖다 댔다.

정신을 차리지 못하고 힘없이 꺾인 곡운의 머리를 보며 묵조영은 필사적으로 천마호심공을 일으켰다.

녹광을 발하던 묵조영의 눈빛이 검게 변했다. 천마호심공을 오성 이상 끌어올렸을 때 나타나는 현상이었다. 그러나 오성 이상의 기운으로도 뒤틀린 기혈을 바로잡기란 쉬운 일이 아니었다.

'아주 난리가 났구나!'

좀처럼 자리를 잡지 못하는 기운을 느끼며 묵조영은 천마호심공의 기운을 조금 더 끌어올렸다. 묵광이었던 눈빛이 옅은 자색으로 변해가는 사이 그의 눈이 천천히 감겼다.

잠시 후, 주변으로 투명한 기류가 형성되더니 둘의 몸을 어루만지듯 감싸며 회전했다.

그렇게 얼마의 시간이 흘렀을까.

번쩍 눈을 뜬 묵조영이 명문혈에 밀착시켰던 손을 떼기가 무섭게 운기조식을 시작했다.

조금 전, 싸움을 하느라 다소 무리하게 천마호심공을 운용한 데다가 또다시 곡운을 돕기 위해 내공을 운용하는 사이 몸속에 있던 세 기운이 준동하기 시작한 것이다.

다시금 약간의 시간이 흐르고 묵조영이 안도의 한숨을 내쉬며 눈을 떴다.

눈빛은 어느새 정상을 찾고 있었다.

"후아~ 힘들다, 힘들어."

묵조영은 이마에 송골송골 맺힌 땀방울을 닦았다.

미친 듯이 날뛰려는 기혈은 급한 대로 간신히 진정시켰으나 한번 용틀임을 시작한 기운들이 언제 다시 준동할지 모르는 상황이라 극도로 조심하지 않을 수 없었다.

"웬수가 따로 없다니까!"

말은 그리하면서도 그는 이제 스스로 운기를 하고 있는 곡운을 걱정 어린 눈빛으로 살폈다.

입에서 흘러나오던 피도 멈췄고 여전히 화기가 끓어 검붉기는 했어도 낯빛도 정상으로 돌아오는 것 같았다.

"할아버지가 나 때문에 꽤나 고생하셨겠어."

다른 사람의 기혈을 바로잡는다는 것이 얼마나 고되고 위험한 것인지 뼈저리게 느낀 묵조영은 그동안 연례행사처럼 주화입마를 일으킨 자신 때문에 을파소가 얼마나 고생을 했을지 조금은 알 것 같았다.

묵조영이 손을 떼고 스스로 운기하기를 이각여. 곡운이 깊이 들이쉰 숨을 내뱉으며 눈을 떴다.

"괜찮냐?"

염려스런 질문에 곡운이 힘없이 고개를 끄덕였다.

"대충… 그런 것 같다."

"뭐 얻을 게 있다고 그렇게 무식하게 덤비냐? 하마터면 죽을 뻔했잖아!"

"나도 몰라. 갑자기 열이 뻗쳐서."

"잘났다. 그놈의 성질 때문에 언젠가는 경을 칠 줄 알았다니까."

"뭐 어때? 그래도 아무 이상 없잖아? 기운은 좀 없지만."

배가 고픈지 아랫배를 살살 만지는 곡운에게선 조금 전 살벌하게 검을 휘두르던 모습은 찾아볼 수가 없었다.

"진짜 괜찮은 거지?"

"그렇다니까. 한 며칠 더 고생하면 말끔해질걸. 해독도 된 것 같고…… 해독? 참, 나 독에 중독되었었는데?"

그제야 자신이 중독되었던 것을 상기한 곡운이 영문을 모르겠다는 표정으로 물었다.

"별것 아닌 독인 모양이다. 가만 놔둬도 금방 없어지는."

"흠, 그런가?"

곡운은 별다른 의심 없이 고개를 끄덕였다. 하지만 그에게 독을 썼던 사내가 들었으면 게거품을 물고 쓰러질 일이었다.

비록 천하에 이름난 극독은 아니었어도 그가 곡운을 중독시킨 독은 웬만한 사람이라면 그 자리에서 즉사시킬 수 있었고, 무공을 익힌 고수라도 반 시진 안에 절명시킬 수 있는 위험한 독이었다. 다만 묵조영이 일으킨 천마호심공에 만년홍학과 음양쌍두사의 힘이 깃들어 있었기에 그리 간단히 해독된 것뿐이다. 그리고 그것은 곡운을 도운 묵조영조차 미처 예상하지 못한 일이었다.

"나는 그렇다 치고, 너는 어때?"

"뭐가?"

"나만큼이나 너도 많이 다친 것 같아서. 특히 거기."

곡운이 여전히 핏물이 흘러내리는 목덜미를 가리키며 말했다.

"괜찮아. 깊이 베지는 않았어. 조금만 방향을 틀었으면 그대로 목숨을 잃을 뻔했지만."

그때의 위기를 떠올렸는지 묵조영의 입술이 살짝 떨렸다.

그는 자신도 모르게 목숨을 구해준 어머니의 목걸이를 슬쩍 어루만졌다.

"그나저나, 후~"

곡운이 주변에 널린 시신을 보며 얼굴을 찡그렸다.

사지가 끊기고 몸통이 분리된 시신들. 그들이 흘린 피가 땅을 적셔 붉게 물들였다.

'제길… 이렇게까지 하고 싶지는 않았는데…….'

그 역시 무공을 배운 이후 첫 번째 살인이었다.

상황도 상황이었고 무인이라면 지금과 같은 장면은 물론이고 더욱 잔인하고 끔찍한 일에 직면할 수도 있다. 그것이 무인으로서의 숙명, 어차피 짊어지고 나가야 할 업이라지만 그래도 기분이 좋지 않은 것은 어쩔 수 없었다.

'망할! 조영이 아까 왜 그렇게 우울해했는지 알겠다. 기분참 더럽군.'

그래도 그는 애써 내색하지 않았다.

"후~ 이 많은 시신을 어찌해야 되냐?"

"글쎄… 아참."

곡운을 따라 주변을 살피던 묵조영이 조금 전 자신이 제압한, 이성을 잃은 곡운에게 목숨을 잃을 뻔한 사내가 있음을 상기하곤 황급히 고개를 돌렸다. 하지만 사내는 어느새 스스로 목숨을 끊어 죽어 있었다.

"젠장, 무슨 놈의 목숨을……."

자신은 전혀 의도하지 않았건만 스스로 목숨을 끊은 사내들. 벌써 한두 번이 아니었다.

　"마교 놈들이 원래 그래. 지독한 놈들이지."

　곡운이 살짝 표정을 굳히며 말했다.

　"마… 교?"

　그들이 설마 마교의 인물일 줄은 꿈에도 생각지 않았던 묵조영이 떨리는 음성으로 되물었다.

　"그래, 마교. 아까 놈들이 쓰는 무공 중에 마교의 무공이 있었다. 뭐, 처음엔 부인을 했지만 결국 시인을 하더라."

　'아, 맞다. 그래서……'

　사내들의 무공이 어째서 그렇게 낯설지 않고 쉽게 느껴졌는지 비로소 이해가 갔다. 을파소에게 배운 무공이 바로 마교의 무공이 아니던가.

　"어쨌든 지독한 놈들이었어. 아까 네가 도와주지 않았으면 도리어 내가 저놈들처럼 될 뻔했으니까."

　곡운이 시신으로 변한 사내들을 가리키며 고개를 절레절레 내저었다.

　"사실 나도 그렇게 되는 줄 알고 얼마나 놀랐는지 모른다. 그런데 아까 그거 뭐냐?"

　"뭐?"

　"마지막에 썼던 무공 말이다. 평소하고 달랐잖아. 엄청 멋지던데? 위력적이기도 하고. 네 실력이 그 정도일 줄은 정말 몰랐다. 어쩐지 그렇게 자신있게 뛰쳐나가더라니……. 여태까지 날 속인 거냐?"

"소, 속인 건 아니다."

곡운이 황급히 손을 내저었다. 한데 당황해하는 빛이 역력했다.

"그럼 뭔데?"

"그, 그냥… 그런 게 있다고만 알아둬라."

난처해하던 곡운은 결국 고개를 돌려 버렸다.

누구라도 비밀은 있는 법.

묵조영은 그가 무공에 대해 구체적인 설명을 피하는 것을 느끼며 피식 웃음을 터뜨렸다.

"꼬치꼬치 안 물어볼 테니까 긴장하지 마. 어쨌든 난생처음 보는 훌륭한 무공이었어."

"뭐, 조금 훌륭하긴 하지. 내공이 부족해서 오히려 내가 죽을 뻔하기는 했어도. 난 오히려 네놈이 더 대단하게 느껴진다. 어느 순간에 놈들을 해치우고 날 도울 수 있었냐?"

"운이 좋았다."

"운?"

되묻는 곡운이 의심스런 눈초리로 쳐다봤다.

"정말 운이 좋았다니까. 아무튼 지금은 그게 문제가 아니라 이들을 어찌 처리해야 할지 고민해야 할 때야."

"그러게."

둘은 잠깐 동안 말이 없었다.

'어쩐다? 이자들이 마교의 인물이라면 이들 때문에라도 다른 사람이 올지 모르잖아? 할아버지가 위험해질 수도 있는데……. 그렇다고 이 녀석 때문에 함부로 처리하기도 문제고…….'

엄지손가락으로 턱을 긁던 묵조영은 곤란한 표정으로 곡운을 살폈다.

'돌겠네. 이놈들 몸에 난 검상(劍傷)을 보면 사부가 내가 한 짓임을 알 텐데……. 그럼 난 죽은 목숨이잖아. 그렇다고 쓱싹 해버리자니 녀석 때문에…….'

함부로 무공을 써서 정체를 드러내면 절대로 안 된다는 사부의 엄명을 떠올리며 곡운은 난처한 표정으로 머리만 연신 긁어댔다. 그러더니 슬그머니 묵조영의 눈치를 살폈다.

순간, 둘의 눈이 허공에서 마주쳤다.

"나는……."

"너는……."

둘이 함께 보낸 시간이 벌써 수년. 지금의 그들은 서로의 눈빛과 행동 하나만으로도 의중을 짐작할 수 있었다.

"아무래도……."

"그런 거지 뭐."

"흐흐, 우린 역시……."

"친구다!"

동시에 외친 그들은 누가 먼저랄 것도 없이 시신을 치우기 시작했다.

"묻을까?"

묵조영이 물었다.

"아니, 와룡탄(臥龍灘)에 수장시키는 것이 낫겠다. 그 편이 보다 확실하고."

곡운이 절벽 아래를 가리키며 말했다.

"하긴, 그곳은 물고기조차 빠져 죽는 곳이니까."

의견을 모으고 서둘러 움직인 덕에 반 각도 되지 않아 주변 상황은 깔끔히 정리되었다.

시신은 물론이고 그들이 쓰던 병장기, 몸에서 떨어져 나온 각종 물건들 역시 완벽히 처리되었다. 다만 그들이 싸웠던 흔적만큼은 아무리 치워도 표시가 났다.

"이건 하늘에 맡겨야지."

"사부가 허리가 쑤시는 것이 오늘이나 내일쯤 비가 온다고 하더라. 알아서 사라질 거야."

"그럼 다행이고."

마지막 처리를 자연에 맡기는 것으로 정리를 끝낸 둘은 손을 툭툭 털었다.

"그런데 어째 이상하다?"

곡운이 고개를 갸웃거렸다.

"뭐가?"

"아니, 그냥. 뭔가 찜찜하고 께름칙한 것이 영 걸적지근해. 뭘 잊어먹은 것 같기도 하고. 우리가 이놈들하고 뭣 때문에 싸웠는지도 헷갈… 헛!"

곡운이 입을 쩍 벌렸다.

"왜?"

"뭐 잊은 것 없냐?"

"뭘?"

"에라이!"

곡운이 묵조영의 뒤통수를 때렸다. 그러자 묵조영이 신경질적으로 반응했다.

"왜?"

"선녀."

"아차!"

선녀를 잊어먹다니!

실수도 이런 실수가 없었다.

애당초 손에 피를 묻혀가며 싸운 이유가 무엇이던가!

묵조영은 자신의 머리를 마구 두드리며 여인을 향해 달리기 시작했다.

"그런다고 안 깨져. 더 세게 치면 모를까."

곡운이 장난스럽게 약을 올렸다.

"시끄러!"

한걸음에 달려간 묵조영이 처음의 쓰러진 자세 그대로의

여인을 안아 들었다. 그리곤 그녀의 부상을 꼼꼼히 살피기 시작했다.

"야, 니가 뭔데 외간 여자를 그렇게 함부로 품에 안아?"

뒤따라온 곡운이 능글맞게 소리쳤다.

"뭔 헛소리야? 환자잖아!"

묵조영이 버럭 소리를 질렀다. 한데 곡운의 말이 마음에 걸렸는지 거침없던 손길이 멈칫거렸다. 얼굴에도 붉은 홍조가 피어올랐다.

"어떠냐?"

웃음을 지운 곡운이 물었다.

"별로 안 좋아. 외상도 외상이지만 내상이 심각해. 맥도 불규칙하고. 빨리 옮겨서 치료를 받아야겠다."

"옮겨? 어디로?"

"어디긴, 무이궁이지."

"거, 거긴 안 돼!"

곡운이 기겁하며 소리쳤다.

"안 되다니?"

"무이궁은 남자만 출입할 수 있는 도관이잖아."

"무슨 소리야? 여자들도 잘만 출입했잖아."

"그건 특별한 날에만 그렇지. 평소엔 여자의 출입을 엄격하게 막는다는 걸 알면서 그러냐?"

"설마하니 환자를 모른 척할까? 명색이 도관인데."

당연한 말이었다. 아무리 여인의 출입이 자유스럽지 못한 도관이라도 환자를 외면할 리는 없었다. 그러나 곡운으로서는 어쩔 도리가 없었다.

'여자가 가면 내가 싸운 것을 알 것이고, 자연히 사부의 추궁이 뒤따를 건 뻔한 일. 내가 무공을 썼다는 것을 알면 사부가 날 죽일지도 몰라. 절대로 안 되지.'

생각만 해도 끔찍했다.

"안 된다면 안 되는 줄 알아. 차라리 네 할아버지께 가자."

"아니, 그래도……."

"망설일 시간 없어. 빨리 구해야지."

막무가내로 우기던 곡운은 묵조영이 생각해 볼 겨를도 없이 여인을 들쳐 업었다. 그리곤 독심거를 향해 냅다 달리기 시작했다. 부상당한 팔에서 고통이 밀려오고 자세 또한 영 자연스럽지 못했지만 내색할 때가 아니었다.

"야, 야! 얌마!"

묵조영은 다급히 곡운을 불러 세웠다.

곡운은 들은 체도 않고 더욱 속력을 높였다.

무이궁으로 여인을 데리고 갈 수 없었던 곡운이 설 리 없었고, 사실 묵조영도 그가 돌아서는 것을 원하지는 않았다.

'할아버지가 뭐라 하실 텐데……. 에라, 모르겠다.'

"야! 사냥감 업고 가냐? 조심하지 못해!"

버럭 소리를 지르며 뛰어가는 묵조영의 발걸음은 부상에

도 아랑곳없이 그렇게 가벼울 수가 없었다.

*　　　　*　　　　*

"괜찮을까요?"

묵조영이 물었다.

"……."

"괜찮을까요?"

"……."

"괜찮을까요?"

"갈!"

계속되는 질문을 참지 못한 을파소가 분주히 놀리던 손길을 멈추고 호통을 쳤다.

"그놈 참! 똑같은 질문을 벌써 몇 번째 하는 것이더냐? 치료하는 데 정신 사납게 하지 말고 입 좀 다물어라!"

"예……."

묵조영은 기어들어 가는 음성으로 대답하고는 한 켠으로 물러났다.

"크크, 내 혼날 줄 알았다. 자고로 사내라면 나처럼 입이 무거워야 하는 거다. 계집애처럼 종알대기는."

묵조영을 약 올리는 곡운의 말에 을파소가 가소롭다는 듯 나무랐다.

"시끄럽다. 똥 묻은 개가 겨 묻은 개를 나무란다더니… 쯧 쯧, 네놈이나 저놈이나!"

"아니, 그래도…….."

"시끄럽다니까! 이제부터 본격적으로 치료해야 하니까 잔 말 말고 둘 다 나가 있어!"

한 번의 호통으로 묵조영과 곡운을 찍소리도 못하게 하고 쫓아낸 을파소는 보다 조심스런 손길로 여인의 몸을 보살폈다.

'음.'

여인의 맥을 짚던 을파소의 얼굴이 한껏 찌푸려졌다. 생각보다 내상이 심각했기 때문이다.

오장육부가 자리를 이탈한 데다가 자꾸만 피를 토해내는 것이 눈으로 보이지 않는 출혈도 있는 모양이었다. 게다가 대부분의 기혈이 뒤틀리고 얽혀 쉽게 손을 쓰기도 난감한 지경이었다.

"그래도 녀석의 상태에 비하면야…….."

초창기 주화입마에 걸렸던 묵조영이 어떤 지경까지 이르렀었는지 상기한 을파소는 크게 심호흡을 하고 여인의 명문혈에 장심을 갖다 댔다. 그리곤 천천히 천마호심공을 운용하며 뒤틀린 기혈을 바로잡기 시작했다.

그렇게 한 시진이 흘렀다.

지그시 감았던 눈을 뜨고 그녀에게서 손을 떼는 것으로 치료를 마친 을파소는 이마를 타고 흐르는 땀을 닦을 여유도 없이 운기행공을 시작했다. 여인을 치료하느라 꽤나 많은 진력을 소모한 것이다.

잠시 후, 간단히 일주천을 마친 을파소의 손이 다시 분주해졌다.

우선 상처 부위에 오염된 피를 닦아내고 금창약(金瘡藥)을 골고루 바른 후 깨끗한 천으로 상처 부위를 감쌌다. 몸에 난 상처에 비해 금창약이 다소 부족해 비교적 가벼운 상처엔 산에서 얻은 약초를 짓이겨 바르는 것으로 대신했다.

그렇게 간단하나마 외상을 치료한 을파소는 누더기로 변한 여인의 옷 대신 묵조영의 옷으로 갈아입힌 후에야 자리에서 일어나 밖으로 나갔다.

"어떤가요?"

을파소가 모습을 드러내기가 무섭게 묵조영이 물었다.

"그런대로 괜찮을 것 같구나."

"그런대로라면……."

"금창약을 발라두었으니 외상은 그다지 문제될 것 없다. 다만 내상이 문제인데……."

"심각한가요?"

을파소가 고개를 끄덕였다.

"우선 급한 대로 진정은 시켰다만 그냥 임시방편일 뿐이야. 근본적인 치료는 아직 하지 못했다. 조금 시간이 걸릴 것 같구나. 완전히 돌아올지 자신하기도 힘들고. 무엇보다 너와는 달리 저 아이가 익힌 내공의 뿌리가 워낙 달라놔서."

"그렇… 군요."

"어쨌거나 목숨엔 지장이 없을 것이니 너무 걱정하지 말거라. 정상으로 돌아오는 것도 시간문제일 뿐이지 불가능한 것은 아니니까. 그건 그렇고……."

묵조영과 곡운을 응시하는 을파소의 눈길이 착 가라앉았다.

"이제 말을 해보거라. 어찌 된 것이냐?"

"그게……."

묵조영이 머뭇거리자 을파소의 눈길이 한층 준엄해졌다.

"거짓말은 하지 말고 사실 그대로를 말해야 한다."

"그, 그게 그러니까……."

"제가 말씀드리지요."

자꾸만 말을 더듬는 것이 쓸데없는 말을 할까 걱정한 곡운이 재빠르게 자르고 나섰다.

"일이 어찌 된 것이냐면 말이지요……."

곡운은 그간에 벌어진 일을 손짓발짓을 해가며 자세하게 설명했다.

묵조영이 여인을 처음 만난 것부터 시작해서 쫓기는 그녀를 구해낸 일까지 모든 사건을 일사천리로 설명하는 곡운의 말은 가히 청산유수, 여느 달변가에 못지않았다. 단, 여인을 쫓던 무리들이 마교도라는 사실은 쏙 빼고였다.

곡운의 말을 듣는 중간중간 얼굴을 찌푸리기도 하고 탄식을 토해내기도 하던 을파소가 고개를 끄덕였다.

"고생들 했다."

"고생은요. 대장부로서 당연히 해야 할 일이지요."

"네 녀석들이 언제부터 대장부였는지 알 수는 없지만 그래도 많은 적을 싸워 이겼다는 것은 인정해 주마. 그래, 상처는 괜찮은 것 같으냐?"

"견딜 만해요. 조금 전에 주신 금창약, 효과가 끝내주는데요. 벌써 다 나은 것 같아요. 크윽!"

　괜히 어깨를 돌리며 큰소리를 치던 곡운은 찢어지는 듯한 아픔에 오만상을 찌푸렸다.

"쯧쯧, 그게 금방 낫는 상처가 아니다. 쓸데없는 행동은 하지 말고 며칠 잘 살펴야 할 게야. 네 사부가 어련히 알아서 보살펴 주겠지만 말이다."

"그, 그렇기야 하지요."

　대답을 하는 곡운의 표정이 어두웠다. 상처로 인해 사부에게 추궁당할 것을 걱정하는 것이었다.

'에휴.'

　부상 때문에라도 어차피 들킬 것. 지금 생각해 보면 무엇 때문에 마교도의 시신을 와룡탄에 수장시키고 여인을 무이궁이 아니라 독심거에 데리고 오려 그 애를 썼는지 한심할 뿐이었다.

"벌써 날이 어두워졌구나."

이만 가보라는 축객령이었다.

"이만 가보겠습니다."

"그래라."

곡운의 고개가 묵조영에게 향했다.

"나 간다."

"왜? 며칠 쉬고 가지. 부상도 치료하고."

"됐다. 이까짓 게 무슨 부상이라고. 그리고 잠은 내 집에서 자는 거다. 다음에 보자."

곡운은 더 머물고 가라는 묵조영의 손을 뿌리치고 독심거를 나섰다.

그의 모습이 사라지기가 무섭게 을파소가 묵조영을 불러들였다.

"더 할 말이 있을 텐데?"

"그, 그게……."

"쓸데없는 거짓말은 하지 말거라. 곡운은 몰라도 넌 거짓말을 할 줄 몰라."

"……."

한참을 망설이던 묵조영이 어쩔 수 없는 표정을 지으며 입을 열었다.

"그자들… 마교도였습니다."

"마, 마교?!"

을파소가 벌떡 일어나며 소리쳤다.

"지금 마교라 했느냐?"

"예, 틀림없어요."

"그걸 어찌 알았느냐?"

"곡운이 그들의 무공을 알아봤어요. 그리고 저 또한."

"어떤 무공을 사용했느냐?"

말로는 설명하기가 어렵자 묵조영은 간단한 동작 몇 가지를 직접 취했다.

을파소는 단숨에 알아봤다.

"무령십삼검! 밀은단이로구나!"

을파소의 얼굴이 심각하게 굳어졌다.

밀은단이 무엇이던가.

비록 개개인의 무공이 다른 이들에 비해 출중한 것은 아니지만 천하제일이라는 마교에서도 가장 신비에 싸인 조직이 바로 밀은단이었다.

밀은단은 무림의 각 문파에 대한 첩보를 수집하거나 마교 내부의 감찰을 주로 담당했는데 누가 수장인지, 또 얼마나 많은 인원이 속해 있는지 전혀 알려진 바가 없었다. 오직 교주만이 그들을 움직일 뿐이었다.

"어쩐지 네가 데려온 아이의 내력이 나이에 어울리지 않게 출중하다 했다. 밀은단의 추격을 뿌리칠 정도면 아마도 이름난 명문가의 후손이겠지."

"그러고 보니 저들이 의천맹을 거론하는 것을 들었습니다."

"음."

을파소의 입에서 짧은 침음성이 터져 나왔다.

마교에서 밀은단이 움직이고 또 그 상대가 의천맹이라면 일이 벌어져도 단단히 벌어졌음을 의미하는 것이 아니겠는가.

'설마하니 벌써 정마대전이 벌어진 것인가?'

잠시 생각에 잠겼던 을파소가 입을 열었다.

"시신을 와룡탄에 수장시켰다고?"

"예."

"그래도 흔적은 남았을 것이다. 혹시 무슨 일이 일어날지 모르니 한동안 세심한 주의를 기울여야 할 것 같구나."

"예."

"저 아이가 깨어나면 보다 자세한 사정을 알 수 있겠지. 네 부상도 적지 않은 것이니 몸조리를 잘해야 할 게다."

"예, 걱정 마세요. 한데……."

천으로 감싼 목을 어루만지며 잠시 머뭇거리던 묵조영이 기어들어 가는 음성으로 물었다.

"언제쯤… 깨어날까요?"

"글쎄다. 내 생각이 틀리지 않는다면 이 밤을 넘기지는 않을 것 같구나."

"다행이네요."

안도의 한숨을 내쉬는 묵조영. 순간 을파소의 눈에 이채가 발했다.

'이 녀석, 설마……?

을파소의 시선을 의식한 묵조영이 슬며시 고개를 돌렸다.

'올해로 벌써 스물. 하긴 무리도 아니지. 한데 하필이면 첫 상대가 마교와 연관된 의천맹의 사람이라니……. 어째 상대를 잘못 찾은 것 같구나.'

이제는 이성을 생각할 정도로 다 컸다는 대견함과 동시에 걱정스러움이 교차했다.

"나는 누구죠?"

을파소의 예상과는 달리 이틀이나 지난 후에 깨어난 여인이 처음으로 내뱉은 말이었다.

당황한 눈으로 서로를 바라보는 을파소와 묵조영은 한동안 아무런 말도 하지 못했다.

"정녕 아무런 기억도 나지 않느냐?"

을파소의 물음에 여인은 고개를 흔들었다.

"이름도? 집도?"

여인이 고개를 끄덕였다.

"거짓말을 하는 것은 아니겠지?"

다소 높아진 음성에 겁을 집어먹은 여인이 몸을 움츠렸다.

"왜 그러세요, 할아버지? 모른다잖아요."

묵조영이 자신을 돕는다는 것을 본능적으로 느꼈는지 을파소의 눈치를 보던 여인이 묵조영의 몸 뒤로 몸을 숨겼다.

"허!"

하는 짓이 영락없는 어린아이였다.

웃을 수도 그렇다고 울 수도 없었던 을파소는 그저 난감한 표정으로 연신 헛기침만을 토해냈다.

"기억을 잃은 걸까요?"

"그런 것 같다. 머리를 다친 모양이야."

"머리요? 그런 상처는 못 본 것 같은데……."

"미세한 혈흔이 있었다. 조금 찢어지기도 했고. 무기에 당한 상처가 아니라 어디 바위에라도 부딪친 모양인데……."

을파소는 뭔가 아는 것이라도 있느냐는 듯 턱을 치켜들었다.

묵조영은 고개를 혼들었다. 그는 몰랐다. 그녀가 절벽으로 떨어지고, 그가 그녀를 구하기 위해 낚싯줄로 그녀의 발목을 감는 순간 거꾸로 매달린 그녀가 절벽에 머리를 부딪쳤다는 것, 그리고 비록 머리가 깨지고 피가 튈 정도는 아니었어도 그 정도 충격이면 충분히 기억을 잃을 수도 있다는 것을.

"설마 약간의 상처 때문에 기억을 잃을까요?"

"밖으로 드러난 상처는 별것 없어도 머릿속은 어떤지 모르지. 다른 곳과는 달리 머리는 조그만 상처라도 치명적으로 작용하는 법이다. 지금은 다행히 기억을 잃은 것 이외엔 큰 문제는 없어 보이나 그 또한 모르는 일이라 할 수 있다."

"어쩌지요?"

"어쩌긴, 일단 기억을 찾을 때까지 기다려 봐야지. 상처도 더 치료해야 하고."

마음 같아서는 당장 다른 곳으로 보내고 싶었지만 한없이 걱정스런 얼굴로 여인을 살피는 묵조영 때문에 을파소는 차마 그럴 수가 없었다.

"기억이 돌아올까요?"

"충격 때문에 일시적으로 기억을 잃을 수도 있다고 하니 그러기를 기대해 봐야지."

"안 돌아오면요?"

"……."

"안 돌아오면요?"

"꼭 돌아올 게다."

왠지 자신없는 얼굴이었다.

예감은 정확하게 적중했다.

제7장

백 일간의 이야기

첫 번째 날.

그녀는 자신에 대해 알지 못했다.

살고 있는 곳, 가족은 물론이고 심지어는 자신의 나이와 이름
도 기억하지 못했다. 게다가 머리의 충격 때문인지 나이에 걸맞
지 않는 말과 행동을 했다.

나는 그녀에게 하선고(何仙姑:전설로 내려오는 팔선(八仙) 중 한
명)라는 이름을 붙여주었다. 할아버지가 코웃음을 치셨지만 개
의치 않는다. 나에게 그녀는 선녀였으니까.

두 번째 날.

그녀가 갑갑하다며 바깥바람을 쐬고 싶다고 했다. 상처 때문에 안 된다고 해도 막무가내였다. 버티다 못해 그러마 하고 약속을 했지만 그녀는 채 열 걸음도 내딛지 못하고 주저앉아 버렸다. 어쩔 수 없이 그녀를 등에 업었다. 깃털보다도 가벼웠다.

몸의 상처가 다 낫지 않아서 힘에 부쳤지만 그래도 천유봉까지 단숨에 내달렸다. 설마하니 천유봉이 그렇게 낮을 줄이야.

어쩌면 내 마음이 깃털이었을지도.

네 번째 날.

몸에 난 상처들이 눈에 띄게 좋아졌다. 뒤틀린 기혈도 서서히 자리를 잡는 중이었다.

죽이 아닌 처음으로 음식다운 음식을 입에 댔다.

내가…

만든 것이었다.

아홉 번째 날.

그녀가 주방에 들어왔다.

나름대로 도와주려고 노력하는 것 같은데 할 줄 아는 것이 아무것도 없었다.

잠깐 한눈을 파는 사이 주방은 난장판이 되어버렸다.

그릇이란 그릇은 모조리 깨졌고, 음식 재료 중 절반이 못 쓰게 돼버렸다.

그래도 끝까지 주방을 떠나지 않기에 무나 자르라고 몇 개를 건네줬다.

좋아라 하며 나를 보고 환하게 웃는 그녀. 한데 그녀의 손에 들린 칼이 춤을 추는 것을 본 나는 웃을 수 없었다.

건성으로 내려치는 칼의 움직임에 따라 조그맣던 무가 수십, 수백, 수천 조각으로 변해 버렸다.

주방 경력 칠 년.

나는 때려죽여도 그렇게 할 수 없었다.

아니, 일류 요리사라도 그렇게 짧은 시간 동안 잘게 무를 자를 수는 없을 것이다. 때마침 주방을 지나시던 할아버지도 경악을 금치 못하셨는지 한참이나 지켜보았다. 그리고 말씀하셨다. 기억을 잃기 전의 그녀는 틀림없이 검의 고수였을 것이라고.

열세 번째 날.

천마호심공을 연공하던 새벽. 잠을 자는 줄 알았던 그녀가 가장 절정의 순간에 접근했다. 지금껏 겪어보지 못한 위기 상황이었다.

기혈이 역류한 나는 사흘 동안 정신을 차리지 못했고, 할아버지마저 주화입마에 빠질 뻔했다.

할아버지 말씀에 따르면 그녀는 정신을 잃고 쓰러진 내가 장난을 치는 줄 알고 옆에 있던 작대기로 쿡쿡 찔렀다고 한다.

열여덟 번째 날.
할아버지의 명에 따라 마을에 내려갔다.
그녀에게 꼭 필요한 것이라는데 어째서 필요한지는 구체적으로 말씀하지 않으신―알 필요가 없다시며 버럭 화를 내셨다―무명천과 그녀가 입을 옷을 구하기 위해서였다.

사부에게 부상을 숨기느라 암굴을 전전하다 닷새 전에야 무이궁으로 돌아간 곡운이 때마침 찾아왔다. 그리고 옷이라면 자신이 전문이라 우기면서 따라나섰다.

그다지 믿음도 가지 않았고 내키지 않았어도 나보다는 마을 출입이 잦았기에 한번 믿어보기로 했다.

할아버지가 말씀하신 무명천, 곡운이 골라준 옷과 더불어 옥으로 만든 귀걸이도 샀다. 큰 고리 안에 작은 고리가 하나 더 있는 귀걸이였다.

곡운은 보는 눈이 없다고 투덜거렸지만 그녀의 큰 눈과 잘 어울릴 것 같았다.

옷과 귀걸이를 사느라 산에서 캔 삼지구엽초(三枝九葉草) 한 뿌리를 사용했다.

그러나 치명적인 실수가 있었다.
기녀들이 입는 옷이라니!

애당초 곡운의 말을 믿는 것이 아니었다.

나는 야밤에 옷을 바꾸기 위해 다시 산을 내려와야 했다.

그래도 좋았다.

새 옷을 입고 귀걸이를 한 뒤 환히 웃는 그녀의 모습에 행복했으니까.

스물일곱 번째 날.

기억을 찾지는 못해도 그녀는 하루가 다르게 정상을 되찾고 있었다. 마냥 어린아이처럼 굴던 모습도 거의 사라졌고, 며칠 전부터는 어엿한 여인의 모습으로 변모했다.

오늘은 서산 너머로 기우는 달을 보며 그녀가 난데없이 시를 읊었다.

어릴 적 이후 글과는 그다지 인연이 없는 나에겐 너무나 생소한 시.

할아버지는 그 시가 당나라 때의 유명한 시인이 지은 것이라고 하셨는데 과연 가슴을 울리는 것이 명시(名詩) 중의 명시인 듯했다. 어쩌면 그녀의 입에서 흘러나왔기에 그런 것인지도 몰랐지만.

잠시 후, 그녀에게 다시 한 번 시를 읊어보라 했다.

그녀는 동그란 눈을 더욱 크게 치켜뜨며 고개를 흔들었다.

그녀는 자신이 방금 전에 읊은 시를 기억하지 못했다. 그 시는 어쩌다 튀어나온 지난 기억의 편린인 듯했다.

내일 그녀를 낚시터에 데려가기로 했다.

그녀와 함께 낚시를 할 수 있다니 꿈만 같다.

*　　　*　　　*

"야, 왜 그리 썩은 인상이야?"

"시끄러!"

곡운을 노려보는 묵조영의 눈길은 화를 내다 못해 살기마
저 번들거렸다.

둘만의 오붓한 시간을 방해하다니!

지금처럼 곡운이 미워 보인 적이 없었다.

"어찌 알고 왔냐?"

"할아버지가 가르쳐 주시더라?"

"할아버지? 독심거에 갔었냐?"

"그래."

"웬일로? 그저께 왔다 갔잖아."

"그게 친구에게 할 소리냐?"

톡 쏘아붙인 곡운이 묵조영의 뒤에 다소곳이 서 있는 하선
고에게 고개를 돌렸다.

"우리 하 선녀님도 잘 지냈지요?"

"예. 도사님도 건강해 보이시네요."

하선고가 환한 얼굴로 대답했다.

"하하, 저야 늘 건강하지요."

곡운이 과장된 표정으로 웃음을 터뜨렸다. 그러자 묵조영이 가소롭다는 듯 핀잔을 주었다.

"도사는 무슨, 사이비 주제에."

"그거야 네놈 생각이지."

"헛소리하지 말고 이거나 들어, 우리를 따라올 생각이면."

"뭐냐, 이건?"

묵조영이 들고 있던 바구니를 얼떨결에 건네받은 곡운이 물었다.

"간식."

"간식? 뭐를 준비했는… 으악!"

반색을 하며 내용물을 살피던 곡운이 기겁을 하더니 바구니를 떨어뜨렸다.

"뭐 하는 거야!"

묵조영이 빽 소리를 질렀다.

"지금 장난하냐? 이게 무슨 간식이야?!"

곡운이 엎어진 바구니의 틈 사이를 비집고 나오는 지렁이를 가리키며 말했다.

한 무더기나 되는 지렁이가 자유를 찾아 미친 듯이 꿈틀댔는데 감자를 으깬 것과 깻묵, 삶은 콩도 보이는 것이 낚시를 위한 미끼인 듯했다.

"누가 우리가 먹을 간식이랬냐, 물고기들이 먹을 간식이랬지?"

능청스런 미소를 지으며 말하는 묵조영. 그럴수록 곡운은 약이 올랐다.

"이놈 봐라! 니눔이 언제 그랬어? 그냥 간식이랬지."

"호호호, 간식은 제가 들고 있어요."

하선고가 웃으며 자신이 들고 있는 바구니를 흔들어 보였다.

"잔말 말고 빨리 담기나 해. 아침 내내 고생해서 잡은 녀석들이니까."

묵조영이 지렁이를 가리키며 말하자 곡운은 몸서리를 치며 물러났다.

"시, 싫다. 저걸 어찌 손으로 잡냐?"

"으이구! 사내놈이 무서워할 게 없어서 지렁이나 무서워하고."

"사내하고 지렁이하고 무슨 상관이야? 징그러워서 그러는데. 안 그래요, 하 선녀?"

자신이 불리해진다고 판단한 곡운이 재빨리 하선고를 끌어들였다. 둘의 모습을 재밌게 지켜보던 하선고가 입가에 미소를 머금으며 고개를 끄덕였다. 그러자 기가 산 곡운이 목소리를 높였다.

"거봐라. 네놈이 추앙하는 하 선녀도 그렇게 생각한다잖아."

"내가 말을 말아야지. 이거나 들고 있어!"

말싸움을 해봤자 별로 얻을 것이 없다고 판단한 묵조영은 천마조를 곡운에게 던지고 바구니를 똑바로 세웠다. 그리곤 흩어진 미끼들을 깨끗하게 정리하기 시작했다.

"으, 야만인 같으니라고."

묵조영의 손에서 꿈틀대는 지렁이를 보며 곡운은 지렁이 들이 마치 자신의 몸을 훑고 지나가기라도 하는 듯 역겨운 표정으로 몸을 떨었다.

순간, 고개를 휙 돌린 묵조영이 소리쳤다.

"이걸 누가 흘렸지? 네가 할래?"

"아, 아니다."

곡운은 그가 던진 한마디에 황급히 입을 다물고 말았다.

그렇게 잠깐의 소란이 끝나고 일행은 곧 천상연에 도착했다.

언제나 그렇듯 천상연은 아늑하고 부드러운 자태로 그들을 맞이했다.

묵조영이 이런저런 준비를 하는 동안 곡운이 하선고의 자리를 물색했다.

"자자, 하 선녀는 이쪽으로 오시지요. 어디에 자리를 정하느냐에 따라 낚시의 반은 끝나는 것이나 다름없는 법입니다. 우선 수초가 적당히 있는 곳이 가장 좋고, 죽은 나무들이 있는 곳도 물고기들의 서식처지요. 흠, 어디가 좋을까나? 아, 여기가 가장 좋겠네요."

곡운이 정한 자리는 물속에서 자란 나무들과 고사목(枯死
木:말라죽은 나무)이 한데 어우러져 있는 곳이었다.

"카! 내가 찾았지만 정말 기막힌 자리가 아닐 수 없군. 여
기서 낚시를 한다면 살림망이 터지도록 물고기를 낚을 수 있
을 겁니다."

"그랬으면 정말 좋겠어요."

하선고가 싱긋 웃으며 말을 받았다.

"아무렴요. 걱정하지 말라니까요. 제가 보증합니다."

그의 말이 끝나기가 무섭게 묵조영의 핀잔이 뒤따랐다.

"놀고 있다."

"뭐?"

"뭘 알고나 지껄이는 거냐?"

"지껄이다니? 내가 어디 틀린 말이라도 했냐?"

"틀린 말은 아니지. 문제는 하 소저에게는 적당한 곳이 아
니라는 거다."

"적당하지 않다니?"

"잊었냐, 네놈한테 처음 낚시를 가르치던 날을?"

"그, 글쎄……."

곡운이 슬며시 딴청을 피웠다.

"내가 했던 말을 그대로 써먹으면서 꼭 불리한 것만 잊어
먹지. 그날 네가 끊어먹은 낚싯줄이면 남들이 일 년은 사용할

양이야. 게다가 애써 만들어준 찌도 다섯 개나 분질러 먹고."

"그, 그거야……."

"이제 기억하냐? 낚시에 능숙한 사람도 고사목이 엉켜 있는 곳에선 조심해야 된다는 걸. 한번 줄이 걸리면 웬만해선 무사히 빼내기 힘들다는 것은 네가 더 잘 알잖아. 그런데 초보자에게 고사목이 있는 곳을 권해? 에라이!"

"허흠!"

할 말이 없는 것인지, 아니면 하선고 앞에서 무안함을 감추기 위함인지 연신 헛기침을 한 곡운이 자기가 추천했던 자리를 꿰차고 앉았다.

"하 소저는 이쪽으로 오세요."

그러잖아도 얄미웠던 곡운에게 통렬하게 몰아붙인 묵조영이 언제 그랬냐는 듯 부드러운 어조로 그녀를 한 무리의 연잎이 떠다니는 곳으로 안내했다. 그곳엔 이미 그녀가 낚시를 하기 위한 모든 조건이 완벽하게 구비되어 있었다.

"여기서 하면 되나요?"

"예. 일단 수심에 찌를 맞춰야 되고요."

"찌요?"

"이걸 찌라고 해요."

묵조영이 낚싯줄 끝 쪽에 매달려 있는 막대기를 잡아 들며 말했다.

"보통 부들(개울가나 연못에서 자라는 풀)이나 갈대로 많이 만드는데 물고기가 미끼를 물었는지 안 물었는지 일러주는 역할을 하지요. 이렇게요."

묵조영은 그녀가 알아듣기 쉽게 낚싯바늘을 툭 치면서 찌를 위아래로 흔들었다.

"물고기가 미끼를 건드리거나 물면 이렇게 흔들려요. 아래로 들어가기도 하고 위로 치솟기도 하면서."

"어머, 정말 신기해요."

찌를 따라 고개를 위아래로 움직이는 하선고는 마냥 신나하는 눈치였다.

"찌 대신 낚싯대 끝에 방울을 매다는 방법도 있어요. 물고기들의 움직임을 찌 대신 방울이 알려주는 방법인데 아무래도 긴장감이나 재미 면에서 떨어지지요. 추천하고 싶은 방법은 아니에요."

"그렇군요."

"그리고 수심을 맞춘다는 것은 찌를 수심에 적당하게 위치시킨다는 말이에요. 바늘과 찌를 너무 가까이 하면 물속으로 깊숙이 들어가 보이지 않고 또 너무 멀리 떨어뜨리면 수면 위로 붕 뜨지요. 그리되면 물고기들의 신호를 잡을 수가 없어요. 그래서 수심을 맞추는 것이 중요하지요. 통상 수면 위로 손가락 한두 마디 위로 올라오는 것이 좋아요."

알면서 그러는 것인지 모르면서 그러는 것인지 하선고는 연신 고개를 끄덕였다.

그녀에게 뭔가를 가르쳐 줄 수 있다는 것, 그리고 그것이 자신이 가장 좋아하는 낚시라는 데 묵조영은 기쁨을 감추지 못했다.

"자, 본격적으로 해볼까요? 우선 바늘에 미끼를 달아봐요."

묵조영이 준비해 온 미끼를 그녀에게 내밀었다.

"어떤… 걸?"

"물고기들을 불러모으는 데에는 어분(魚粉:말린 물고기를 찧어서 만든 가루)을 섞은 깻묵이 좋아요."

"냄새로 물고기를 유인하는 거네요?"

"정확해요. 그렇게 유인을 한 이후에 본격적으로 낚는 것이지요. 계속 깻묵을 사용해도 되고 지렁이나 삶은 콩을 사용해도 돼요. 조금 있다가 채집할 민물새우를 써도 되고요. 일단 바늘에 달아봐요. 크기는… 음… 밤톨 정도로요."

서툰 솜씨였지만 하선고는 묵조영이 시키는 대로 깻묵을 바늘에 달았다.

"미끼를 달았으면 물고기들이 있는 곳에 정확하게 던져야 돼요. 아니요, 그렇게 말고요."

묵조영은 마치 돌을 던지려는 듯 미끼를 어깨 위로 쳐드는 하선고를 웃음으로써 만류하곤 낚싯대를 건네받았다.

"미끼를 던지는 방법도 여러 가지가 있어요. 잠시만요."

하선고를 뒤로 물린 묵조영이 낚싯대를 빙글빙글 돌렸다.

축 처져 있던 낚싯줄이 그 힘을 따라 허공에서 크게 원을 그렸다. 그리고 어느 순간, 경쾌한 파공성과 함께 허공을 맴돌던 낚싯줄이 연잎으로 향하고 미끼를 품은 바늘은 연잎이 떠다니는 곳 바로 앞에 떨어졌다.

"와!"

하선고가 탄성을 지르며 박수를 쳤다.

쑥스러움 때문인지 살짝 얼굴을 붉힌 묵조영이 어깨를 으쓱하며 하선고를 불렀다.

"한번 해보실래요?"

"좋아요."

한달음에 달려온 하선고가 낚싯대를 움켜잡았다. 그리곤 묵조영이 하는 대로 낚싯대를 돌리기 시작했다.

"성급하게 하지 말고 천천히요. 너무 힘을 들일 필요도 없어요."

"이렇게요?"

낚싯대를 빙글빙글 돌리며 고개를 돌리는 하선고. 입가에 걸린 미소를 보는 순간 묵조영은 눈이 부심을 느꼈다. 그리고 잠시 잠깐 자신이 해야 할 일을 잊어먹었다.

핑!

예의 경쾌한 소리가 들렸다. 한데 바늘의 방향이 엉뚱했다.

"어머!"

삽시간에 사라지는 바늘을 찾지 못한 하선고가 당황한 외침을 토해내며 자신도 모르게 낚싯대를 잡아당겼다.

바로 그때였다.

"악!"

난데없이 비명성이 터져 나왔다.

묵조영과 하선고의 시선이 비명 소리를 따라 움직였다. 그리고 뒷목을 부여잡고 오만상을 찌푸리는 곡운의 모습을 보았다.

"왜 그러세요?"

하선고가 깜짝 놀라 소리쳤다.

묵조영은 이미 그 이유를 알고 있다는 듯 입술을 씰룩거렸는데 틀림없이 웃음을 참고 있는 것이었다.

"바, 바늘이……."

"바늘이요?"

되묻던 하선고도 즉시 그 이유를 깨달았다.

"죄, 죄송해요."

어쩔 줄을 몰라 하며 사과를 한 그녀가 바늘을 회수하기 위해 낚싯대를 힘껏 잡아당겼다.

"악!"

좀 전과는 비교도 할 수 없는 비명성이 또다시 터져 나왔다. 당황한 하선고는 그럴수록 더 열심히 낚싯대를 당겼다. 하지만 곡운의 목덜미에 박힌 낚싯바늘은 좀처럼 빠질 줄을 몰랐다.

그도 그럴 것이, 원형으로 휘어진 바늘은 그 안쪽에 속칭 미늘이라고 하는 작은 바늘을 하나 더 가지고 있었는데 역으로 치솟은 작은 바늘은 지금 곡운이 바늘을 못 빼 쩔쩔매는 것처럼 한번 미끼를 문 물고기는 빠져나가지 못하게 하는 갈고리 역할을 했다.

묵조영을 비롯하여 능숙한 낚시꾼이나 물고기를 상하지 않게 놔주고자 하는 이들은 보통 미늘이 없는 바늘을 사용했다. 하지만 하선고처럼 초보자가 미늘 없는 바늘을 사용하여 물고기를 낚기란 그다지 쉽지 않았다. 해서 미늘이 있는 바늘을 사용한 것인데 하필이면 첫 번째로 낚인 것이 물고기가 아닌 곡운인 것이다.

"하, 하 선녀! 우, 움직이지 말아요."

"죄송해요, 죄송해요."

"제발 움직이지 말아요. 야, 임마! 너, 뭐 하는 거야?"

죽을상을 한 곡운이 웃음을 참느라 죽을 지경인 묵조영을 보며 고래고래 소리를 질렀다.

"알았다. 너무 보채지 마라."

더 이상 두고 보았다간 곡운이 무슨 짓을 할지 모른다고 판단한 묵조영이 어느새 보석 같은 두 눈에 눈물이 그렁그렁 걸린 하선고를 물러나게 하고 목덜미에 깊이 박힌 바늘을 잡았다.

"어이구, 깊숙이도 박혔다."

"아아!"

"칼부림을 당하면서도 끄떡없던 놈이 엄살은!"

"그거하고 이거하고 같냐? 살살 빼기나 해!"

"이게 살살 한다고 빠지냐? 조금 아픈 건 감수해야지. 그나 저나 니놈이 질긴 놈인 건 알고 있었지만 살까지도 이렇게 질 길 줄은 몰랐다."

"무슨 개소리야!"

"하 소저가 그만큼 잡아당겼으면 바늘이 살을 찢고 빠져나 왔을 법도 한데 이렇게 끄떡없으니 말이다."

"이게 말이면 단 줄 아… 악!"

버럭 화를 내려던 곡운은 목덜미에서 느껴지는 통증에 찢 어질 듯한 비명을 토해내며 입술을 깨물었다.

"사내자식이 끝까지 엄살은. 자, 뺐다."

"으으으."

곡운이 잡아먹을 듯한 눈초리로 묵조영을 노려봤다. 그러 나 바로 곁에서 상기된 얼굴로 당장이라도 눈물을 흘릴 것 같 은 하선고를 보며 꾹꾹 참아 눌렀다.

"죄송해요. 저 때문에……."

"하하하! 뭐, 그럴 수도 있는 거지요. 처음부터 잘하는 사 람이 어디 있나요? 괜찮으니까 너무 신경 쓰지 마세요."

"그래도……."

"하 선녀가 잘못한 것은 하나도 없으니 걱정하지 마세요. 애당초 어설프게 가르친 놈이 나쁜 놈이니까."

곡운의 시선이 묵조영에게 향했다.

"나야 늘 정석이지. 네가 운이 없었다고 생각해라. 어쨌든 처음부터 월척인데요, 하 소저. 뭐, 물고기가 아니라는 것이 조금 유감이기는 하지만."

"너!"

"자자, 다시 시작해야지요?"

더 이상 참지 못한 곡운이 폭발하려는 순간 묵조영은 재빨리 하선고의 손을 잡고 자리를 피했다.

그는 하선고 때문에 이도 저도 못하고 가슴만 내려치는 곡운을 보며 음흉한 미소를 흘린 뒤 다시 낚시를 가르치기 시작했다.

"방금처럼 미끼를 던지는 방식은 보기엔 그럴듯해도 익숙하지 않으면 조금 위험해요. 왜 그런지는 알겠지요?"

"네."

하선고가 힘주어 고개를 끄덕였다.

"안전하게, 그리고 정확하게 미끼를 던지려면 이런 방식을 많이 써요."

묵조영은 낚싯대를 연잎 쪽으로 향하게 하고 미끼를 단 바늘을 몸 쪽으로 잡아당겼다. 그러자 낚싯대의 끝 부분이 아래로 살짝 휘었다.

"저 휘어진 낚싯대의 탄력을 이용하면 돼요. 그렇다고 던지는 것이 아니라 자연스럽게 흘려보내는 거지요. 이렇게."

설명을 하며 묵조영은 잡고 있던 바늘을 놓고 동시에 낚싯대를 살짝 치켜 올렸다. 휘어진 낚싯대가 빠르게 제 모습을 찾으며 돌아가고, 그 힘에 대한 탄력으로 낚싯줄이 부드럽게 앞으로 나아가더니 끝에 매달린 바늘이 연잎 바로 앞에 떨어졌다. 처음 시범을 보였던 곳과 비교해 손가락 하나 차이나지 않을 만큼 똑같은 자리였다.

"와! 정말 대단해요!"

하선고의 입에서 탄성이 절로 터졌다.

"이렇게 하는 겁니다. 할 수 있겠어요?"

"그럼요."

하선고는 힘차게 고개를 끄덕였다. 그리곤 묵조영이 건넨 낚싯대를 잡고 그가 시범을 보인 대로 미끼를 투척했다.

그것 또한 생각만큼 쉬운 것은 아니었다.

힘 조절을 하지 못해 열이면 열 방향을 벗어났고, 바늘에 달았던 미끼가 허공에서 사라지기 일쑤였다. 하지만 묵조영의 정성스런 조언을 받으며 열심히 노력한 끝에 어느 정도 시간이 흐른 뒤에는 비슷하게 흉내는 낼 수 있게 되었다.

"잘했어요. 이제 혼자 해도 되겠는데요?"

묵조영이 연잎 앞에 정확히 떨어진 바늘을 보며 말했다.

"정말요?"

하선고가 어느새 이마에 송골송골 맺힌 땀을 닦아내며 물었다.

"그, 그럼요."

묵조영은 옷소매 사이로 보이는 그녀의 새하얀 팔목을 보며 떨리는 마음을 주체하지 못해 황급히 시선을 돌리며 고개를 끄덕였다.

"잘됐네요. 이제 묵 공자님도 낚시를 하셔야지요. 우리, 누가 많이 잡는지 내기 한번 할까요?"

"내기요?"

"전 자신있어요."

하선고가 싱긋 웃으며 말했다.

귀를 쫑긋 세우고 있던 곡운이 재빨리 끼어들었다.

"물론 나도 자신있다."

"어련할까!"

또다시 방해를 받은 묵조영의 인상이 험악해졌다.

"그런데 무슨 내기를 할까요, 묵 공자님?"

"글쎄요. 하 소저께서 정하세요."

"호호, 자신있다는 말투네요. 음, 뭐로 할까?"

딱히 떠오르는 것이 없는지 고개를 갸웃거렸다.

그녀의 콧잔등에 살짝 주름이 잡혔다. 고민을 할 때 생기는 그녀만의 버릇. 그 모습이 또 그렇게 예쁠 수가 없었다.

"음, 그냥 원하는 것 하나 해주기로 해요."

"그럴까요?"

순간, 마치 자신이 이기기라도 한 듯 곡운이 고민스런 표정으로 말했다.

"저놈한테는 그다지 바랄 것도 없고… 우리 하 선녀에게 뭘 해달라고 해야 하나?"

"난 미리 얘기하마. 제발 그 입 좀 닥쳐라."

"그럴 기회는 없을 거다."

"좋아, 잘해봐라. 내 청출어람(靑出於藍)의 기회를 주지."

"니놈 시대는 이미 끝났어. 하 선녀도 잘하세요."

"예."

주먹을 불끈 쥐고 서둘러 자신의 자리로 돌아가는 곡운을 향해 하선고가 나름대로 결의에 찬 웃음을 지어 보이며 고개를 끄덕였다.

세 사람의 내기 낚시는 그렇게 시작되었다.

그리고 한 시진이 흘렀다.

"많이 잡았냐?"

좋은 자리를 찾는다며 처음 자리했던 곳에서 다시 한참을 떨어진 곳에 자리를 잡은 곡운에게 다가온 묵조영이 은근한 어조로 물었다.

"시끄러!"

대답이 까칠한 것이 조과(釣課:낚시로 고기를 낚은 성과)가 영 꽝인 모양이었다.

"어째 대답이 조금 그렇다?"

"이 빌어먹을 놈의 물고기들이 단체로 나들이를 떠난 모양이다. 어째 자잘한 입질 한번이 없을 수가 있냐?"

"곧 죽어도 실력이 없다는 소리는 안 하는구나."

"내 실력이 어때서? 이만하면 훌륭하지."

"잘났다. 차라리 미끼를 바꿔보지 그래? 지렁이라면 잘 잡힐지 또 아냐?"

"너나 많이 사용해라. 남자는 한 우물이야. 난 이것으로 승부를 보기로 했다."

바늘에 삶은 콩을 끼우는 곡운의 태도는 결연했다. 하지만 그걸 곧이곧대로 믿어줄 묵조영이 아니었다.

"쯧쯧, 그냥 지렁이가 무섭다고 해라. 사내놈이 되도 않는 변명은."

"흥, 그러는 네놈은 많이 잡았냐?"

"나? 뭐, 그냥저냥."

"젠장."

벌떡 일어난 곡운이 묵조영의 자리로 성큼성큼 걸어갔다. 그리곤 물에 담가놓은 살림망을 들어올렸다.

푸드드드득!

요란한 소리를 내며 요동치는 붕어들. 어림잡아도 십여 마리는 되어 보였다.

뒤따라온 묵조영이 그를 책망했다.

"어허, 낚시하는 곳에선 소란을 피우지 않는다. 그리고 허락도 받지 않고 살림망을 확인하지 않는다. 그게 가장 기본적인 예의라 그렇게 가르쳐 줬는데도."

"망할! 이걸 그새 잡은 거냐?"

"뭐, 그런 거지."

어깨를 살짝 치켜 올리는 묵조영의 얼굴에선 승자의 여유가 넘쳐흘렀다.

대꾸도 하기 싫다는 듯 고개를 돌린 곡운이 수면에 치솟은 찌를 뚫어져라 바라보고 있는 하선고에게 다가갔다.

"우리 하 선녀는 좀 어때요?"

"저도 아직이에요."

하선고가 시무룩한 표정으로 고개를 흔들었다.

"입질도 없어요?"

"그건 아니지만……."

입질은 꽤나 있었다. 문제는 그녀가 낚싯대를 잡아채는 챔질의 순간이 자꾸만 늦거나 빠르다는 것. 심지어 몇 마리는 끌려오는 도중에 도망친 경우도 있었다.

"묵 공자님이 얼마나 잘 낚는지 부러워 죽겠어요. 이제는 막 화도 나요."

하선고가 입술을 삐죽이며 말했다.

"어련할까요. 이놈이 원래 그래요. 사람 약 올리는 재주가 출중하다니까요."

"내가 뭘. 헛소리하지 말고 출출할 텐데 간식이나 먹고 하자. 하 소저도 이리 와 드세요."

힘없이 걸어온 둘에게 묵조영이 건넨 것은 간식으로 준비한 만두와 사과였다.

"이리 주세요. 제가 씻어올게요."

하선고가 사과를 받으며 말했다.

"아니요. 씻을 필요 없어요. 봐요."

팔 소매에 벅벅 사과를 문지른 묵조영이 한껏 베어 물었다. 하선고도 그가 하는 대로 옷에 사과를 문지르더니 한입 베어 물었다.

"맛있지요?"

"예."

"맛도 맛이지만 사과는 이렇게 먹어야 제 맛이거든요."

"호호, 그런 건가요?"

싱그럽게 웃는 그녀의 모습에 묵조영은 숨이 가빠지는 것을 느꼈다.

바로 그때였다.

"어라!"

이미 한입에 털어 넣고 씨를 툭툭 뱉던 곡운이 하선고가 드리워 놓은 낚싯대를 가리키며 벌떡 일어났다.

"어머!"

하선고도 벌떡 일어났다.

입질이 온 것이다.

그녀는 자신의 사과를 묵조영에게 맡기고 낚싯대를 향해 달려갔다.

얼떨결에 사과를 전해 받은 묵조영은 그녀가 베어 먹은 사과를 물끄러미 바라보았다. 가지런한 이빨 자국이 잘려 나간 사과의 단면에 고스란히 남아 있었다.

묵조영은 자신도 모르게 사과를 입에 가져갔다.

입이 사과에 막 닿으려는 순간, 그는 사악한 기운을 느끼며 흠칫한 표정으로 고개를 돌렸다.

곡운이 음흉한 미소를 지으며 쳐다보고 있었다.

"흐흐흐."

"내, 내가 뭘?"

묵조영은 자신도 모르게 뒷걸음질쳤다.

"누가 뭐래?"

"아, 아니."

"어이, 변.태. 내가 뭐라고 했냐고?"

"쓰, 쓸데없는 소릴 하고 있어. 누, 누구보고 변태라는 거야!"

약점을 잡힌 이상 대꾸해 봤자 좋을 것은 하나도 없었다. 묵조영은 황급히 몸을 돌려 하선고에게 달려갔다.

"뭐, 이걸로 내기는 끝난 것이나 다름없군. 그나저나 저 녀석, 정말 좋긴 좋은 모양일세."

장난스런 웃음을 흘린 곡운도 곧 하선고의 곁으로 다가갔다.

"잡았냐?"

"쉿!"

묵조영이 재빨리 그의 입을 막았다.

찌는 여전히 움직이고 있었다. 다만 그 움직임이 아주 미약했다. 좌우로 툭툭 치는 것 같기도 하고 위아래로 살짝살짝 움직이는 것 같기도 했다.

"탐색하는 겁니다. 머리가 나쁘기는 해도 조심성이 많거든요."

한껏 긴장된 표정으로 찌를 노려보는 하선고는 대답이 없었다.

"서두르지 마세요. 서두르면 놓쳐요. 낚시는 얼마나 잘 기다리느냐에 성패가 달려 있어요. 말 그대로 인내심의 싸움이지요. 조급하면 물고기에게 지는 겁니다."

그가 최대한 조용히 말을 하는 동안에도 찌의 움직임은 계속됐다. 조금 전보다 더욱 은밀했지만 움직임 자체는 보다 묵직했다. 그럴수록 낚싯대를 살짝 잡고 있는 하선고의 손이 움찔움찔했다.

"챌 때가 되지 않았냐?"

곡운이 물었다.

"아직 아니야. 지금 채면 열이면 열 놓치거나 잡았다 해도 바늘이 깊이 박히지 않아 끌어 올리다가 떨어뜨려. 조금 더 기다려야 한다."

"차라리 네가 하지 그래?"

"아니. 다른 것은 몰라도 낚싯대를 채는 순간만큼은 본인이 해야 돼. 언제 낚아채야 잡을 수 있고 놓치는 것인지는 누가 가르쳐서 되는 게 아니야. 그런 순간의 감만큼은 스스로 익혀야 하는 것이지."

하선고의 일이라면 물불을 가리지 않는 묵조영으로선 상당히 의외의 말이었으나 곡운은 고개를 끄덕였다. 그 역시 묵조영에게 낚시를 배운 터. 그것이 얼마나 중요한지 알고 있기 때문이었다.

'바로 지금.'

찌를 바라보던 묵조영의 눈이 반짝였다.

손가락 한 마디 정도를 수면 위로 내보이던 찌가 반 마디를 더 보였을 때다. 그는 자신도 모르게 주먹을 움켜쥐었다.

그의 마음이 전해지기라도 한 것일까?

하선고의 눈빛도 반짝였다. 동시에 그녀는 힘껏 낚싯대를 챘다.

핑!

날카로운 파공성이 들리고 물이 요란하게 요동쳤다. 하늘로 치켜세운 낚싯대는 부러질 듯 휘어졌다.

"걸렸구나!"

곡운이 환호성을 질렀다.

"차분해야 돼요. 무조건 힘으로 잡아당기면 안 돼요. 잘못하면 입이 찢어지거나 낚싯대가 부러져요. 부드럽게 놈을 제압해야 되요. 절대로 끌려가서도 안 돼요. 아까도 말했듯이 연잎이나 수초 사이를 파고들면 낚싯줄이 엉켜 끌어내기 힘들어요."

묵조영은 온몸을 휘청거리며 물고기와 씨름하는 하선고의 곁에서 계속해서 충고를 했다.

물고기는 좀처럼 모습을 드러내지 않았다. 어찌나 힘이 센지 한번 요동을 칠 때마다 날카로운 파공성과 물보라가 치솟았다.

"에이, 독한 놈!"

보다 못한 곡운이 하선고를 돕고자 나섰다. 말리려던 묵조영은 너무나 힘겨워하는 그녀의 모습에 뻗었던 손을 접고 말았다.

하선고의 노력에 곡운의 힘까지 더해지자 그토록 완강히 버티던 물고기도 지쳤는지 대항하는 기운이 눈에 띄게 약해졌다. 그리고 마침내 그 모습을 수면 위로 드러냈다.

"붕어다!"

"월척이네!"

곡운과 묵조영이 동시에 소리쳤다.

모습을 드러낸 붕어는 곧 뭍으로 끌어 올려졌다.

황금빛 비늘을 빛내며 입을 뻐끔거리는 붕어는 예상대로 월척이었다.

"와! 한 자는 가뿐히 넘겠다!"

곡운이 붕어의 몸에 손바닥을 대며 말했다.

"세상에! 이거 내가 잡은 것 맞지요?"

하선고가 언제 지쳤냐는 듯 어린아이처럼 폴짝폴짝 뛰며 즐거워했다.

"축하해요. 처음 물고기를 낚은 소감이 어때요?"

"너무 좋은데요. 재밌고요. 다 공자님 덕이에요."

"별말씀을."

"이거이거, 서운한걸. 함께 끌어 올린 건 접니다, 하 선녀."

곡운이 짐짓 화난 표정으로 말했다.

"그럼요. 곡운 도사님이 아니었으면 못 잡았을 거예요. 고마워요."

"하하, 뭐, 또 그렇게까지는……."

곡운이 거드름을 피웠다. 보다 못한 묵조영이 한 소리 했다.

"시작하자마자 월척이라니! 일 년이 넘도록 월척 한 마리 구경 못한 누구보다는 백배나 훌륭한 솜씬걸요."

그것이 누구를 가리키는 것인지는 뻔한 일. 하선고가 입을 가리며 웃자 곡운이 인상을 썼다.

"참, 하 선녀. 아까 먹던 사……."

곡운의 말은 다 이어지지 못했다. 기겁을 하고 달려온 묵조영이 황급히 입을 틀어막은 것이다. 이후, 그는 곡운이 입을 열 때마다 조마조마한 심정으로 지켜보아야만 했다. 낚시가 끝나고 독심거로 돌아오는 순간까지도.

하선고가 낚은 붕어는 그날 저녁상에 올랐다.

*　　　　*　　　　*

마흔두 번째 날.

요즘따라 그녀가 매우 우울해하는 것 같다.

그것이 과거의 기억, 그녀가 잃어버린 날들에 대한 고민 때문이라는 것을 알지만 내가 해줄 수 있는 것은 아무것도 없다. 그저 너무 힘들어하지 않기만을 빌 뿐.

마흔일곱 번째 날.

셋이서 낚시를 하고 왔다.

나날이 일취월장한 그녀의 실력에 곡운은 더 이상 적수가 아니었다. 게다가 이제는 잡는 것뿐만 아니라 놓아주는 기쁨도 알게 된 듯하다.

그녀의 기분이 다소 나아진 것 같다.

비로소 마음이 놓인다.

쉰여섯 번째 날.

처음, 아무것도 하지 못했던 그녀의 발전이 놀랍다. 이제 웬만한 음식은 나보다 더 잘한다. 할아버지도 내가 하는 음식보다 그녀가 해주는 음식을 더 좋아하신다. 문제라면 여전히 그릇을 잘 깨뜨린다는 것. 그것만큼은 변함이 없었다. 오늘만도 벌써 다섯 개였다. 나뭇잎을 그릇 대용으로 쓰지 않으려면 내일쯤 마을에 다녀와야 할 듯싶다.

아, 아직도 붕어찜만큼은 내 실력을 따라오지 못한다. 그녀가 곧 나의 실력을 넘어서겠다고 장담하고 있긴 하지만.

예순두 번째 날.

차를 마시며 그녀가 시를 읊어줬다.

이제는 거의 하루 일과가 되어버린 일이다.

그녀의 아름다운 음성을 들으며 차를 마시면 무릉도원이 부럽지 않았다.

예전엔 바로 읊었던 시도 잊곤 했는데 이제 그런 일은 없었다. 게다가 간간이 드러나는 그녀의 학식이 상당해 보인다.

공부라고는 어릴 적 했던 것이 전부인 나. 조금 부끄럽다.

지금이라도 공부를 해볼까?

예순일곱 번째 날.

그녀와 마을에 다녀왔다.

이것저것 필요한 물건도 사고 음식도 먹었다.

그녀는 극구 말렸지만 그녀를 위해 몇몇 장신구도 구입했다.

물건을 파는 아주머니가 어울리는 부부라고 했다.

가슴이 뛰었다.

그녀도 그다지 기분 나쁜 표정은 아니었다.

단골로 삼을 생각이다.

일흔두 번째 날.

마침내 천마호심공이 칠성을 넘어서 팔성으로 접어들었다. 예상보다 빠른 진도에 나는 물론이고 할아버지도 놀라는 눈치였다.

평소와 변한 것도 없고, 아니, 하 소저 때문에 본의 아니게 방해를 받았는데 성취는 더욱 빨라졌다. 어째서 그런 것일까?

연공을 하는 내내 그녀가 내 모습을 지켜봤다.

따뜻한 온기가 느껴졌다.

일흔세 번째 날.

팔성의 경지.

할아버지는 이제 겨우 천마호심공을 대성하는 데 중요한 한 고비를 넘긴 것이라 하셨다. 그리고 지금껏 익혀온 천마 조사님의 무공을 제대로 사용할 수 있는 최소한의 자격이자 능력이 생긴 것이라고.

천마 조사께서 항주에 있는 서호(西湖)에서 낚시를 하시다 창안하셨다는 무명(無名)의 무공. 과거엔 천마 조사님이 남긴 글귀를 가지고 그것이 무공인지, 아니면 단순히 낚시를 잘하기 위한 방법인지에 대해 할아버지와 나는 상당한 의견 충돌을 빚었었다.

예를 들면 이런 식이었다.

'낚싯대를 적절히 앞뒤로 휘둘러서 마지막 순간에 최고의 힘을 가해 원하는 곳까지 낚싯줄을 쏘아낸다. 하나 늘 원하는 대로 할 수 없고, 때때로 흔들릴 수가 있으니 그것은 바로 마음이 흔들리기 때문이다. 마음이 흔들리고 정신이 흔들리게 되면 그것을 행하는 몸까지 흔들리게 되고, 낚싯줄은 자연적으로 엉뚱한 곳으로 향하거나 때로는 뒤엉키는 일까지 발생한다. 그럴 때면 호흡을 가다듬고 차분한 눈으로 자신을 돌아본다. 딴생각을 하고 있지는 않은지, 마음이 불안한지, 아니면 아무런 의미도 없이 반복적인 행위를 하고 있지는 않은지.'

천마조에 새겨진 여러 글귀 중 하나. 할아버지는 심오한 무공의 원리를 풀어놓은 것이라 말씀하시지만 솔직히 나는 그것을 무공으로 인정하기 싫었다.

어디를 봐서 무공의 원리란 말인가?

분명 어떻게 해야 낚싯줄을 제대로 드리우느냐 하는 것에 대한 방식을 전한 구결이었다. 하지만 할아버지는 그 글귀야말로 무인에게 가장 필요한 부동심(不動心)을 일깨우는 것이라 해석을 하시곤 그것이 어째서 중요한 것인지 일장 연설을 했다.

이런 글귀도 있었다.

'낚시란, 단순히 고기를 낚는 것이 아니라 그것을 통해 물고기를 만나고, 물을 만나고, 수초와 바위를 만나고, 대자연을 만나는 것이다. 나아가 내면의 나와 만나는 것이니 그저 한순간의 유희라고 할 수 없는 것이리라.'

이 글귀를 보며 나는 진정한 낚시꾼이 지녀야 하는 자세라고 여겼으나 할아버지의 해석은 비슷하면서도 어딘가 달랐다.

자연과 나를 하나로 여기니 무위자연(無爲自然)이요, 물아일체(物我一體)라 하시며 자연과 하나가 되고 내면의 자신을 찾았으니 막힐 것이 무엇이고 두려울 것이 무엇이겠냐며 감탄에 감탄을 거듭하셨다.

천마조에 적힌 글귀들은 대부분이 그랬다.

낚시를 잘하기 위한 방법부터 딱히 눈에 보이지 않는, 소위 말해 뜬구름 잡는 식의 현학적인 말들이 전부였다.

당시에는 그 글귀가 무엇을 말하는지 제대로 이해하지 못했다. 나이 열셋. 뭔가를 알기엔 많이 부족한 나이가 아니겠는가? 하지만 시간이 가고 나름대로 무공에 대한 식견이 늘어가면서부터 그 글귀야말로 천마 조사님께서 평생 동안 익히시고 깨달으신 심득(心得)이라는 것을 알게 되었다.

하지만 그 무엇보다 중요한 것은 천마 조사님께서 남긴 무공에 그녀가 이름을 붙여주었다는 것.

천마무(天魔舞).

천 년 만에 생긴 이름이었다.

여든 번째 날.

그녀가 심한 감기에 걸렸다. 한데 몸은 내가 더 아픈 것 같다. 할아버지는 며칠 앓고 나면 괜찮을 것이라 하셨지만 참지 못한 나는 마을로 내려가 약을 지어왔다.

함께 다녀왔던 곡운이 사랑의 힘이 대단하니 어쩌니 하며 자꾸만 놀려대는 통에 귀가 따가울 정도였다.

그런데 사랑?

낯선 단어였다.

여든한 번째 날.

약을 달이고 아픈 그녀를 간호하는 내내 곡운의 말이 마음에 걸렸다.

사랑의 힘.

곡운은 내가 그녀를 사랑한다고 말했다.

과연 그런 것일까?

약을 먹어도 별다른 차도가 없다. 차라리 대신 아프기라도 했으면.

여든아홉 번째 날.

자리를 털고 일어난 그녀는 예전보다 더욱 힘찬 모습이었다.
그리고 문득문득 과거의 일이 떠오른다고 하며 기뻐했다.

잘됐다고 함께 좋아했지만 그것이 정말 기뻐해야 하는 것인
지는 나도 모르겠다.

왠지 두렵다.

아흔세 번째 날.

그녀가 웃는 모습에 행복감을 느끼고, 그녀의 시선, 손짓, 사
소하게 건네는 말 한마디에 가슴이 떨린다.

이것이 사랑이라는 감정일까?

그것이 사랑이라면,

난 그녀를 사랑하는 것 같다.

아흔다섯 번째 날.

그녀가 좋다.

그녀를 잃고 싶지 않다.

오늘 처음, 그녀의 방문 밖에서 사랑한다고 말해 버렸다.

그녀가 들을 수 없는 작은 목소리였지만.

아흔일곱 번째 날.

그녀가 내가 모르는 무슨 일을 하는 듯했다.

방문을 걸어 잠그고 열어주지 않아 뭔지는 알지 못했지만 나와 관련된 일이라는 것은 직감적으로 알 수 있었다.

자꾸만 웃으시는 것을 보면 할아버지는 알고 계시는 것이 분명했다.

그게 뭔지 궁금하다.

오늘도 그녀가 읊는 시를 들으며 방문 앞을 서성거렸다.

아흔아홉 번째 날.

오늘도 그녀의 방문 앞을 한참 동안이나 서성거렸다.

오늘로서 오 일째다.

용기가 없는 것일까, 아니면 그녀의 기억이 돌아온 이후를 두려워하는 것일까?

몇 번이고 방문을 열려고 했지만 그러지 못했다.

이런 내가 정말 싫다.

또다시 사랑한다고 말했다.

역시 듣지는 못하겠지만.

내일이다.

내일은 반드시…….

백 일째날.

이른 아침, 지난봄에 빚은 매화주(梅花酒)의 힘을 빌려 그녀의 방문을 두드렸다.

그녀는 차분한 웃음으로 맞아주었다.

나는 어머니가 물려주신 비취빛 목걸이를 내밀며 다짜고짜 그녀를 사랑한다고, 영원히 함께하고 싶다고 소리쳤다.

잠시 동안 나를 응시하던 그녀의 입술이 살짝 움직였을 때, 그 잠깐의 시간이 마치 억만 년같이 길게 느껴졌다.

"바보, 이렇게 무식하게 청혼하는 법이 어디 있어요? 그리고 이리 목청이 큰데 그때는 어째서 모깃소리보다 작았나요? 다음부터는 조금 크게 말해요. 귀를 기울이지 않았다면 하나도 안 들릴 뻔했어요."

그녀가 내게 한 대답이었다.

그리곤 목걸이를 목에 걸고 가만히 다가와 나를 안더니 부드럽게 입맞춤을 해주었다.

촉촉이 젖은 그녀의 입술이 내 입술에 닿는 순간 전신에서 힘이 빠져나갔다.

텅 빈 머릿속에선 천둥 번개가 치고 세상 모든 것들이 환희가 되어 가슴으로 밀려들었다.

"사랑해요."

입술을 뗀 그녀가 조용히 속삭였다.

"사랑합니다! 당신만을 영원히!"

나의 외침에 수줍은 미소를 지은 그녀가 더욱 깊숙이 내 품을 파고들었다.

그러나,

정녕 원수 같은 방해꾼은 때와 장소를 가리지 않았다.

"놀고 있네."

곡운의 음성이었다.

화들짝 놀란 그녀가 얼굴을 붉히며 물러나고 나는 세상에서 가장 중요하고 소중한 시간을 한순간에 빼앗긴 분을 풀기 위해 밖으로 뛰쳐나갔다.

그 이후엔 기억이 없다.

히죽거리며 서 있는 곡운의 면상을 본 것도 같은데 갑작스레 올라온 취기 때문에 정신을 잃고 만 것이다.

중요한 것은 그녀에게 사랑을 고백했고 원하던 사랑을 얻었다는 것.

지금 이 순간도 한줄기 불안한 마음이 스쳐 지나갔지만 걱정은 없다.

오늘 아침, 그녀와 나는 영원한 사랑을 약속했다.

백 하고 하루가 지난 날.

그녀가… 사라졌다.

제8장

바람 한 점 없는 어느 오전

이른 아침, 을파소와 묵조영이 마주 앉았다.

분위기가 착 가라앉은 것이 평소의 모습이 아니었다.

숨 막힐 듯한 침묵이 한참이나 이어지고 말없이 묵조영을 응시하던 을파소가 마침내 침묵을 깨고 물었다.

"가려느냐?"

"예."

묵조영이 조용히 대답했다.

"쉽지는 않을 게야."

"각오하고 있습니다."

"찾는다는 보장도 없고 또 찾는다 하더라도 너를 기억하고 있을는지……."

"……."

묵조영이 가장 걱정하는 것이 바로 그것이다.

나물을 캐러 간다던 하선고가 사라진 지 벌써 열흘이다.

그녀가 사라진 직후 묵조영은 그녀를 찾아 무이산을 이 잡 듯이 뒤졌다. 우거진 숲은 물론이고 무이산에 산재한 수많은 동굴, 골짜기 등을 미친 듯이 헤매고 다녔다.

을파소와 곡운 또한 그를 도와 밤낮을 가리지 않고 주변을 훑었다. 하지만 그들이 찾은 것은 천유봉 산자락에서 찾아낸 그녀의 신발 한 짝이 전부였다. 그렇다고 짐승에게 해를 당하 거나 누군가에게 납치를 당한 흔적은 아니었다.

결론은 그녀가 기억을 찾았고, 무이산을 떠났다는 것. 문제 는 과거의 기억을 찾으면서 독심거에서 지낸 그간의 기억을 잊었을 가능성이 높다는 것이다.

"그래도… 찾아야 돼요."

"그래, 그래야겠지. 하면 방법은 생각해 보았느냐? 아무런 생각도 없이 무작정 찾기엔 중원은 너무도 넓다. 게다가 우린 그 아이의 정확한 나이나 이름도 모른다."

"우선 의천맹에 찾아가 볼 생각입니다."

생각해 둔 바가 있는 묵조영이 곧바로 대답했다.

"의천맹?"

"예. 그녀를 쫓던 사내들이 의천맹을 언급했으니 분명 관련이 있을 것입니다."

"음."

을파소가 입을 다물었다. 이마에 주름살이 깊게 패는 것이 묵조영의 방법이 그다지 마음에 들지 않는 모양이었다.

"그 아이가 의천맹과 관련이 있는 것은 틀림없어 보이나 의천맹에 속하지는 않았을 것이다."

"예?"

"의천맹에 속한 무인들은 자신들의 무기에 '의(義)'라고 새긴 수실을 달아놓는다. 그들 스스로의 자존심이자 자부심이지. 그 아이의 검에는 그것이 없더구나."

"그래도……."

"그래, 그럼에도 가장 가능성이 높겠지. 하지만 조심을 할 것이 하나 더 있다."

"무엇인데요?"

"네가 익힌 무공이 마교의 무공이라는 것. 만약 그것이 노출된다면 그들은 결코 좌시하지 않을 것이야."

"무공을 쓰지 않으면 되잖아요."

순간, 을파소의 입가에 씁쓸한 미소가 흘렀다. 아무리 산에서만 살았다지만 순진해도 너무 순진하다고 생각한 것이다.

"네가 그 아이를 만나던 날, 낚시를 하러 천상연에 갈 때만 해도 무공을 사용하게 되고 그 아이를 구할 줄은 네 스스로도 몰랐을 것이다. 그렇듯 사람의 일이란 촌각 앞도 장담할 수 없는 것. 네가 아무리 조심한다 해도 피치 못할 일이 생길 수도 있는 법이다. 그리고 본의 아니게 네 무공이 드러나는 순간, 그 아이를 찾기도 전에 너는 곧바로 그들의 표적이 된다. 어쩌면……."

잠시 말을 끊고 묵조영을 살피는 을파소의 표정이 더없이 착잡해졌다.

"그야말로 최악의 경우, 절대로 있어서는 안 되는 일이겠지만… 어쩌면 그 아이가 너를 죽이려 할지도 모른다. 네가 마교의 무공을 익힌 것이 들통나는 날에는."

"서, 설마 그럴 리가요!"

"섣부른 기대는 하지 않는 것이 좋아. 불행한 일이나 그녀가 이곳의 일을 기억하지 못한다면 필연일 수밖에 없다. 그들에게 마교는 반드시 처단해야 할 첫 번째 공적이니까. 게다가 요즘 분위기도 심상치 않은 것 같고."

그제야 자신의 생각만큼 일이 간단하지 않다는 것을 깨달은 묵조영의 얼굴이 딱딱하게 굳어졌다.

"그래도 가야 한다면 말리지는 않겠다."

"……."

그녀를 찾을 수만 있다면 위험을 무릅쓰고서라도 가고 싶었고 당연히 가야만 했다. 하지만 을파소가 언급한 최악의 경우가 마음에 걸렸다.

"가려느냐?"

"……."

묵조영은 쉽게 대답하지 못했다.

을파소도 대답을 종용하지는 않았다. 그저 조용히 그의 결심을 기다렸다.

묵조영이 입을 열기까지는 거의 일각이란 시간이 걸렸다.

"아무리 생각을 해봐도 방법이 없을 것 같아요."

"하면?"

"예, 할아버지 말씀대로 위험이 많겠지만 그래도 그곳만큼 그녀의 흔적을 찾을 가능성이 있는 곳이 없어요."

"최악의 경우엔……."

"아직 벌어지지도 않은 일 때문에 그녀를 포기할 생각은 없어요. 그건 그냥 하늘에 맡기는 수밖에요."

"결심을 굳힌 것이냐?"

"예."

"알았다. 네가 결정을 했다면 그리하는 것이지."

을파소는 생각 외로 쉽게 허락했다.

"잠시 기다려라."

자리에서 일어난 을파소는 하선고가 거처하던 방으로 가서 보자기 하나를 가져왔다.

"이것을 이런 상황에서 주게 될 줄은 몰랐다."

"무엇인데요?"

"풀어보아라."

보자기를 건네받은 묵조영은 을파소가 시키는 대로 보자기를 풀었다.

보자기 안에는 가지런히 접힌 전포 하나가 있었다.

"이건⋯⋯."

"그게 바로 군림전포다."

마도십병 중 서열 구위 군림전포. 오직 교주에게만 전해지는 보물이었다.

묵조영은 다소 얼떨떨한 표정으로 군림전포를 받아 들었다.

천마 조사와 평생을 함께했다는 군림전포는 먹물보다 더 짙은 묵빛이었다.

오랜 세월을 말해주듯 전포 자락 끝이 약간 해진 곳도 있었지만 낡아 보이기보다는 오히려 더 고풍스러웠다. 더구나 웬만한 장삼보다 더 커 보이는 전포였으나 무게가 거의 느껴지지 않았다.

"그것의 재질이 무엇인지는 아무도 모른다. 하지만 피풍(避風), 피수(避水), 피화(避火)에 탁월한 효능이 있는 것은 물론이고 어지간한 충격 정도는 스스로 흡수해 버린다. 도검에도 잘 뚫리지 않는, 그야말로 최고의 전포라고 할 수 있지. 둘러보거라."

묵조영은 전포를 몸에 둘렀다. 앞쪽으로는 가슴을 덮었고 뒤로는 그 길이가 발목까지 이르렀다.

"이것은 무엇인가요?"

이리저리 둘러보던 묵조영이 전포 끝 자락에 새겨져 있는 시 한 수를 가리키며 말했다.

"그 아이가 너를 위해 준비한 것이다."

"그… 녀가요?"

"그래. 내가 너에게 군림전포를 주려는 것을 알고는 청하기에 그리하라고 허락했다. 수를 놓느라 꽤나 힘들었을 게야. 워낙 질긴 물건이라."

묵조영은 떨리는 손으로 전포 자락을 들었다.

익숙한 시가 눈에 들어왔다.

군가양반아(君歌楊叛兒)
―당신은 '양반아'를 노래하세요.

첩권신풍주(妾勸新豊酒)
―나는 '신풍의 술'을 따르겠어요.

하허최관인(何許最關人)
―무엇이 마음에 걸리냐고요?

오제백문류(烏啼白門柳)

—그야 '백문' 밖 한 그루 버들이지요.

오제은양화(烏啼隱楊花)
—까마귀가 울어 버들 꽃에 숨으면,

군취유첩가(君醉留妾家)
—당신은 취한 김에 제 집에서 주무세요.

박산로중침향화(博山爐中沈香火)
—향로 속에서 침향은 피어올라,

쌍연일기능자하(雙煙一氣凌紫霞)
—두 연기 하나 되어 하늘까지 이를 것이에요.

지난날, 그녀가 묵조영의 앞에서 처음 읊고는 기억을 못했
던, 그러나 다시 기억을 한 이후엔 틈만 나면 읊어주던 이백(李
白)의 '양반아(楊叛兒)' 라는 시였다.

수는 그다지 정교하지도 아름답지도 않았다. 그래도 묵조
영을 감동시키기엔 충분했다.

'하 소저……'

코끝이 아려왔다.

그의 눈으로 글 옆에 작게 얼룩진 핏자국이 들어왔다.

수를 놓다가 바늘에 찔린 흔적이리라.

그녀의 사랑을 뼛속 깊이 느껴가며 시를 읽던 묵조영은 마지막 구절에서 결국 눈물을 흘리고 말았다.

전포에 얼굴을 묻고 한참 동안 격렬히 눈물을 흘리던 묵조영은 어깨를 다독이는 을파소의 손길을 느끼며 고개를 들었다.

"너무 아파하지 말거라. 잘될 것이야."

묵조영은 슬픈 미소를 지으며 고개를 끄덕였다.

그가 마음을 수습하기를 기다린 을파소가 조그만 물건을 하나 더 꺼냈다.

"그리고 이것도 받거라."

을파소가 건넨 것은 묵옥(墨玉)으로 만든 조그만 팔찌였다. 별다른 장식도 없었고 딱히 무늬도 새겨져 있지 않은, 보기엔 그냥 평범한 팔찌였다.

"이것이 바로 마도십병의 마지막 자리를 차지하고 있는 성소지환이다."

"성소지환이라면… 반지 아니었나요?"

그럴 줄 알았다는 듯 고개를 끄덕인 을파소가 묵조영의 손목에 팔찌를 끼워주며 말했다.

"오직 마교의 교주에게만 전해지는 것이다 보니 성소지환의 정체를 제대로 아는 사람은 거의 없다. 너처럼 다들 반지인 줄 알고 있지."

"이게 무기가 되나요?"

묵조영이 일부러 맞춘 것처럼 꼭 들어맞는 팔찌를 만지작거리며 물었다.

"뭐, 꼭 쓴다면 암기 정도로는 쓸 수 있지 않을까 싶다만."

사실상 무기로선 아무런 가치도 없다는 말이 아닌가.

"한데 어째서 마도십병에 자리를 차지하고 있나요? 이보다 무시무시한 무기들도 많을 텐데."

"글쎄… 그만한 가치가 있기 때문이겠지."

묵조영이 답답한 표정을 지었다.

"말하자면 사연이 길다. 들어보겠느냐?"

"예."

을파소는 긴 탄식을 세 번이나 하였다. 그리곤 무거운 어조로 입을 열었다.

"성소지환이 마도십병의 하나로 인정받기 시작한 것은 그다지 오래되지 않았다. 이백 년 전, 성녀가 살해당한 이후부터니까."

묵조영은 그 즉시 을파소가 하려던 말이 이백 년 전 벌어졌던 제이차 마정대전과 관련이 있음을 직감했다.

"성녀가 살해당한 이후 마정대전이 벌어진 것은 내 말했을 것이다."

"예."

"지리한 싸움이 끝난 이후 마교 자체에서도 반성의 목소리가 높았다. 결국 성녀가 살해당하게 된 것에는 그들의 자중지란도 큰 이유가 됐으니까. 특히 성녀의 호위를 담당하던 호위장 마상(馬霜)의 자책은 상상 이상이었다. 마정대전 동안 그 누구보다도 열심히 싸웠던 그는 결국 싸움이 끝난 후 스스로 실혼인(失魂人)이 되는 선택을 하고 말았다."

"실혼인이요?"

묵조영이 깜짝 놀라 되물었다.

"그래, 실혼인. 죽은 시신을 가지고 인위적으로 만든 강시와는 달리 살아 있는 강시라 할 수 있다."

"세, 세상에……."

묵조영은 난생처음 듣는 괴사에 침을 꿀꺽 삼키고 말았다.

"성녀를 지키지 못했다는 자책감에 실혼인이 된 그는 성녀가 차고 있던 팔찌에 맹목적인 충성을 보였다. 어찌 되었을 것 같으냐?"

을파소는 대답을 듣지도 않고 곧바로 말을 이었다.

"살아생전에도 장로들 이상의 실력을 지녔던 그이다. 당연히 팔찌는 마교의 교주에게 전해졌고."

"또 다른 성녀는 없었나요?"

"그녀의 죽음으로 대가 끊겼다."

"그렇군요."

"이후, 팔찌의 주인에게 맹목적인 충성을 하는 마상은 결국 교주를 지키는 수호신이 된 것이다."

"그런데 어째서……."

묵조영은 차마 묻지 못하고 말끝을 흐렸다. 하나, 듣지 않아도 묻고 싶은 말은 뻔했다. 그런 인물이 보호를 하는데 어째서 제자들에 쫓겨났느냐는 것.

을파소가 씁쓸하게 말했다.

"일 년에 단 한 번 마상이 교주의 곁을 떠날 때가 있다. 바로 성녀가 살해당한 날. 그날이면 마상은 성녀의 사당에서 하루를 보낸다."

"혼을 잃었다면서요?"

어이가 없는 듯한 말투였다.

"그러니까 무서운 것이다. 어쩌면 본능적으로 움직이는 것이겠지만, 아니, 그조차 말이 되지 않는구나. 아무튼 살아도 산 것이 아닌 그가 어떻게 성녀가 살해당한 날을 정확하게 기억하고 그녀를 기리기 위해 사당을 찾는지 아무도 모른다. 다만 확실한 것은 그것이 근 이백 년 동안 단 한 번도 빠지지 않고 매년 일어난 일이라는 것이다. 그리고 제자 놈들이 바로 그때를 노린 것이고."

"그렇군요."

어찌 생각해 보면 참으로 가슴 아픈 일이 아닐 수 없었다.

인간으로서 자연의 법칙을 거슬러 아무런 의식도 없이 살아간다면 그보다 비참한 일이 어디 있겠는가?

'참으로 불쌍한 인생이 아닐 수 없구나.'

묵조영은 마상이라는 사내가 그렇게 안쓰러울 수가 없었다.

"성소지환은 바로 마상을 움직일 수 있는 유일한 물건. 그이유 하나만으로도 마도십병의 자격이 있다. 하지만 그것만이 전부는 아니다."

"예? 그럼 다른 이유도 있나요?"

"그건 내가 말할 성질의 것이 아니구나."

묵조영의 물음에 을파소는 의미심장한 웃음을 흘리며 고개를 흔들었다. 궁금하기는 했지만 묵조영도 더 이상 묻지는 않았다. 말을 하지 않는다면 거기엔 분명 그만한 이유가 있을 테니까.

"그런데 제가 이것들을 가져도 되나요? 모두 교주만이 가질 수 있는 물건이라고 하셨잖아요."

묵조영이 팔찌를 풀고 군림전포를 만지작거리며 말했다.

"가장 큰 보물인 천마조도 꿀꺽한 녀석이 그까짓 것 가지고 그러느냐? 약속했듯이 마교를 책임지라는 말은 하지 않을 테니 걱정하지 말고 가지고 가거라. 틀림없이 도움이 될 게야."

그러잖아도 하선고의 마음이 담긴 군림전포를 벗기 싫었던 묵조영은 말이 끝나기가 무섭게 잠시 풀었던 전포를 곧바로 착용했다.

"이것은 그렇다 쳐도 팔찌는……."

"지금 당장 말하긴 그렇다만 성소지환을 네게 준 이유가 있다. 그러니 아무 말 말고 가지고 가거라."

"알겠습니다."

머뭇거리던 묵조영이 팔찌를 손목에 끼는 것을 조용히 지켜보던 을파소가 진중한 목소리로 입을 열었다.

"마지막으로 당부 한 가지만 하마."

묵조영은 공손히 자세를 바로잡으며 을파소의 말을 기다렸다.

"너의 천마호심공이 이제 막 팔성에 접어들었다. 그것이 무엇을 의미하는지 아느냐?"

"모르겠습니다."

"당시에 나를 배반했던 제자들의 성취가 그 정도였다. 장로들도 거의 구성에 머물렀고 십성에 이른 사람은 나를 비롯하여 극소수였다."

묵조영은 자신이 이룬 성취가 설마 그 정도일 줄은 몰랐는지 꽤나 놀라는 눈치였다.

"너는 아직 제대로 사용해 보지 않았기에 모르겠지만 천마호심공은 팔성을 넘어가야 비로소 진정한 위력이 나타난다. 팔성을 기준으로 그 이하와 이상의 차이는 하늘과 땅만큼이나 크다. 간단히 말해 육성과 칠성의 천마호심공으로 검기를 뿌릴 수 있다면 팔성 이상이 되면 검강(劍罡)을 뿜어낼 수 있다."

"거, 검강이요?"

검강이라니?

검을 쥔 자라면 누구라도 꿈에 그리는 경지가 바로 검강이 아니던가. 가히 기겁을 할 일이었다.

"그렇게 놀랄 것 없다. 그렇다고 자유자재로 사용할 수 있다는 말은 아니니까. 다만 흉내를 낼 수 있다는 말이다. 하지만 십이성 대성을 이룬다면 검강이 문제가 아니다. 검의 극의(極意)라 할 수 있는 무형검(無形劍)도 능히 이룰 수 있을 것이다."

"저는 검을 익히지 않았는데요."

"물론 네가 검을 익힌 것은 아니다. 하나, 천마 조사께서 천마호심공의 마지막 구결을 천마조에 남기신 것을 보면 그것과 함께 남기신 무공……."

"천마무입니다."

천마무를 언급하는 묵조영의 표정이 살짝 어두워졌다. 그 이름을 붙여준 하선고를 생각하는 것이리라.

"그래, 천마무. 아마도 그것의 진정한 위력을 보려면 천마호심공을 대성해야만 가능하다는 의미도 될 것이다. 그리고 생사평에서 최후로 펼치셨다던 전설의 무공 역시."

"전설의 무공이라니요?"

"그것이 무엇인지는 나도 모른다. 그것에 대한 언급은 마교가 아닌 오히려 정파 쪽에서 흘러나왔으니까."

"정파요?"

더욱 이해가 가지 않았다. 어찌하여 천마 조사의 무공이 마교가 아닌 적대 관계에 있는 정파에서 흘러나올 수가 있단 말인가?

"생사평에서 살아남은 유일한 생존자가 당시의 싸움을 전하며 남긴 말이라 하니 신빙성이 있을 게다. 그것이 무엇인지는 천마 조사님의 무공을 이어받은 네가 알아내야 할 것이야."

"노력해 보겠습니다."

"그래, 너라면 가능할 것이다. 말이 조금 빗나갔구나. 어쨌든 당부하고 싶은 것은 천마호심공이 팔성에 이르렀음에도 네 몸속에 잠재해 있는 세 가지 기운을 완전히 제어할 수 없다는 것이다. 모르지는 않겠지?"

"예."

지난번 마교도와의 싸움에서 그가 사용한 내공은 고작 오성이었다. 싸움 도중 잠시 잠깐, 그리고 곡운을 치료하기 위해 칠성의 천마호심공을 운용하기는 했으나 그는 꿈틀대기 시작하는 기운 때문에 긴장하지 않았던가.

"천마호심공으로 인해 많은 기운이 흡수되고 그만큼 약해지기는 했으나 아직은 어림도 없다. 어쩌면 평생 흡수해도 힘들 만큼 하나같이 강한 기운들이야. 애당초 불가능할 수도 있고. 그래도 가능성이 있는 것은 천마호심공뿐. 아무리 힘들고 지친다 하더라도 연공을 중단해서는 안 된다."

"알고 있습니다."

"부득이한 경우 무공을 쓴다고 해도 절대로 폭주해서는 안된다. 스스로 감당할 수 있을 정도의 무공만 사용해야 한다."

그것이 얼마나 힘든 것인지는 당부를 하고 있는 을파소 본인도 잘 알고 있었다.

사소한 일이 천하를 뒤흔들 수 있고, 천하를 진동시키는 일도 사소한 일이 될 수 있는 곳이 바로 무림. 아무리 조심을 한다고 해도 모든 일이 원하는 방향으로 흐를 수는 없는 것이다.

그럼에도 그런 당부를 하는 것은 묵조영에 대한 걱정, 그리고 사랑 때문이었다.

"걱정하지 마세요. 충분히 조심하고 또 조심할 테니까요."

"그래, 너라면 잘할 것이다. 암, 잘하고말고."

"……."

"내가 하고 싶은 말은 다 끝났다. 이제 떠나거라."

을파소의 목소리가 살짝 떨렸다.

"다녀… 오겠습니다."

"그래, 꼭 찾도록 하고."

"예. 할아버지도 건강하세요."

"오냐."

그렇게 서로를 위로하며 한참이나 마주 보던 그들은 묵조영이 고개를 푹 숙이고 방문을 나서면서 끝이 났다.

을파소는 먼 길을 떠나는 묵조영을 배웅하기 위해 방문을 나서지는 않았다. 그러나 묵조영은 자신의 등 뒤로 쏟아지는 따뜻하고 자상하며 한껏 염려가 담긴 시선을 느끼면서 한발 한발 걸음을 내디뎠다.

'다녀오겠습니다. 그때까지 부디 건강하세요.'

묵조영의 눈에서 한줄기 눈물이 흘러내렸다.

"가는 거냐?"

묵조영이 묵묵히 고개를 끄덕였다.

"결국 그렇게 되는구나."

곡운이 애꿎은 돌멩이를 걷어차며 말했다.

"어디로 갈 생각인데?"

"일단 의천맹으로 갈 생각이다."

"의천맹? 아, 맞다. 하 선녀가 그쪽과 연관이 있었지?"

"확실한 것은 아니야. 그래도 가능성이 가장 높으니까."

"그래, 어떻게든 찾아야지."

"할아버지를 잘 부탁한다."

"걱정하지 마라. 매일은 아니더라도 자주 찾아뵐 테니까. 좋아하실지는 장담하지 못하겠지만."

묵조영이 씨익 웃는 곡운의 어깨를 꽉 움켜잡았다.

"믿는다."

"할아버지는 걱정 말고 너나 몸조심해."

"알았다."

"아, 그리고 이거 가져가라."

곡운이 막 몸을 돌리려는 묵조영에게 조그만 주머니 하나를 내밀었다.

"뭔데?"

얼떨결에 주머니를 받은 묵조영이 물었다.

"은자. 의천맹인가 하는 곳에 가려면 필요할 거다."

"나도 있어."

"니가 있어봤자 얼마나 있다고. 이것도 얼마 되지는 않으니까 아무 소리 하지 말고 가져가."

얼마 안 되는 돈이 이렇게 묵직할 리 없다.

"이렇게 많이? 네가 무슨 돈이 있다고?"

"하하하, 무이궁의 돈이 곧 내 돈 아니냐? 걱정하지 마라. 순박한 신도들에게 얼마나 긁어모았는지 남는 것은 돈밖에 없다."

그럴 리가 없었다.

무이궁이 가난한 사람들을 위해 그동안 어떠한 노력과 시간, 돈을 쏟아 붓고 있는지 잘 알고 있는 묵조영은 곡운의 말이 거짓이라는 것을 너무나 잘 알았다.

"이건 또 뭐야?"

주머니 안에 또 다른 주머니가 들어 있었다.

"아, 그거? 복익분(伏翼糞:박쥐 똥)으로 만든 환약이란다. 뭐라더라? 아, 그래. 금편복(金蝙蝠)인가 뭔가 하는 놈의 똥으로 만들었다지, 아마?"

"귀한 거 아니야?"

"그건 그래. 사실 비싸게 파는 모양이야. 귀하면 좀 어때? 쯧쯧, 명색이 도사라는 사람들이 이상한 약이나 만들어 장사하고 말이야. 그래서 내가 몇 개 가지고 왔다."

그것 역시 사실은 아니었다.

몇 가지 약초를 만들어 팔기는 하되 그것은 돈이 썩어날 정도로 많은 부자들에게만 한정된 것이었다. 그리고 그 돈의 대부분은 가난한 사람들을 위해 사용됐다.

묵조영이 쉽게 받아 들지 못하고 머뭇거리자 곡운이 그의 어깨를 잡으며 말했다.

"따지지 말고 그냥 가지고 가라. 부탁이다."

"너……."

묵조영은 말을 잇지 못했다.

"배웅은 여기서 끝내련다. 어서 가라."

"그래… 잘 있어."

곡운과 뜨거운 눈빛을 교환한 묵조영이 몸을 돌렸다.

'무사히 돌아와라. 하 선녀와 함께.'

곡운은 한껏 아쉬운 눈빛으로 세상을 향해 발걸음을 내딛는 묵조영을 응원했다.

묵조영의 신형이 사라지는 순간, 곡운은 손을 들어 눈가를
훔쳤다.

"젠장, 무슨 놈의 먼지가 이리 날려."

바람 한 점 없는 어느 오전의 일이었다.

제9장

아는 것이 무엇인가?

무이산을 떠난 묵조영은 꼬박 닷새를 걸어 무창(武昌)에 위치한 의천맹 총단에 도착할 수 있었다.

처음 무창에 발을 내디딘 그는 무척이나 지쳐 있었다. 하루라도 빨리 하선고를 찾아야겠다는 마음에 적어도 보름은 걸리는 거리를 밤낮을 가리지 않는 강행군으로 달려온 때문이었다.

묵조영은 우선 의천맹에서 가장 가까운 곳에 위치한 무상객점(無想客店)에 여장을 풀었다.

그는 방이 없다고 딱 잡아떼는 점소이에게 웃돈을 얹어주고 무상객점에서 가장 높은 곳, 그리고 의천맹의 정문을 정면으로 살필 수 있는 방을 얻었다.

그날부터는 매일매일이 똑같은 날의 반복이었다.

묵조영은 하루 종일 앉아 의천맹의 정문을 드나드는 사람들을 살폈다. 아니, 정확하게 말하자면 그들 중 여인을, 또 그 여인들 중에서 하선고를 찾고 있는 것이었다.

그는 단 한시도 창문에서 떨어지지 않았다. 밥도 창가에서 먹었고 잠도 창가에서 잤다. 어쩔 수 없는 생리 현상을 해결할 때를 제외하고는 의천맹의 정문에서 시선을 떼지 않은 것이다. 하지만 하루, 이틀이 가고, 열흘이 지나도 그가 찾는 하선고의 모습은 보이지 않았다. 간혹 비슷한 여인을 하선고로 착각하여 미친 듯이 흥분하기는 했으나 결론은 똑같았다.

그렇게 다시 열흘이 흐르고 몸과 마음이 모두 지쳐 갈 때쯤 묵조영은 점소이로부터 무창에 조서당(鳥鼠黨)이라는 정보를 사고파는 단체가 존재한다는 것을 전해 들었다. 비록 개방(丐幫)이나 하오문(下汚門) 정도는 아니어도 인근에선 제법 알아준다는 단체. 그는 지푸라기라도 잡는 심정으로 조서당을 이용해 보기로 했다.

그날 밤, 그는 오랜만에 편히 잠을 청할 수 있었다.

의천맹에서 서남쪽으로 이십여 리 떨어진 곳에 위치한 복호사(伏虎寺).

묵조영은 점소이가 소개해 준 접선책의 말대로 삼경(三更:

밤 11시에서 새벽 3시)에 조서당에 일을 의뢰하기 위해 복호사에 도착했다.

"뭐가 이래?"

명색이 부처님을 모시는 절이건만 주변엔 잡초가 무성하고 지붕은 낡았으며 건물도 언제 무너질지 알 수 없는 것이 폐 사찰이라고 해도 과언이 아니었다. 그나마 여염집 창고보다 보잘것없어 보이는 대웅전(大雄殿) 중앙에 자리한 불상이 아니라면 애당초 절이라고 부르기에도 민망한 곳이 바로 복호사였다.

"하긴, 보통 이런 곳에서 의뢰가 이뤄지는 것이지만."

해본 적도 없으면서 나름대로 의미를 부여한 묵조영이 대웅전으로 향했다. 그리곤 귀 한쪽이 떨어져 나간 불상을 가만히 응시했다. 마치 무엇인가를 탐색하려는 듯.

'틀림없이 불상 뒤에서 모습을 드러내겠지? 하지만 난 놀랄 생각이 없다고.'

묵조영은 의미심장한 미소를 흘리며 조서당의 인물이 등장하기를 기다렸다. 한데 일 다경 정도의 시간이 흘러도 불상 뒤에선 아무런 일도 일어나지 않았다.

슬슬 지루함을 느낀 그는 더 이상 참지 못하고 직접 확인하고자 대웅전 안으로 들어섰다. 그리곤 조심스런 움직임으로 불상 뒤로 걸어갔다.

바로 그때였다.

"뭐 하나?"

갑작스레 들려온 소리에 기겁을 한 묵조영이 황급히 몸을 돌리고자 하였다. 그런데 하필이면 발을 디딘 곳이 낡디낡은 나무 난간. 무게를 이기지 못한 난간이 힘없이 부서지고 그는 중심을 잃고 바닥으로 굴러 떨어졌다.

오만상을 찌푸린 묵조영이 자세를 바로잡았다.

머리며 옷에 뽀얗게 내려앉은 먼지가 흙구덩이에서 뒹굴다 나온 사람 같았다.

"쯧쯧, 꼴 하고는."

대웅전 밖에서 혀 차는 소리가 들려왔다.

"누구십니까?"

묵조영이 경계의 눈빛으로 물었다.

"누구긴, 자네가 나를 보자고 했다면서?"

"조서당에서 오셨습니까?"

"아니면, 이 밤중에 뭐 하러 나타났을까?"

한마디 한마디가 만사가 귀찮다는 음성이었다.

묵조영은 사내의 정체를 확인하기 위해 대웅전 밖으로 나갔다.

한껏 거드름을 피우며 서 있는 사내.

키는 묵조영보다 작았지만 덩치는 최소한 배는 되는 듯했다. 얼굴은 보름달보다 더 커 보였는데 어찌나 살이 쪘는지 눈이며, 코, 입을 찾기가 힘들 정도였다. 배는 만삭의 여인이 울고 갈 정도로 풍만했고, 그에 비해서 팔다리도 이상하리만큼 짧았다. 서 있는 것 자체가 힘들어 보일 정도로 비대한 몸이었다.

"풋!"

묵조영은 자신도 모르게 터져 나오는 웃음을 황급히 틀어막았다. 단춧구멍보다 작은 사내의 눈이 살짝 커진 것을 본 것이다. 그 차이를 찾기가 힘들 정도로 미세한 변화였지만 다행히도 그는 사내의 변화를 눈치 챘다.

"죄송합니다."

묵조영은 재빨리 자신의 실수를 사과했다.

사내의 눈이 정상으로 돌아왔다. 물론 그 차이 역시 알기 힘들었지만.

"뭐, 그럴 수도 있지. 처음 나를 보는 사람들의 반응이 어떨지는 알고 있으니까. 대다수가 웃음을 터뜨린다네. 그러나 자네처럼 곧바로 실수를 인정하는 사람은 드물었어. 한참이나 지나서야 쭈뼛쭈뼛거리며 어물쩍 넘어가려 하지."

"죄송합니다."

묵조영이 다시 사과를 했다.

"좋아, 좋아. 젊은 친구가 나름대로 예의가 있군."

예의 바른 묵조영의 태도에 사내는 기분이 좋아진 듯했다.

"그런데 자네, 거기서 뭐 하고 있었나?"

"조서당 사람을 기다리고 있었습니다만……."

묵조영이 살짝 얼굴을 붉히며 대꾸했다.

"그것 말고, 왜 불상 뒤를 기웃거리고 있었느냐고?"

"아니, 그냥…… 이런 상황이면 보통 불상 뒤나 지붕 위, 뭐, 그런 곳에서 모습을 드러내는 걸로 알고 있어서……."

"쯧쯧, 그건 다 뒤가 켕기는 놈들이나 그러는 것이야. 우리 조서당은 그런 곳이 아니네. 죄진 것도 없는데 왜 몸을 숨겨?"

'그러면 뭐 하러 이 야밤에 만나자고 한 겁니까?' 라는 말이 목까지 치밀어 올랐지만 묵조영은 애써 꾹꾹 눌렀다.

"아무튼 나는 조서당의 당주 야이태(夜耳太)라고 하네. 자넨 이름이 뭔가?"

"이런 일에 당주께서 직접 나서시는 겁니까?"

묵조영이 깜짝 놀라 되물었다.

보통 한 단체의 우두머리는 쉽게 움직이지 않는 법이다. 특히나 정보를 다루는 단체의 수장이라면 더욱 그랬다. 한데 설마하니 조서당의 당주가 직접 모습을 드러낼 줄이야. 생각지도 못한 일이었다.

"왜? 내가 직접 움직이면 안 되나?"

"아니, 그래도……."

"이런 일까지 밑에 놈들을 시킬 수는 없지. 그놈들은 정보를 모으기에도 바쁘니까. 정보가 곧 돈이거든."

"그렇군요."

"아직 내 물음에 대답하지 않았네."

"예?"

"이름이 뭐냐고 물은 것 같은데?"

"죄, 죄송합니다. 묵조영입니다."

"묵조영이라……. 좋은 이름이군. 그래, 사람을 찾고 있다지?"

"예."

"의천맹 사람인가?"

"모르겠습니다."

"모르겠다? 하면 뭣 때문에 무창에 온 날로부터 오늘까지 스무 날도 넘게 의천맹을 기웃거렸지? 잠잘 때도 창가에 기대어 잘 만큼 그렇게 필사적으로 말이야."

"어, 어떻게 아셨습니까?"

당황하는 묵조영의 반응을 즐기기라도 하는 것인 듯 입술을 중심으로 야이태의 얼굴 살이 살짝 떨렸다.

"최소한 무창에서 내가 모르는 일은 없네. 못 믿겠나? 그럼 몇 가지 얘기를 해보지. 무상객점에서 지금 머물고 있는 방을 얻기 위해 점소이 놈에게 건네준 돈이 동전 열 냥이고 처음 먹었던 음식이 찐만두였다지? 오늘 아침은 소면, 점심은 걸렀고, 저녁은 오리 고기로 만든 죽. 내 말이 맞지?"

'그 녀석인가?'

묵조영이 자신의 방에 드나드는 점소이를 떠올렸다.

"아, 참고로 말해 자네에게 음식을 전하는 점소이 녀석은 우리에게 아무런 말도 하지 않았네. 가끔 자네 같은 사람을 우리와 연결시켜 주고 몇 가지 잔심부름 등을 하기는 하지만 우리와는 직접적인 연관이 없다고 보면 맞을 걸세."

막 방을 드나드는 점소이를 떠올리는 순간 이어진 야이태의 말에 묵조영은 두 손 두 발 다 들 수밖에 없었다. 낮말은 새가 듣고 밤말은 쥐가 듣는다더니 자신의 일거수일투족이 이렇듯 세밀하게 관찰당하고 있을 줄은 꿈에도 몰랐던 것이다.

'그렇다면 의천맹에서도 나를?'

가슴이 철렁 내려앉았다.

조서당에서 알 정도라면 의천맹에서도 이미 그의 존재를 알고 있을 가능성이 컸다. 당장에야 별 이상이 없겠지만 늘 조심해야 하는 입장에서는 심각한 문제였다.

그의 마음을 알기라도 하듯 야이태가 웃음 지었다.

"뭐, 그렇게 놀란 표정을 하고 그러나. 사실 의천맹의 객점에는 자네와 같은 사람이 지천으로 널렸네. 청운의 꿈을 안고 의천맹에 왔건만 너무 높은 진입 장벽에 좌절을 하고 쓰러지는 이들. 대다수는 그냥 돌아가도 몇몇은 자네처럼 몇 날 며칠이고 의천맹을 바라보지. 흔히 볼 수 있는 광경이야. 자네는 조금 더 중증이기는 하지만 말일세. 하긴, 그랬으니까 우리의 시야에 걸린 것이고. 자, 이제 우리의 실력을 조금은 믿는 것 같으니 다시 물어보지. 자네가 찾고자 하는 사람이 의천맹 사람인가?"

"의천맹하고 연관이 있는 것 같기는 하나 확실하지가 않습니다."

입을 여는 묵조영의 태도가 전과 다르게 진지했다. 비로소 희망을 찾았다는 듯 목소리가 활기찼다.

"확실하지 않다면 일단 그럴 수도 있고 아닐 수도 있다는 말이군. 물론 여자일 것이고."

"예."

"이름은?"

"모르겠습니다."

야이태의 눈빛이 조금 흔들렸다.

"나이는?"

"모르겠습니다."

야이태의 입가가 실룩거렸다.

"문파나 가문은?"

"모르겠습니다."

야이태는 더 이상 참지 못했다.

"뭐 하자는 건가? 이름도 모른다, 나이도 모른다, 그녀가 속한 문파나 가문도 모른다! 대체 자네가 아는 것이 무엇인가?"

"모르… 겠습니다."

"으으으."

야이태는 자신도 모르게 주먹을 부르르 떨었다.

조서당을 찾는 사람들 대부분이 그들이 알지 못하는 정보를 얻기 위한 사람이다. 그러나 이런 식으로 아무것도 모르지는 않았다. 사람을 찾는 데 그 사람의 이름, 나이, 가문이나 문파를 모른다면 그야말로 모래사장에서 바늘을 찾는 격이 아닌가. 하지만 그보다 더 답답한 사람은 다름 아닌 묵조영이었다.

'아무것도 모르는구나. 그녀의 눈빛, 목소리, 향기가 바로 코앞에 있는 것처럼 생생하고, 그녀가 무슨 옷을 입고 어떤 장신구를 하며 어떤 음식을 좋아하는지 모든 것을 안다고 생각했건만… 정녕 내가 그녀에 대해서 아는 것은 아무것도 없구나. 그녀도… 그녀도 마찬가지일까?'

그녀가 자신을 기억하지 못한다는 것. 거의 그럴 것이라고 확신을 하면서도 생각하면 할수록 서글프고 무서웠다.

슬픔에 찬 묵조영의 얼굴을 보며 애써 화를 참은 야이태가 그사이 비 오듯 흘러내리는 땀을 신경질적으로 닦아내고는 물었다.

"후우~ 좋아. 뭐, 그럴 수도 있다 치지. 그렇다면 어쨌든 자네가 기억하는 그녀만의 특징 정도는 있겠지?"

"예."

"뭐라도 좋으니 말해보게."

"음… 그녀는 기억을 잃었었습니다."

"오호라, 기억을 찾고 나서 자네를 떠난 것이로군."

야이태는 단번에 묵조영의 사정을 짐작했다.

"예. 그때 사용했던 이름이 하선고였습니다."

"하선고라……. 좋아, 그리고 다른 것은?"

"예뻤… 니다. 그것도 아주."

하선고의 얼굴을 떠올리는 묵조영의 얼굴에 아련한 그리움이 떠올랐다. 하나, 듣고 있는 야이태의 안색은 그렇지 못했다. 자세히 구별은 가지 않았지만 콧김까지 내뿜는 것을 보면 답답하다 못해 복장이 터지는 모양이었다.

"예쁜 여자라면 길거리에 채이고 채이네. 그것도 아주 많이. 도대체 예쁘다는 기준이 뭔가?"

기준 따위는 생각해 보지 않았다. 어찌 감히 기준 따위를 들이대며 그녀의 아름다움을 논할 것인가!

"그, 그냥 예쁘니까……."

"됐고, 다른 점은 없나? 말투가 남다르다던가, 무공을 사용할 줄 안다던가."

"말투는 모르겠고… 아, 분명히 검의 고수일 것이라 하셨습니다. 기억을 잃기 전까지는."

"검? 누가 그러던가?"

"할아버지가 그러셨습니다."

"흠, 좋아. 검의 고수라……. 그건 조금 도움이 되는군. 키는 어떤가?"

"한… 이 정도요."

묵조영이 자신의 콧등에 손을 가져가며 말했다.

"작은 키는 아니군. 나이는 이십대 정도고?"

"예."

"여자는 어떤 옷을 입고 어떻게 화장을 하느냐에 따라 그 나이가 줄어들기도 하고 고무줄처럼 늘어나기도 하지만 뭐, 대충 그렇게 생각하고."

야이태는 더 이상 질문을 하지 않고 뭔가를 곰곰이 생각하는 듯했다. 묵조영은 침을 꿀꺽 삼키며 그의 입만을 주시했다.

고개를 갸웃거리고 눈동자를 굴리며 한참 동안 시간을 끌던 야이태가 생각을 정리했는지 천천히 입을 열었다.

"현재 의천맹에 상주하거나 매일같이 드나드는 여인은 약 천사백 명에 이르네. 그중 자네가 말한 여러 가지 조건을 대입해 보면 그 인원은 확 좁혀지지. 우선 십대에서 이십대 후반까지의 여인만 추려도 오백삼십여 명. 그중 무공을 익힌 사람은 사백육십여 명. 거기에서 검을 쓰는 여인은 다시 이백이 조금 넘고, 키가 자네의 콧잔등에 이르는 여인은 백이 안 되네. 뭐, 조금 범위를 넓혀도 백이 간신히 넘을까?"

"그, 그런가요?"

"그 백 명 중에서 객관적으로 미인이라 할 수 있는 여인은 삼십 명 정도네. 어쩌면 그들 중에 자네가 찾는 사람이 있을 수 있겠군."

"그녀들이 누군가요?"

묵조영이 다급히 물었다. 하지만 야이태는 도리어 입을 다물었다.

"당주님!"

묵조영이 재차 소리치자 야이태는 대답 대신 조용히 손을 내밀었다. 묵조영은 영문을 알지 못하고 그와 그가 내민 손을 번갈아 쳐다봤다. 결국 답답함을 참지 못한 야이태가 역정을 냈다.

"가는 게 있으면 오는 것이 있어야 하는 것 아닌가? 지금까지 떠든 것만으로도 능히 은자 닷 냥은 되거늘."

"아! 알겠습니다!"

그제야 눈치를 챈 묵조영이 황급히 옆구리를 더듬었다. 그리곤 은자가 담긴 주머니를 빼 들곤 조심스레 물었다.

"한데 얼마나 드려야 하는지……."

"기본적으로 아무런 정보도 없이 찾는 것이니 최소한 은자 오십 냥은 되어야겠군."

"오, 오십 냥이요?!"

묵조영이 기겁을 하며 소리쳤다.

"왜, 너무 많은가? 우리 조서당에 일을 의뢰하려면 기본적으로 은자 삼십 냥은 들어야 하는데? 게다가 의천맹은 솔직히 위험한 곳 아니던가. 이 정도면 정말 저렴한 것일세. 난 그래도 자네가 예의가 있어 깎아준 것이야."

"하, 하지만……."

묵조영의 얼굴에 난처함이 깃들었다. 그가 지닌 은자라 해봐야 이십 냥이 되지 않았다. 그나마도 곡운이 전해준 은자가 대부분이었다. 하나 생각해 보면 결코 적은 액수가 아니었다. 은자 이십 냥이면 네 식구가 일 년은 놀고먹을 수 있을 정도의 액수였다. 비싸도 너무 비쌌다.

"싫으면 말고. 내 비록 자네가 마음에 드나 그건 어디까지나 개인적인 일이고 이건 사업이니까. 그러나 이것 한 가지는 알아두게. 자네가 아무리 눈에 불을 켜고 찾아도 찾고자 하는 여인을 찾을 수 없다는 것을. 워낙 많은 사람이 드나드는 데다가 기본적으로 의천맹엔 정문만 있는 것이 아니거든. 정문에 남문, 서문, 그리고 쪽문까지 세려면… 어이구, 많기도 많다."

셀 수도 없다는 듯 야이태가 고개를 절레절레 흔들었다.

"뭐, 운이 좋으면 만날 수도 있겠지. 그게 일 년이 될지 십 년이 될지는 모르지만. 아무튼 오십 냥이니까 돈이 준비되면 다시 찾아오게나. 잘 가게."

야이태는 냉정하게 몸을 돌렸다.

묵조영은 몸이 달았다.

지난 이십 일의 경험으로 그는 야이태의 말에 조금도 거짓이 없다는 것을 알았다. 그리고 이런 식으로 찾아봐야 아무런 소용이 없다는 것도 이미 느끼고 있었다.

그렇다고 무작정 의천맹으로 들어갈 수도 없는 노릇이었다. 자유스럽게 드나드는 것 같아도 의천맹은 이제는 세가 자체가 곧 의천맹이라 할 수 있는 공야세가의 식솔들과 수하들, 각 문파에서 파견한 무인처럼 그곳에서 상주하는 사람이 아니면 신분이 정확한 사람과 그들이 보증을 서는 사람만이 드나들 수 있는 곳이었다.

문제는 묵조영이 그 어떤 조건도 만족시킬 수 없다는 것이었고, 또한 무엇보다 주의해야 할 것은 그가 마교의 무공을 익혔다는 것을 감추는 것. 하선고의 존재가 확실히 파악도 되지 않은 상황에서 경거망동을 할 수는 없는 것이다.

"자, 잠시만요."

일단 잡아야 된다는 생각에 묵조영은 등을 돌린 야이태를 돌려세웠다.

"나를 불렀나?"

믿어지지 않을 정도로 빠르게 몸을 돌린 야이태는 조금 전 냉정하게 돌아선 사람이라고는 믿을 수 없을 만큼 사근사근한 말투로 대답했다.

"으, 은자는 부족하지만……."

"다른 물건이 있다는 것이로군. 은자를 대신할 만한."

"약초가 몇 개 있습니다."

"약… 초?"

"예."

"약초는 쓸데도 없는데……. 한데 무슨 약초인가?"

지나가는 투로 넌지시 묻는 야이태의 눈은 무덤덤한 음성과는 달리 반짝반짝 빛나고 있었다.

"삼지구엽초 세 뿌리하고 말린 웅담(熊膽)이 두 개, 그리고 복익분으로 만든 환약이 몇 알 있습니다."

"복익분? 무슨 박쥐의 똥으로 만든 것인가? 하도 쓸데없는 것들이 나돌아서 말이야."

"금편복입니다."

"그, 금… 허흠!"

야이태는 입을 튀어나오려는 경악성을 필사적으로 막고는 애써 침착한 표정을 지었다.

삼지구엽초는 나름대로 괜찮은 약초이나 비교적 흔한 것이었기에 큰돈이 되지는 않는다. 웅담도 그랬다. 그러나 눈을 밝게 한다는 복익분, 특히 금편복의 배설물로 만든 환약이라면 얘기가 달랐다. 바로 정력제로서 그것만큼 탁월한 효능을 발휘하는 것이 없는 것이다.

의서(醫書)에는 단 한 줄도 그런 말이 나와 있지 않았지만 알 만한 사람들은 다 알고 있었다. 금편복의 배설물이야말로 회춘(回春)을 가능케 하고 늙어 꼬부라져 죽을 날만 기다리고 있는 노인이라도 벌떡 일어나 여인네를 찾게 만든다는 것을.

그랬기에 돈은 많으나 기력이 쇠한 부자들은 금편복의 배설물을 구하기에 천금을 아끼지 않았다. 다만 그것을 구하기가 하늘의 별을 따기만큼이나 힘들었기에 눈에 불을 켜고 찾는 것이다. 오죽했으면 같은 양의 금값보다 수십 배나 더 비싼 값에 거래가 된다는 소문이 있을까.

그런 금편복의 배설물로 환약을 만들었다는 소리였다. 한 알만 팔아도 조서당의 식구들이 몇 달은 편히 놀고먹을 보물. 어찌 흥분하지 않겠는가?

"그, 그래, 그것들을 지금 가지고 있는가?"

"객점에 두고 왔습니다."

"가세."

"예?"

"어허, 가자니까. 물건을 봐야 값을 쳐줄 것 아닌가?"

야이태는 이미 움직이고 있었다.

단숨에 객점으로 달려온 두 사람.

방에 도착한 묵조영은 야이태의 채근에 못 이겨 숨 돌릴 사이도 없이 약초 주머니를 풀었다. 그러자 종이에 싸여 있는 삼지구엽초와 웅담, 그리고 작은 구슬 모양의 환약이 탁자 위로 쏟아졌다.

야이태의 눈에는 오직 환약만이 들어왔다.

'흐흐흐, 이게 웬 횡재냐? 이런 보물이 무려 다섯 개나.'

그는 자신도 모르게 침을 삼켰다. 하나, 서둘러서는 될 것도 되지 않았다. 오랜 경험에 의하면 이런 일일수록 대범하게 행동해야 최대의 이익을 얻을 수 있었다.

"이게 전부인가?"

심드렁한 목소리에 묵조영의 얼굴이 침울해졌다.

"부족한가요?"

"암, 부족하지. 부족하고말고. 이까짓 약초는 이곳에 널렸네. 뭐, 환약은 조금 귀하긴 하지만 그렇다고 은자 이십 냥 이상을 쳐줄 것은 아니고……."

말을 하면서도 야이태는 환약에서 눈을 떼지 못했다.

"어떻게 안 될까요?"

묵조영이 애원조로 말했다. 더 이상 그에겐 가진 것이 없었다.

"흠, 그건 곤란한데……."

안타깝다는 듯 혀를 차며 방 안을 둘러보던 야이태. 그의 눈에 천마조가 들어왔다.

"저건 뭔가? 낚싯대인가?"

"예."

"오, 자네도 낚시를 좋아하는군."

그는 갑자기 호들갑을 떨었다.

"예? 아, 예."

"이거 반갑구면. 나 또한 하루라도 낚시를 하지 않으면 손이 근질거려 견딜 수 없는 사람일세. 한번 만져 봐도 되겠는가?"

"예."

묵조영이 천마조를 건넸다. 야이태는 천마조에 새겨진 용 무늬를 어루만지며 감탄을 거듭했다.

"참으로 멋들어진 물건이 아닌가! 유려한 몸통에 은은히 빛나는 빛깔 하며 당장에라도 승천할 듯 숨을 고르고 있는 용 무늬. 이거야말로 명품일세."

"그래도 그건 파는 물건이 아닙니다."

묵조영은 행여나 천마조를 팔라고 할까 봐 선수를 쳤다. 하지만 애당초 야이태는 낚싯대엔 관심이 없었다. 아니, 낚시라 곤 해본 적도 없는 사람이었다.

그는 천마조가 좋은 낚싯대인지도 모르면서 그냥 대충 떠든 것뿐이다. 이유는 하나. 이쯤에서 적당히 거래를 성사시키기 위한 구실로 낚시를 이용하는 것.

"무슨 소리를. 무인에게 검이 생명이라면 낚시꾼에겐 낚싯대가 그야말로 보물 중의 보물. 내 공과 사를 아는 사람으로 어찌 그런 것을 달라고 하겠는가. 그저 나와 같이 낚시를 즐기는 사람이 있다는 것이 좋아서 그러는 것이네."

"그렇군요."

"아까 내가 오십 냥이라고 했던가?"

갑자기 화제를 돌린 야이태가 물었다.

"예."

묵조영이 시무룩하게 대답했다.

"사십 냥으로 깎아줌세."

큰 인심이라도 쓰는 듯한 말에 묵조영의 눈이 화등잔만 해
졌다.

"저, 정말입니까?"

"난 한입으로 두말하지 않네. 아까 은자 이십 냥이 있다고
했지?"

"예."

황급히 대답하는 묵조영은 당장 만세라도 부를 듯한 얼굴
이었다.

"열 냥만 주게. 열 냥은 자네가 가지고 있고. 환약이 이십
냥에 삼지구엽초에 웅담까지 합하면… 뭐, 대충 가격은 맞을
것 같구먼."

"고, 고맙습니다."

묵조영은 진실로 감사하고 있었다. 하지만 진정으로 고마
워해야 할 사람은 그가 아니라 난데없이 떨어진 행운에 어쩔
줄을 몰라 하는 야이태였다.

'지난밤 꿈에 횡재수가 있더니 바로 이것이었구나.'

야이태는 애써 기꺼운 마음을 누르며 목소리를 깔았다.

"아, 그리고 한 가지 명심할 것이 있네."

"무엇입니까?"

"우린 한번 받은 대금은 반환하지 않네. 설혹 의천맹에 자네가 찾는 여인이 없다고 해도 이것들을 돌려받을 생각은 하지도 말게."

"알겠습니다."

묵조영은 선선히 고개를 끄덕였다. 다소 억울한 느낌이 들기는 했어도 애당초 부족했던 금액. 게다가 하선고를 찾는 일이 아니던가.

"좋아, 이것으로 거래가 성립된 것으로 하지."

마치 판결을 내리듯 탁자를 세 번 내려친 야이태는 전광석화와 같은 손놀림으로 탁자 위에 흩어져 있는 물건들을 쓸어담았다.

"언제쯤이면 알 수 있습니까?"

"늦어도 내일 밤이면 결과를 알 수 있을 것일세. 느긋하게 기다리게."

절대로 느긋할 수 없다는 걸 알면서도 묵조영은 고개를 끄덕였다.

"이만 가겠네. 좋은 결과가 있기를 기대하게."

"기다리겠습니다."

야이태는 행여나 거래가 깨질까 부리나케 방문을 나섰다.

요란한 소리를 내며 닫히는 방문을 바라보며 묵조영은 긴 한숨을 내쉬었다.

결과가 나올 때까지 만 하루. 아마도 그의 인생에서 가장

긴 시간이었겠지만 날은 밝고 또다시 밤은 찾아왔다.

그사이 묵조영은 음식은커녕 물도 입에 대지 않았다. 대신 그는 하루 종일 침상에 앉아 연공을 했다. 기도하듯 간절한 심정을 가슴에 가득 담고.

좋은 결과를 기다리라며 은자와 약초들을 챙겨간 야이태가 다시 묵조영을 찾은 것은 세상 만물이 모두 깊은 잠에 빠진 늦은 밤. 밤을 지새우는 취객의 술주정 소리만이 간간이 들려올 때였다.

"어떻게 됐습니까?"

초조하게 그를 기다리던 묵조영이 벌떡 일어나며 물었다.

"그것이 말일세……."

슬그머니 고개를 돌린 야이태는 금방 대답을 하지 못하고 머뭇거렸다.

"찾았습니까?"

애절한 눈빛, 간절함이 한껏 담긴 음성의 묵조영. 그를 보면서 야이태가 한숨을 내쉬었다.

"후~ 미안하게 되었네."

"설마… 찾지 못했단 말씀입니까? 제발 그것만은 아니라고 대답해 주십시오."

묻는 음성이 덜덜 떨렸다.

"자네가 말한 조건을 갖추었을 것이라 짐작하는 여인들을 모조리 조사해 보았으나 결국 찾지 못했네."

"제가, 제가 직접 찾아볼 수는 없습니까? 사소한 것이라도 놓친 부분이 있을 겁니다."

묵조영이 안타깝게 소리쳤지만 야이태는 회의적인 표정으로 고개를 흔들었다.

"소용없네. 결정적으로 그들 중 오랫동안 의천맹을 떠났던 사람이 없었단 말일세. 아무리 길게 잡아도 보름 정도야. 자네 말대로라면 그 하선고라는 여인이 기억을 잃은 시간이 꽤나 되었던 것 같은데."

"백⋯ 일입니다."

하늘이 무너지는 슬픔이 이러할까?

고개를 푹 숙이는 묵조영의 얼굴이 참담하게 일그러졌다.

"미안하네."

야이태도 진정으로 미안해하는 눈치였다. 그렇다고 워낙 변화가 일어날 수 없는 얼굴이라 단지 눈가의 살이 실룩이는 것이 전부였지만.

"다른⋯ 방법이 없을까요?"

고개를 숙인 묵조영이 힘없이 물었다.

"흠, 일단 의천맹에 없는 것은 확실하고, 그렇다면 외부에서 찾아야 한다는 말인데⋯⋯."

야이태는 뒷말은 차마 하지 못했다.

광활한 대륙, 넓은 대륙만큼이나 엄청나게 많은 사람.

그녀에 대해 자세히 알고 있다고 해도 찾기 힘들 텐데 묵조영이 그녀에 대해 알고 있는 것은 사실상 아무것도 없다고 해도 과언이 아니었다. 그렇게 미미한 정보라면 천하제일의 정보망을 자랑하는 개방도 그녀를 찾기란 불가능에 가까웠다.

"찾아야 합니다! 반드시 찾을 겁니다! 대륙 전체를 뒤져서라도 찾을 겁니다! 십 년, 아니, 백 년이 걸린다 하더라도 찾을 겁니다!"

야이태에게 하는 말이 아니라 스스로에게 다짐하는 묵조영의 음성은 거의 울부짖음으로 변해 있었다.

묵조영의 감정이 가라앉기를 기다린 야이태가 조용히 입을 열었다.

"자네의 각오가 그러하다면 내 한 가지 방법을 추천하고 싶네만……."

"그것이 무엇입니까?"

여전히 힘없는 음성이었다.

"어차피 이런 식으론 그녀를 찾지 못하네. 자네 혼자라면 더욱 그렇지. 더구나 그녀가 외부의 접근을 잘 허용하지 않는 무가의 사람이라면 제대로 찾아볼 수 있는 기회도 없고."

"하니 어찌해야 합니까?"

"사람을 이용해야지."

"사람이요?"

"그렇지. 사람. 모든 정보는 사람에게서 나온다고 해도 과언이 아닐세. 사람을 어찌 이용하느냐에 따라 들어오는 정보의 양과 질이 차이가 나는 법이야."

어렴풋이 느껴지기는 했으나 묵조영은 아직 그가 말하는 요지를 정확하게 파악하지 못했다.

"사람을 이용하는 방법에도 여러 가지가 있지. 지금의 자네처럼 돈을 주고 고용하는 것이 있고, 스스로 그런 단체에 뛰어들어 일원이 되는 방법이 있네."

묵조영은 침묵했다.

첫 번째 방법은 일단 돈이 없기에 불가능했고, 두 번째 방법은 그다지 내키는 방법이 아니었기 때문이다.

"난 자네에게 두 번째 방법을 권하고 싶군."

"저보고 지금 조서당에 들어오라는 말씀입니까?"

묵조영이 다소 높아진 음성으로 물었다.

"아니, 그건 아니네. 어차피 우리의 힘이야 무창에서 그치는 정도니까 별 도움이 되지 않을 것이야."

"하면?"

"전 대륙의 정보가 모이는 곳. 자네가 진정 그녀를 찾고자 한다면 바로 그런 곳으로 가야 하네."

"그곳이 어디입니까?"

야이태의 말이 단순히 그를 위로하기 위한 것이 아님을 깨달은 묵조영의 태도가 제법 진지해졌다.

"그 정도 힘이 있는 단체는 다섯 개 정도네. 우선 천하를 양분하고 있는 의천맹과 마교. 그곳의 정보망은 천하를 아우를 만하다네. 다만 들어가고 싶어도 쉽게 들어갈 수 없는 곳이라는 것이 문제일 뿐."

묵조영은 묵묵히 고개를 끄덕였다.

"다음은 개방이네. 순수 정보력만 따지자면 마교나 의천맹보다 개방이 한 수 위라고 할 수 있지."

개방. 그야말로 천하의 모든 정보가 모이는 곳이 아니던가. 의문의 여지가 없었다.

"개방보다 다소 떨어지나 하오문의 정보력도 만만치는 않네. 어쩌면 밑바닥 인생들을 살피는 데 있어서는 개방에 필적한다고 할 수 있을 정도지."

"나머지 한곳은 어디입니까?"

묵조영이 곧바로 물었다.

지금까지 언급한 곳은 애당초 그가 몸담을 수 없는 곳. 그것은 야이태 역시 알고 있을 것이고 결국 마지막 하나 남은 단체가 그가 추천하고 싶은 곳일 것이기 때문이었다.

"네 곳이 무림과 직접적인 연관이 있는 곳이라면 나머지 한곳은 다소 영향을 받을지언정 직접적인 연관이 있다고 할 수는 없는 곳일세. 딱히 하나의 단체라고도 할 수 없지. 바로 상계(商界)네."

"상… 계?"

"그렇다네. 그들만큼 시류에 민감한 사람들이 없고 정보를 귀하게 여기는 사람들도 없지. 게다가 대륙 방방곡곡 돌아다니지 않는 곳이 없으니 사람 찾기는 더욱 쉬울 터. 자네가 그곳에 몸담을 수 있다면 크게 도움을 받을 것이네."

"상계라면… 장사를 하라는 말입니까?"

"아니, 꼭 그런 것은 아닐세. 자네가 찾고자 하는 여인이 무가의 사람이라면 그쪽과 밀접한 방향으로 가야겠지. 표국(鏢局)에 들어가면 어떤가?"

"예? 표국이요?"

정말 뜻밖의 말에 묵조영이 멍한 눈으로 물었다.

"상인들을 직접 보호하며 대륙을 누빌 수 있는 호위무사도 좋고, 아니면 아예 직접 물건을 운반하는 표사도 좋고. 어찌 생각하나?"

"아, 아니, 그게……."

전혀 생각도 안 해본 일이기에 딱히 뭐라 대답할 수가 없었다.

"왜 그러나? 자네가 직접 찾는 것도 찾는 것이지만 표국에 들어오는 이런저런 정보를 얻을 수도 있고, 또 여러 사람에게 부탁도 할 수 있으니 그야말로 일석이조일세. 자네 혼자 찾는 것보다는 아마 백배는 빠를 것이야."

"하지만 표사가 되려면 무공을 익혀야……."

묵조영은 실로 난처한 표정이었다.

"무공을 모르나?"

"그냥 어깨너머로 배운 정도입니다."

"흠, 그 정도라면 힘든데……. 촌구석의 표국이라면 모를 까 자네가 원하는 정도의 정보를 얻을 수 있는 수준의 표국이라면 어느 정도 규모가 있는 표국이어야 하고, 또 그런 표국에 들어가려면 그만한 실력을 갖추고 있어야 하니까. 그런데 정말 전혀 할 줄 모르나?"

야이태가 안타깝다는 듯 물었다.

"그, 그냥 경공 정도는 그럭저럭 봐줄 만합니다."

"그럭저럭?"

"아니, 제법 쓸 만하다는 소리를 들었습니다."

"흠."

살짝 고개를 끄덕인 야이태가 눈동자를 굴렸다. 그리곤 뭔가를 떠올린 듯 밝은 얼굴로 입을 열었다.

"글씨는 쓸 줄 알겠지?"

"물론입니다."

"그럼 됐네. 자네, 신객(信客)이라고 들어봤나?"

금시초문이었다.

"신객이요?"

"그래, 신객."

묵조영이 고개를 흔들었다. 그럴 줄 알았다는 듯 야이태의 설명이 곧바로 이어졌다.

"신객은 표사하고 비슷한 개념이네. 다만 표사가 표국이

운반하는 물건을 보호한다면 신객은 정보를 보호, 전달하는
것이지."

"정보라면?"

"멀리 떨어져 있는 곳에 소식을 전하고 싶을 때 사람들은
신객을 이용하네. 또 가볍게 소지할 수 있는 물건을 전하고
싶을 때도 신객을 찾지. 때로는 남들에게 알리고 싶지 않은,
비밀리에 이야기나 물건을 전하고 싶을 때도 신객을 찾네."

"비밀이 유지될까요?"

묵조영은 다소 회의적인 표정이었다. 하나, 야이태의 답변
은 실로 단호했다.

"물론일세. 이름 그대로 그들의 생명은 신용(信用). 그들이
의뢰받은 것은 그들의 상관은 물론이고 국주가 직접 물어도
대답하지 않네. 만약 발설하면 그자는 더 이상 신객이 될 수
도 없을 뿐만 아니라 의뢰를 한 사람은 물론이고 모든 표국으
로부터 척살령이 내려지네. 그들의 척살령을 피할 수 있을 것
같은가? 어림없지. 내 알기로 근 십 년 동안 목숨을 잃은 신객
의 수는 꽤 되지만 척살령이 내려진 사례는 단 한 번뿐이었
네. 그 말의 의미를 알겠는가?"

말 그대로 목숨으로 신용을 지켰다는 말이 아닌가. 묵조영
은 자신도 모르게 고개를 끄덕였다.

"경공을 할 수 있다니 일단 신객으로서의 기본 자격은 갖
추었네. 어떤가? 해볼 생각이 있는가? 만약 생각이 있다면 다

리를 놔줄 수 있네. 때마침 중원에서도 세 손가락 안에 드는 남창(南昌)의 등왕표국(騰王鏢局)이 표사를 모집한다는 소리가 있더군. 신객은 그 수가 많지 않아 경쟁률이 치열하겠지만… 뭐, 내가 다리를 놓아주면 아주 가능성이 없는 것은 아닐세. 어때? 해보겠는가?'

"……."

머릿속이 복잡했다.

묵조영은 솔직히 어떻게 하는 것이 옳은 것인지 판단할 수가 없었다.

바로 그때, 야이태가 그로 하여금 결심을 굳히게 하는 결정적인 말을 했다.

"자네, 그녀를 찾고 싶다고 하지 않았나? 만약 자네가 등왕표국의 신객이 될 수 있다면 늦어도 삼 년 안에 그녀를 찾을 수 있다고 생각하네. 단순히 나의 가정에 불과할지 모르나 아까 말했듯 자네가 혼자 움직이는 것보다는 훨씬 나을 것이야."

"……."

묵조영은 여전히 입을 다물었다. 아무리 생각을 해봐도 그 이상의 대안이 없었다. 야이태의 말대로 그녀를 찾아 광활한 대륙을 무작정 헤맬 수는 없는 노릇 아니던가.

"등왕… 표국이라 했습니까?"

다시 물어본다는 것은 이미 결심을 굳혔다는 것과 다름없었다. 야이태가 반색을 하며 잘 숙여지지도 않는 고개를 끄덕였다.

"해보겠는가?"

"예."

"잘 결정했네. 그녀를 생각하는 자네의 마음이 내 마음을 울리는군."

정말로 감동을 해서 그런 것인지, 아니면 지난밤 사기를 친 일에 대해 지녔던 솜털만큼의 죄책감마저 없앨 수 있다는 기쁨 때문인지 야이태는 그다지 길지도 않은 팔을 활짝 펴고 묵조영을 안았다. 그리고 기름기와 구별조차 안 가는 눈물을 찔끔거렸다.

그것이 전부였다.

값싼 감동과 생색 어린 눈물.

이십 냥의 값어치 정도라고 사기 친 환약이 개당 은자 백 냥이 넘는 가격으로 졸부들의 손에 들어갔고, 조서당이 수삼 년은 등 따습게 지낼 수 있는 자금을 마련했음에도 묵조영과 떨어진 그는 일말의 주저함도 없이 땀으로 번들거리는 손을 내밀었다. 그리고 의아한 표정으로 그를 바라보는 그에게 너무도 자연스럽게 말했다.

"공과 사는 구별해야지. 소개비가 은자 이십 냥이네. 원래는 지금까지 떠들어댄 정보료까지 받아야겠지만 내 자네의 정성을 봐서 그것은 인심을 쓰도록 하지."

기막힐 노릇이었다.

고작 충고 몇 마디를 하고 사람 하나 소개시켜 주는 대가로 은자 이십 냥은 너무나 터무니없는 가격이 아니던가.

무엇보다 문제는 자신에게 남은 돈이 거의 없다는 것.

"정말 너무하시는 것 아닌가요?!"

묵조영이 싸늘하게 소리쳤다.

그런 식의 반응이 올 줄은 생각 못했는지 야이태가 움찔하며 몸을 뒤로 물렸다.

"뭐가 말인가?"

"지난밤에 돈을 드리지 않았습니까?"

"그건 이미 끝난 일이 아닌가? 자네가 원하지 않는 결과가 나오지 않아도 받은 돈은 돌려주지 않는다고."

"돈을 돌려달라는 것이 아닙니다."

"그게 아니라면?"

"상품에 하자가 있으면 환불이 안 될지언정 같은 물건으로 바꿔주는 것이 판 사람의 예의이고 그것도 안 된다면 최소한 수리를 해서 책임을 지는 것이 양.심.있는 사람의 도리라고 봅니다만."

양심이라는 단어에 야이태는 자신도 모르게 헛기침을 내뱉었다.

"제가 돈을 달라는 것도 아니고 끝까지 도와달라고 한 것도 아닙니다. 그런데도 돈을 달라고 하는 것은 양.심.이 있는 사람이 할 행동은 아니라고 생각합니다. 설마하니 당주께서 그런 양심없는 사람은 아니겠지요?"

"험험, 무슨 말을. 난 양심 빼면 시체인 사람일세."

"그럴 줄 알았습니다."

"하지만 그 소개라는 것이 말일세… 그리 간단한 일이 아니라서……."

묵조영이 재빨리 말을 잘랐다.

"그럼 묻겠습니다. 당주께서 저와 함께 남창까지 가서 그에게 소개를 하는 수고를 하십니까?"

"그건 아니네. 소개장을 써주면……."

어떻게든 말의 주도권을 잡아보려고 했지만 씨알도 먹히지 않았다.

"저를 소개하려면 당주께서 그 사람에게 돈을 줘야 합니까? 설마하니 그런 이름난 표국에서 돈으로 사람의 자리를 사고파는 짓을 한단 말인가요?"

"아, 아니. 그렇지는 않네."

"그 사람에게 소개를 하면 제가 무조건 등왕표국의 신객이 될 수 있는 겁니까?"

한번 기세를 탄 묵조영은 무섭게 몰아붙였다. 야이태는 꼼짝없이 궁지에 몰리고 있었다.

"무, 물론 간단한 시험을 거치기는 하지만… 가능성이 아주 높다네. 그건 자신있게 말을……."

"확실한 것은 아니군요?"

"가능성이 아주 높다고……."

"그런 소리 마십시오. 어제의 의뢰에서도 똑똑히 보지 않았습니까? 가능성이 있는 것과 확실한 것은 엄연한 차이가 있는 겁니다. 결국 당주께서는 저와 함께 남창으로 가는 것도 아니고, 그 사람에게 직접 소개하는 것도 아니고, 제 대신 시험을 보는 것도 아니고, 확실하지도 않은 소개장 하나 써주는 대가로 돈을 달라고 하는 것이로군요. 솔직히 당주님의 소개장 없이 가도 제가 잘하면 등왕표국의 신객이 되는 것 아닌가요?"

"그, 그건……."

"말씀해 보세요. 양.심.을 걸고요."

양심이란 단어를 내뱉을 때마다 묘하게 강조를 하니 이상하게도 거슬리기 쉽지 않았다.

"험험, 생각해 보면 자네가 약간 오해를 할 만한 여지가 있기는 하군. 서로의 입장 차이라고나 할까?"

"오해요? 그게 과연 오해일까요? 양심적으로요."

"어허, 거 자꾸 양심, 양심 하지 말게나. 누가 들으면 내가 정말 양심없는 사람인 줄 알겠네."

야이태가 볼살을 씰룩이며 불만을 토로했다. 묵조영은 그의 말을 들은 척도 하지 않았다.

"지난번 의뢰 건으로 돈은 물론이고 지니고 있던 약초까지 사용했습니다. 제가 돈이 없는 것을 뻔히 알면서도 자꾸 돈을 요구하시니 그럴 수밖에요."

"그래도 얼마간은 남은 것으로……."

묵조영의 눈이 더욱 매서워졌다.

"그건 남창까지 가는 데 드는 여비와 그곳에서 지내면서 써야 되는 최소한의 비용이지요. 설마하니 그것을 내놓고 거지처럼 구걸해서 가야 한다고 생각하십니까? 말씀해 보세요. 양.심.적으로요!"

"누가 그러라나! 공과 사를 구별하기 위해 그런 것이지. 나도 양.심.은 있는 사람일세."

기회는 이때다 싶은 묵조영이 재빨리 치고 들어갔다.

"그럼 그냥 소개를 해주신다는 건가요?"

야이태가 버럭 소리를 질렀다.

"해주지. 암, 해주고말고."

"정말인가요?"

"흥, 난 한입으로 두말하는 사람이 아닐세."

퉁명스럽기 그지없는 야이태의 대꾸에 묵조영은 비로소 굳은 낯빛을 풀었다.

"감사합니다."

"단, 조건이 있네."

"조… 건이라니요?"

묵조영의 얼굴이 다시 굳어졌다.

"자네가 아무리 나를 욕한다 하더라도 우리 조서당은 지금껏 공짜로 무엇을 해본 적은 없네. 나의 철학이자 신념이기도 하지. 하지만 자네의 사정도 급박하고 하니 이번엔 외상으로 소개장을 써주겠네. 그렇다고 당장 돈을 갚으라고 하는 것은 아니고 언제든지 사정이 나아지면 천천히 갚는 조건으로. 이 것 역시 지금껏 없었던 파격적인 일이네."

"외상이라……."

묵조영이 그다지 달가워하지 않자 야이태가 한마디를 덧붙였다.

"편하게 생각하게. 그냥 나에게 조그만 빚이 있다고 생각하면 될 것 아닌가. 언젠가 자네가 잘되었을 때 갚으면 그만인. 어떤가, 나의 제안이?"

돈을 받기는 애당초 틀렸다고 생각한 야이태는 외상이라는 명목으로나마 그를 엮으려 했다. 어차피 정보라는 것은 사람이 만들고 주는 것. 지금 당장은 아닐지라도 이런 식으로 인연을 만들어놓는다면 언젠가는 틀림없이 이익이 되어 돌아올 것이라 여긴 것이다.

"알겠습니다. 당주께서 그 정도까지 양보하신다는데 저라고 고집을 피울 수는 없지요. 제가 당주와 조서당에게 빚을 진 것으로 하겠습니다."

"잘 생각했네. 젊은 친구가 그렇게 융통성있게 살아야지."

한숨 돌린 야이태는 묵조영을 찾기 전 이미 써둔 소개장을 그에게 건넸다.

"등왕표국의 집사로 있는 분이 나와 동향(同鄕)일세. 아주 친하다고는 볼 수 없지만 그래도 가끔은 교류가 있는 형님이니까 이 소개장을 전하면 무시하지는 않을 걸세. 또한 나의 소개로 왔으니 시험에 통과하면 별다른 심사 없이 신객이 될 수 있을 것이네."

"심… 사라니요?"

"그럼 단지 시험을 통과했다고 누군지도 모르고 아무나 뽑아 쓸 것 같나? 특히 신객 같은 경우엔 꽤나 자세하게 조사를 한다네."

"그렇… 군요."

묵조영의 안색이 어두워졌다.

"하지만 염려 말게나. 그곳에 이미 내가 소개한 사람들이 서넛 있네. 그리고 심사를 담당하는 집사가 내 고향 형님이라고 하지 않았나."

"예."

그래도 못 미더웠는지 말에 힘이 없었다.

"아무튼 이것으로 우리의 두 번째 거래는 성립된 것으로 하겠네."

"알겠습니다."

"쉬게나. 후~ 피곤한 것이 나도 가서 좀 쉬어야겠어."

별것 아닌 일을 가지고 꽤나 진땀을 흘렸다고 생각했는지 고개를 절레절레 흔든 야이태는 잡히지도 않는 목살을 주물러 댔다.

몸을 돌리는 그를 향해 묵조영이 공손히 인사를 했다.

"감사합니다."

"건투를 비네."

의뢰인과 해결사로 만난 두 사람은 그렇게 헤어졌다. 그러나 둘의 인연은 아직 완전히 끝난 것이 아니었다.

*　　　　*　　　　*

야이태와 헤어진 다음날 길을 나선 묵조영은 엿새 만에 천하 명산 중의 하나인 노산(盧山)을 넘고 파양호(鄱陽湖)에서 뱃길을 이용하여 남창에 도착할 수 있었다.

남창(南昌).

도시 전체가 물로 둘러싸여 있어 교통이 편리하고 주변의 비옥한 땅으로 인해 예로부터 차, 목화, 목재 등의 대집산지로 유명한 곳. 특히 이곳에서 나는 도자기는 가히 최고로 인정받는 품목이었다. 교통이 편리한 데다가 귀한 물건이 많이 모이는 관계로 남창은 중원 각지에서 몰려든 상인들로 늘 북적거렸고, 자연적으로 번화해질 수밖에 없었다. 그중 가장 먼저 남창에 터를 잡은 등왕상단(騰王商團)은 북경(北京)의 반점상단(飯店商團), 남경(南京)의 구룡상단(九龍商團)과 더불어 중원삼대상단으로 일컬어지고 있었다. 아울러 그들 상단이 각각 보유하고 있는 등왕표국, 반점표국, 구룡표국 역시 최고의 표국으로 맹위를 떨쳤는데, 야이태가 묵조영에게 천거한 곳이 바로 등왕상단 산하의 등왕표국이었다.

시험 날짜보다 며칠 일찍 도착한 뒤 인근 객점에서 휴식을 취하며 그동안의 피로를 푼 묵조영은 시험 당일 신객이 되기 위해 남창의 중심부에 자리 잡고 있는 등왕표국, 곧 등왕상단으로 일찌감치 길을 나섰다.

남창의 모든 길은 등왕상단으로 통한다는 말이 있듯 등왕상단으로 가는 길은 누구에게 물어보지 않아도 금방 알 수 있었다.

무수히 많은 상점을 거느리고 있는 등왕대로를 따라 걷기를 잠시, 묵조영은 용사비등한 글씨체로 '등왕상단' 이라 적힌 현판을 볼 수 있었다.

"와!"

문짝 대여섯 개를 가로로 이어놓은 것만 같은 현판의 크기에 놀란 묵조영이 입을 쩍 벌렸다.

현판이 그러할진대 그 아래 정문은 얼마나 거대할까?

높이만 칠 장이 넘고 옆으로는 동시에 마차 서너 대는 족히 지나갈 크기. 가히 일국의 성문을 능가할 정도였다.

난생처음 보는 엄청난 규모에 묵조영은 압도당하고 말았다. 황산 본가의 정문도 컸지만 이 정도까지는 아니었다.

"세상에, 크기도 하다."

절로 감탄사가 터져 나왔다. 그 소리가 어찌나 컸던지 때마침 그의 뒤를 지나가던 중년인이 너털웃음을 지으며 말을 걸었다.

"자네, 이곳에 처음 와보는군."

"예? 예. 처음입니다."

"그렇다면 무리도 아니지. 매일 보는 우리도 볼 때마다 놀라곤 하니까. 크긴 정말 크지?"

"예. 지금껏 이렇게 큰 정문은 본 적이 없습니다. 며칠 전에 본 남창부(南昌府)도 컸지만 비할 게 못 되네요."

"정문만 큰 게 아니라네. 삼십육전, 이십칠각 등, 이 안에는 크고 작은 건물만 무려 백 개가 넘네. 남창부의 규모와는 비교조차 되지 않아."

"그렇군요."

거듭 놀라는 일뿐이었다.

"한데 이곳엔 무슨 일로 왔는가? 그냥 구경이나 하러 온 것인가?"

"아닙니다. 등왕표국에서 표사를 뽑는다기에……."

순간, 중년인의 눈이 이채를 띠었다.

"표사가 되려고 온 젊은이였군."

"예."

"그렇다면 잘못 찾아왔네. 표국은 이쪽이 아니라 저쪽 길

로 가야 하네. 이곳은 남문이자 정문이고, 표국은 서문에 있
거든."

중년인이 서쪽으로 난 길을 가리키며 말했다.

"아, 그렇군요. 고맙습니다."

"고맙긴. 한데 자네 무공 실력이 꽤 뛰어난가 보지? 이곳의
표사가 되려면 쉽지 않을 텐데."

"아니요. 무공은 그다지……."

"자네, 표사가 된다고 하지 않았던가?"

중년인이 고개를 갸웃거리며 물었다.

"그게 아니고요, 전 표사가 아니라 신객이 되려고 왔습니
다."

"아, 신객. 진작 그렇다고 말을 하지. 하긴, 신객이라면 무
공 실력보다는 책임감과 강한 인내력을 무엇보다 필요로 하
는 곳. 가능성도 있겠군. 그래도 쉽지는 않을 걸세. 사람은 적
게 뽑고 지원 인원은 많아서 경쟁률이 장난이 아니거든."

"알고 있습니다."

"아무튼 가세나."

"예?"

"등왕표국으로 간다고 하지 않았나? 나도 그쪽으로 가야
하니 기왕 만난 것 함께 가자는 말일세."

"아, 예."

묵조영은 얼떨결에 중년인을 따라 걸음을 옮겼다.

작은 키에 호리호리한 몸을 지닌 중년인의 걸음이 어찌나 빠른지 그는 보조를 맞추기 위해 꽤나 바삐 움직여야 했다.

"시험을 친다고 들었습니다."

함께 걷고 있는 중년인이 아무래도 등왕표국과 연관이 있는 듯해 보여 묵조영이 넌지시 말을 건넸다.

"아무럼. 실력이 있는 사람을 뽑아야 하니 당연한 것 아니겠는가? 왜, 자신이 없는가?"

"아니요. 그런 건 아닙니다."

"열심히 하면 잘되겠지. 너무 걱정하지는 말게나."

"예."

"한데 자넨 어디서 왔는가?"

"무이… 무창에서 왔습니다."

묵조영은 무이산에서 왔다고 말하려다 재빨리 야이태를 만났던 무창이라 정정했다.

"무창?"

중년인이 깜짝 놀라며 물었다.

"예."

"허, 무창이라면 꽤나 먼 곳이군. 뭐, 더 멀리 떨어진 곳에서도 몇몇이 오기는 하지만 대부분이 주변 사람인데……. 이곳에서 표사를 뽑는다는 사실은 어찌 알았나?"

"잠시 신세진 분께서 일러주셨습니다."

"신세진 분이라면… 아닐세. 내가 공연한 것까지 묻는군."

처음 보는 사람에게 너무 자세하게 캐묻는 것도 실례라면 실례, 중년인은 손을 내저으며 멋쩍은 웃음을 흘렸다.

"자, 저곳이 바로 등왕표국이네."

중년인이 정문의 위용에 못지않은 규모를 뽐내고 있는 서문을 가리키며 말했다. 하지만 말을 하지 않아도 이미 알 수가 있었다. 온갖 사람들 대다수가 병장기를 휴대하고 삼삼오오 몰려들고 있었기 때문이다.

"건투를 비네. 다시 만날 수 있었으면 좋겠군."

예상대로 중년인은 등왕표국의 사람인 듯 신분과 어떠한 일 때문에 표국을 방문했는지 일일이 확인받고 있는 다른 사람들과는 달리 정문을 지키는 표사들의 인사를 받으며 안으로 들어섰다.

묵조영은 사라지는 중년인의 모습을 잠시 살피다 출입문 주변으로 길게 늘어선 줄에 동참했다.

그는 방명록에 '무창 묵조영 이십 세'라고 이름과 나이를 적고 출신 문파는 따로 적지 않았다. 무공엔 그저 이름만 대면 누구나 알 수 있는 경공술 한 가지를 적어내자 문을 통과할 수 있었다.

문안으로 들어선 묵조영은 세 가지 이유로 크게 놀랐다.

첫 번째는 등왕표국, 아울러 등왕상단의 규모에 놀랐고, 두 번째는 시험에 응시하는 사람들의 숫자에 놀랐다. 아직 접수가 끝나지도 않았는데 어림잡아도 천여 명은 넘을 것 같았다.

마지막으로 그들을 통제하는 표사들의 당당함에 놀랐다. 그들의 태도는 더없이 정중하였으며 예의 발랐다. 아울러 이름난 표국의 표사라는 자부심 때문인지 행동 하나하나에 절도가 넘쳤다.

'후~ 중원을 대표하는 표국이라더니 정말 대단하구나.'

묵조영은 어깨를 당당히 펴고 곁을 스쳐 지나가는 표사를 힐끗 쳐다보며 혀를 내둘렀다. 자신과 비교해 나이 차이가 거의 없을 정도의 청년이었는데 어딘지 모르게 광채가 나는 것 같았다.

"저기요."

묵조영이 재빨리 그를 불러 세웠다.

"무슨 일입니까?"

청년은 다소 사무적인 어투로 대답했다.

"죄송한데 집사님을 만나뵐 수 있나요?"

청년의 눈빛이 살짝 변했다.

"집사님을요?"

"예."

"무슨 일 때문에 그러십니까?"

"아니……."

묵조영은 금방 대답하지 못했다.

단순히 소개장을 전하는 것이 전부였지만 그것 역시 청탁이라면 청탁, 왠지 부끄러웠기 때문이다.

"집사님은 바쁘셔서 함부로 만나뵐 수 없습니다."

"그, 그게 아니라… 이것을 전하려고……."

묵조영이 품속에서 야이태가 건네준 소개장을 꺼내 들었다. 그리고 재빨리 설명을 덧붙였다.

"부탁을 받은 겁니다."

순간, 청년의 눈에서 웃음 비슷한 것이 떠올랐다가 사라졌다. 창졸간이었지만 묵조영은 그 눈빛의 의미를 알아챘다.

한마디로 비웃음이었다.

"알겠습니다. 전해 드리지요."

청년은 무표정한 얼굴로 선선히 고개를 끄덕인 뒤 소개장을 갈무리했다. 그 무표정 속에 담긴 비웃음을 보며 묵조영은 얼굴이 화끈거림을 느껴야 했다.

바로 그때, 안채에서 염소꼬리수염을 한 노인이 이십여 명이나 되는 수행 인원을 데리고 나오더니 소리쳤다.

"자, 모두 주목해 주시오!"

카랑카랑한 목소리는 좌중의 웅성거림을 단번에 침묵시켰다.

"우리가 원하는 표사의 숫자는 삼십이오!"

좌중이 술렁거렸다. 생각보다 너무 적은 숫자에 놀란 것이다.

"시험에 응시하고자 하는 사람은 이 사람을 따라 연무장으로 이동하시오!"

노인이 곁에 있는 건장한 사내를 가리키며 말했다.

"따라들 오시오!"

사내는 묵직한 목소리를 뽐내며 당당한 걸음걸이로 움직이기 시작했다. 불만 어린 웅성거림 속에서도 그를 따라 무수히 많은 인원이 이동했다.

천여 명이 넘는 인원 중 남은 사람은 고작 백여 명. 거의 구할이나 이동한 셈이었다.

'휴, 다행이다. 경쟁률이 조금 낮아지겠어.'

너무 많은 사람들이 모여 내심 걱정을 했던 묵조영이 주변에 남은 인원을 둘러보며 가슴을 쓸어내렸다.

"그럼 이곳에 남으신 분들은 모두 신객이 되고자 하는 분들인 것으로 알겠소이다. 여러분은 이 친구를 따라가면 되겠소이다."

노인이 가리킨 사람은 조금 전 표사가 되고자 하는 사람들을 이끈 사내보다 다소 여리고 호리호리해 보이는 듯한, 그러나 어딘지 모르게 날카로운 인상을 지닌 사내였다.

고개만 까딱인 그는 아무런 말도 없이 걸음을 옮겼다. 그를 따라 나머지 사람들이 우르르 움직였다.

"참고로 이번에 뽑힐 신객은 모두 다섯 명이라오."

뒤에서 들려온 노인의 말에 사내를 따라 움직이던 모든 이들의 걸음이 멈칫했다. 이십 대 일. 결코 쉽다고는 볼 수 없는 경쟁률이었다. 저마다 불만과 함께 한숨을 내쉬었다. 그래도 포기하거나 물러나는 사람은 아무도 없었다.

그들이 멈춘 곳은 연무장과 다소 떨어진 곳이었다.

응시자들을 이끌고 시험 장소에 도착한 사내가 빙글 몸을 돌리며 말했다.

"우선 여러분이 통과해야 할 시험에 대한 간단한 설명을 하도록 하겠소. 나는 이번 시험을 관장하게 된 도한(島漢)이 오."

간단히 자기소개를 한 도한이 신객의 자질을 시험하기 위한 가장 간단하면서도 핵심적인 과제들로 꾸며진 삼 단계의 시험에 대해 설명하기 시작했다.

"시험은 삼 단계. 각각 문관(文關), 무관(武關), 인관(忍關)이라 명명하였소."

도한의 설명이 시작되자 다들 귀를 쫑긋 세우고 귀를 기울였다.

"첫 번째 단계인 문관은 여러분의 글 솜씨를 알아보는 것이오. 거창한 이름을 붙이기는 하였으나 사실은 어느 정도 읽고 쓸 줄 알면 누구라도 통과할 수 있는 관문이니 두려워할 것은 없소. 이는 신객의 가장 주된 업무 중 하나가 소식을 전하고 받아오는 과정에서 글을 모르는 사람들을 위해 대필을 하는 것이기에 최소한의 소양을 지닌 사람을 뽑기 위함이오. 시험도 간단하오. 그저 자신이 알고 있는 글귀나 시구를 써내면 그만이오."

생각보다 간단하다고 생각했는지 다들 밝은 얼굴이었다.

"두 번째 단계인 무관은 말 그대로 여러분의 무공 실력을 알아보기 위한 관문이오. 늘상 위험한 상황에 놓여 있는 표사야 당연한 것이겠지만 신객도 어느 정도는 자신을 지킬 수 있는 무공이 필요하오. 하지만 일의 성격상 가장 중점적으로 보는 것은 경공이 될 것이오."

경공을 중점적으로 본다는 말에 이곳저곳에서 희비가 엇갈리는 표정들이었다. 그러나 자신이 떨어진다는 생각을 하는 사람은 아무도 없는 것 같았다.

도한의 설명은 계속 이어졌다.

"세 번째 단계인 인관은 어쩌면 당락을 결정 짓는 가장 중요한 관문이라 할 수 있소. 다들 아시겠지만 신객에게 있어 최고의 미덕은 강인한 정신력과 인내력. 인관은 바로 그것을 검증하고자 마련한 시험이오."

최대한 간단히 설명을 마친 도한이 고개를 빙 돌리며 응시자들을 살폈다. 그리곤 그들이 이런저런 생각을 할 틈도 없이 곧바로 시험의 시작을 선언했다.

"지금부터 시험을 시작하겠소!"

도한의 외침에 모두의 표정이 굳어졌다.

"다들 전해 받은 시험지에 자신이 알고 있는 글들을 적어 내시오! 시간은 일각이오!"

그의 말이 끝나기가 무섭게 응시자들은 저마다 알고 있는 글귀를 떠올렸다.

어떤 이는 어려서 배운 논어(論語)의 한 구절을 쓰기 시작했고, 누구는 개나 소나 다 알고 있는 시가(詩歌)를 적기도 했다. 자기가 떠올린 글귀를 단숨에 써 내려가는 사람도 있었고, 땀을 뻘뻘 흘리며 한 자 한 자를 힘들게 쓰는 사람도 있었다. 배움이 짧거나 적당한 글귀가 떠오르지 않은 사람은 안절부절못하며 어쩔 줄을 몰라 하다가 슬그머니 고개를 돌려 옆 사람의 글을 보기도 했다. 그런 사람들은 날카로운 눈을 빛내고 있는 시험관들에 의해 모조리 적발되어 시험지를 찢기는 수모를 당했다.

묵조영은 당연히 하선고가 늘 읊어주고 군림전포에 수까지 놓아준 '양반아'를 쓰기 시작했다.

일필휘지(一筆揮之). 많은 학문을 한 것은 아니나 어려서부터 체계적인 공부를 한 그의 글씨체는 어느 누구 못지않게 간결하며 힘이 있었다.

한 호흡 만에 글을 써 내려간 묵조영은 원하는 글귀를 적은 이들이 시험지를 시험관에게 제출하고 일어나 시험을 마치는 것과는 달리 그 자리에서 한참 동안이나 움직일 줄을 몰랐다.

'……'

고개를 떨군 묵조영의 두 눈은 시험지에 고정되어 있었다.

그는 일각이란 시간 동안 자신이 쓴 '양반아'를 읽고 또 읽었다. 읽으면 읽을수록 그 고운 음성으로 매일같이 시를 읊어주던 하선고가 생각났다.

어느덧 두 눈에 눈물이 고였다.

생각하면 할수록 가슴이 아렸다.

당장에라도 자신의 눈앞에 나타나 시를 읊어줄 것 같아 심장이 터질 것 같았다. 그녀를 볼 수 있다면 무슨 짓이라도 할 수 있을 것 같았다. 하지만 아무리 간절히 원해도 그녀는 오지 않았다.

'하 소저……'

눈가에 덩그러니 걸리던 눈물이 시험지에 툭 떨어지고 나서야 묵조영은 고개를 들었다.

그는 찢어질 듯 힘차게 시험지를 움켜잡고 벌떡 몸을 일으켰다.

'이제부터 시작입니다, 하 소저. 반드시, 반드시 찾겠습니다.'

미처 떨어지지 못한 한 방울의 눈물이 그의 볼을 타고 흘러내렸다.

『마도십병』 제1권 끝

무한 상상 · 공상 세계, 청어람 신무협&판타지

『한백무림서』11가지 중 『무당마검』, 『화산질풍검』을
잇는 세 번째 이야기 『천잠비룡포』의 등장!!

천잠비룡포(天蠶飛龍袍) / 한백림 지음

천상천하 유아독존!!
새로운 무림 최강 전설의 탄생!!

『천잠비룡포』
(天蠶飛龍袍)

천잠비룡황, 달리 비룡제라 불리는 남자.

그는 누군가의 명령을 받고 움직이는 남자가 아니다.
그는 자신의 적을 앞에 두고 물러나는 남자가 아니다.
그는 자신의 이름 안에 있는 자들의 원한을 결코 잊는 남자가 아니다.

그 누구보다도 결정적이고 파괴력있는 면모를 지닌 남자.
황(皇)이며, 제(帝). 그것은 아무나 지닐 수 있는 칭호가 아니다.
그는 제천의 이름으로도 제어할 수가 없는 남자였다.

무적의 갑주를 몸에 두르고
가로막은 자에게 광극의 진가를 보여준다.

유행이 아닌 자유추구 -
WWW.chungeoram.com